SÜNDENKINDER

ANA DEE

ANMERKUNGEN

In diesem Buch wird auf das Quälen von Tieren nicht näher eingegangen, es existieren auch keine expliziten Beschreibungen.

Auf das in Schweden übliche Duzen wurde zugunsten der Lesbarkeit verzichtet.

Die Geschichte sowie sämtliche Protagonisten, Institutionen und Handlungen sind in diesem Roman frei erfunden. Ähnlichkeiten mit realen Personen sind rein zufällig und nicht beabsichtigt. Wo tatsächlich existierende Orte erwähnt werden, geschieht das im Rahmen fiktiver Ereignisse.

PROTAGONISTEN

- Linda Sventon – Kommissarin
- Lillemor und Elina – Töchter von Linda Sventon
- Jörgen Persson – Kollege von Linda Sventon
- Fallanalytiker – Alex Berg

- Kristin Johansson – vermisstes Mädchen
- Elva Johansson – Mutter von Kristin
- Per Johansson – Vater von Kristin
- Yva Johansson – verstorbene Schwester von Kristin
- Ben Hansson – Vormund von Nils Hansson
- Nils Hansson – jüngerer Bruder von Ben Hansson

- Tilda Beck – erstes Opfer
- Karoline Lindt – zweites Opfer
- Livia Michelsen – drittes Opfer

1

Liv stand etwas abseits und beobachtete Alva, die ganz ungeniert mit Malte, ihrem Exfreund, flirtete. Sein Blick wanderte immer wieder zu ihr herüber und sie wusste, dass er dieses Spiel genoss. Im Prinzip störte es sie nicht, was er nach der Trennung so trieb, aber dass ausgerechnet Alva auf diesen Zug aufspringen musste, versetzte ihr einen Stich. Genau in diesem Augenblick beugte er sich zu Alva herunter und hauchte ihr einen Kuss auf die Lippen.

„Hey, nun guck doch nicht so beleidigt“, sagte Malin und stieß ihr sanft den Ellenbogen in die Seite. „Er ist jetzt dein Ex und kann machen, was er will.“

„Aha, du hältst mich also für eine eifersüchtige Zicke?" Liv zog fragend die Augenbrauen zusammen.

„Ach was, jetzt komm mal wieder runter", erhob Malin ihre Stimme, um die dröhnenden Bässe in der Diskothek zu übertönen.

„Du weißt doch ganz genau, was ich von ihm halte", erwiderte Liv. „Mit jeder X-Beliebigen hätte er sich herumtreiben können, aber dass er sich ausgerechnet Alva herausgepickt hat …"

„Wo die Liebe hinfällt", unterbrach Malin sie mit einem spöttischen Lächeln.

„Wisst ihr was?" Livs Augen funkelten zornig. „Ihr könnt mich mal." Sie fischte einen Schein aus ihrer Gürteltasche und knallte ihn so hart auf die Tischplatte, dass die Cocktails überschwappten.

„Was soll das?" Malin schüttelte verständnislos den Kopf.

„Ich werde jetzt gehen. Euch noch viel Vergnügen, bei was auch immer."

Liv ließ ihre Freundin einfach stehen und schob sich durch die Menge in Richtung Ausgang.

„Wie willst du ohne Auto überhaupt nach Hause kommen?", rief Malin ihr hinterher, doch Liv hob nur die Faust und streckte den Mittelfinger nach oben.

Draußen vor der Tür atmete sie tief durch und entfernte sich dann mit schnellen Schritten. Das Wummern der Bässe war kaum noch zu hören, als sie auf die Hauptstraße bog. Die Nachtluft war kühl und über Liv wölbte sich ein sternenklarer Himmel.

Erst jetzt wurde ihr bewusst, dass sie keine Ahnung hatte, wie sie nach Hause kommen sollte. Zehn Kilometer zu Fuß waren schließlich kein Pappenstiel. Der eigentliche Plan war gewesen, dass Malins Vater die Mädchen gegen zwei Uhr abholen sollte, aber sie hatte sich aus Trotz dagegen entschieden.

Liv war gerade siebzehn geworden und hatte an diesem Abend mit ihren Freundinnen so richtig einen *draufmachen* wollen. Dass es in einem Fiasko enden würde, hätte sie im Traum nicht gedacht. Allein der Gedanke an Alva und Malte brachte ihr Blut zum Kochen. Zum Teufel mit ihnen.

Zornig stöckelte sie auf ihren hochhackigen Riemchensandaletten durch die Nacht. Nachdem sie das Ortsausgangsschild hinter sich gelassen hatte, wurde es still. Und dunkel. Keine Laternen, die ihr den Weg ausleuchteten, keine Menschenseele, die ihre Schreie hören würde.

Fröstelnd schlang sie die Arme um ihren Oberkörper. Es war eine blödsinnige Idee gewesen, sich allein auf den Weg zu machen, und sie überlegte kurz, wieder umzukehren. Aber diesen Triumph wollte sie Alva und Malte nicht gönnen und beschleunigte stattdessen ihre Schritte. Nichts wie weg von hier.

Liv war noch keine Viertelstunde unterwegs, da hatte sie sich bereits die Fersen an den dünnen Riemchen wundgerieben. Seufzend streifte sie sich die Sandaletten von ihren Füßen. Der Asphalt hatte die Hitze des Tages gespeichert und fühlte sich noch warm unter ihren Sohlen an. Wenn man es recht besah, dann war es eine wunderschöne lauschige Sommernacht. Die Grillen zirpten und es wehte ein laues Lüftchen, das den Geruch von Heu mit sich trug.

Erst als sich Liv ein entgegenkommendes Fahrzeug näherte, wurde sie nervös. Sie könnte zur Not am Waldrand Schutz suchen, aber sie hoffte, dass der Wagen einfach vorüberfuhr.

Das Motorengeräusch wurde lauter und das Licht der Scheinwerfer blendete sie. Kurz darauf hielt das Fahrzeug tatsächlich neben ihr. Es war ein in die Jahre gekommener Geländewagen und Liv blieb wie angewurzelt stehen. Leise surrend fuhr die Seitenscheibe hinunter.

„Hej, so spät noch allein unterwegs?", erklang die angenehme Stimme eines jungen Mannes.

„Äh … ja, mein Vater wollte mich abholen und ich laufe ihm ein Stück weit entgegen." Sie schaute demonstrativ auf ihre Uhr. „Er müsste jeden Moment hier sein."

„Na, wenn das so ist …", sagte er. „Ich hätte gewendet und dich nach Hause gefahren. Ist nicht ganz ungefährlich um diese Zeit."

Der junge Mann beugte sich ein wenig nach vorn, sodass sie sein Profil besser erkennen konnte. Er war ausgesprochen attraktiv und erweckte nicht den Eindruck eines Serienkillers. Dennoch war Vorsicht geboten.

„Dann lass dich nicht wegfangen", sagte er lächelnd und der Motor heulte auf.

„Warte!", rief Liv hastig, die nicht allein zurückbleiben wollte. „Würdest du mich wirklich nach Hause fahren? Ich wohne in Ludvika."

„Kein Problem, so weit ist es ja nicht. Komm schon, spring rein."

Das Licht im Inneren des Fahrzeugs ging an. Er stieß die Beifahrertür auf und Liv umrundete den Wagen. Seufzend ließ sie sich auf den Sitz fallen. In einer Viertelstunde würde sie die Haustür aufschließen und konnte diesen schrecklichen Abend aus ihrem Gedächtnis streichen.

Der Geländewagen setzte sich mit einem Ruck in Bewegung und wendete. Liv musterte den jungen Mann verstohlen. Der erste Eindruck hatte nicht getäuscht, er war verdammt gut aussehend. Die Sonne hatte einzelne Strähnen seines dunkelblonden Haares aufgehellt und bronzefarbene Haut spannte sich über die sehnigen Arme. Ein verwegener Ausdruck lag auf seinem Gesicht, der ihr ausgesprochen gut gefiel. Er schien nicht so ein verweichlichtes Bürschchen wie Malte zu sein, der sich erst austoben musste, bevor sein Verstand einsetzte.

„Danke, dass du mich mitgenommen hast", sagte Liv und kuschelte sich in das Polster des Beifahrersitzes. Der junge Mann strahlte eine gewisse Ruhe aus und sie war erleichtert, dass er sie so uneigennützig nach Hause bringen würde.

„Warum hast du nicht vor der Disco auf deinen Vater gewartet?", fragte er.

„Ich hatte Streit mit meinen Freundinnen", gestand sie kleinlaut.

„Aber das ist noch lange kein Grund, um allein durch die Nacht zu irren."

„Ich war ziemlich durcheinander. Mein Ex hat meine beste Freundin geküsst und da sind anscheinend meine Sicherungen durchgebrannt." Sie lächelte scheu und errötete.

„Schwieriges Alter, stimmt's?" Er lachte, und es war mehr eine Feststellung als Frage. „Trotzdem wäre es sicherer gewesen, wenn du auf dein Taxi gewartet hättest."

„Hinterher ist man immer klüger", antwortete sie, „aber ich habe aus meinem Fehler gelernt."

„Na, das will ich doch hoffen." Er musterte sie von der Seite und sein Blick war ernst.

Plötzlich lief eine Ricke mit ihren zwei Kitzen auf die Fahrbahn und der junge Mann legte eine Vollbremsung hin. Liv wurde unsanft nach vorn geschleudert, als das Fahrzeug abrupt zum Stehen kam.

„Mann, Mann, Mann, das war knapp gewesen", murmelte er.

Die Augen der Tiere leuchteten unheimlich im Scheinwerferlicht und Liv fühlte sich mit einem Mal unwohl. Sie wollte nur noch nach Hause.

„Alles klar?", fragte er.

„Ja, ja, ist nichts passiert."

Das Wild wechselte stoisch die Straßenseite, so als wäre es sich der Gefahr nicht bewusst.

„Wir haben es gleich geschafft“, sagte der junge Mann und trat aufs Gaspedal.

Liv strich sich mit einer fahrigen Geste ihr langes Haar nach hinten. „Wie heißt du eigentlich?“, fragte sie leise.

„Namen sind doch nur Schall und Rauch“, sagte er. „Und du?“

„Der war gut“, lachte sie. „Ich bin Livia, aber alle nennen mich Liv.“

„Na dann ... schön, dich kennenzulernen, Liv.“

Er warf ihr einen Seitenblick zu, der sie zum Schmelzen brachte, ihr wurde heiß und kalt zugleich. Verdammt, dieser Typ hatte Charisma und sie malte sich aus, wie er den Wagen an den Straßenrand fuhr, um sie leidenschaftlich zu küssen.

„Was hast du gesagt?“ Er sah sie fragend an.

Oh Gott, sie hatte diese Worte doch nicht etwa laut ausgesprochen?

„Nichts, ich habe mich nur geräuspert“, erwiderte sie einen Tick zu hastig. Sie war noch relativ unerfahren, was die Liebe betraf, und hatte das erste Mal noch vor sich. Aber dieser Kerl brachte Saiten in ihr zum Klingen, von denen sie bisher noch nichts geahnt hatte.

Genau in diesem Augenblick setzte er den Blinker und bog auf einen Waldweg ab, so als hätte er ihre sündigen Gedanken erraten. Trotzdem reagierte sie überrascht.

„Wo willst du hin?“

„Ich kenne da eine Abkürzung, dann bist du im Nullkommanichts zu Hause“, antwortete er.

„Okay ...“

Trotzdem war ihr nicht wohl dabei, als sich der Wagen holpernd über den Waldweg fortbewegte, und ihre Finger krallten sich ängstlich in das Polster des Beifahrersitzes.

2

Linda Sventon schaute über den Rand ihres Bildschirms, als Jörgen Persson das gemeinsame Büro betrat.

„Einen wunderschönen guten Morgen, Linda. Na, wie hast du geschlafen?“

Er setzte sich gut gelaunt an seinen Schreibtisch und startete leise summend den Rechner.

„Kannst du bitte damit aufhören, so anstrengend gute Laune zu verbreiten?“

„Linda, du sollst nachts schlafen und nicht den aktuellen Fall analysieren.“

„Du hast gut reden. Auf diesen *Profiler* aus Stockholm“, sie betonte das Wort abschätzig, „kann ich getrost verzichten.“

„Du weißt doch, dass wir momentan feststecken und jede Hilfe von außen willkommen ist."

„Das gilt vielleicht für dich. Aber ich mag es nicht, wenn mir jemand meinen Job erklären will." Sie lehnte sich zurück und taxierte ihn. „Wenn man frisch verliebt ist, hängt der Himmel noch voller Geigen. Warts nur ab, mein Lieber."

„Sollte das eine Drohung, eine Warnung oder ein gut gemeinter Ratschlag sein?"

„Such dir etwas aus", erwiderte sie knapp.

„Weißt du was? Ich besorge uns erst einmal einen anständigen Kaffee und dann gehen wir gemeinsam die Zeugenaussagen durch. Einverstanden?"

Sie nickte dankbar und widmete ihre Aufmerksamkeit wieder der Akte, die vor ihr lag. Die Fotos vom Tatort waren grauenerregend und es tat ihr in der Seele weh, wie grausam diese hübschen Mädchen zugerichtet worden waren.

Tilda Beck war nach einem Kinobesuch mit Freunden spurlos verschwunden und erst Tage später hatte ein Spaziergänger ihre Leiche entdeckt. Ihr Rücken wies etliche Brandmale auf und drei Finger waren gebrochen. Bevor der Täter Tilda im Wald wie Abfall entsorgt hatte, war ihr gesamter Körper mit Bleichmittel behandelt worden, um verräterische Spuren zu beseitigen.

Nachdem eine weitere Vermisstenanzeige eingegangen war, es handelte sich um ein Mädchen in Tildas Alter, ahnte Linda nichts Gutes. Ein Jogger war auf Karoline Lindts sterbliche Überreste gestoßen und auch bei ihr bot sich ein ähnlich furchtbares Bild. Dem Täter bereitete es sichtlich Vergnügen, den jungen Frauen, die auf dem Weg ins Erwachsenenalter gewesen waren, auf entsetzliche Weise Schmerzen zuzufügen. Linda dachte mit Unbehagen daran, wie sie den Eltern die schlechten Nachrichten hatten überbringen müssen.

Sie löste sich vom Anblick der Fotos und schob sie in die

Akte zurück. Genau in diesem Moment öffnete Jörgen die Tür und betrat mit zwei dampfenden Tassen das Büro.

„Bitte schön, die Dame", sagte er lächelnd, als er ihren Kaffee auf dem Schreibtisch abstellte.

„Danke, dass du frischen gekocht hast", antwortete sie. Dieses lauwarme Gesöff aus dem Automaten trank sie ungern.

Jörgen deutete auf die Akte. „Dieser Fall geht dir besonders nahe."

„Was erwartest du von einer alleinerziehenden Mutter mit zwei Töchtern? Ich lebe ständig am Limit, wenn sich auch nur eine von ihnen fünf Minuten verspätet."

Linda und ihr Mann Arwed hatten sich als Kollegen kennen und lieben gelernt. Trotz der berufsbedingten Belastung verlief ihre Ehe harmonisch, bis zu jenem schrecklichen Tag, bei dem Arwed durch einen Schusswechsel ums Leben gekommen war. Es hatte eine undichte Stelle gegeben und die mafiösen Strukturen einer Hehlerbande waren ihm schließlich zum Verhängnis geworden.

Verstohlen wischte sich Linda eine Träne aus dem Augenwinkel. Mit Anfang vierzig erwartete sie nicht mehr allzu viel vom Leben und hatte den Fokus voll und ganz auf ihre Töchter gerichtet.

„Ich kann erahnen, wie schwer das für dich sein muss", sagte Jörgen mitfühlend.

Er war nur fünf Jahre jünger, und als er zu ihr ins Team wechselte, hatten sie sich auf Anhieb verstanden. Er brachte die nötige Erfahrung mit und hatte sich der Liebe wegen aus dem Hexenkessel Malmö nach Ludvika versetzen lassen.

Das Klingeln des Telefons riss Linda aus ihren Gedanken und sie nahm den Hörer ab. Sie lauschte der Stimme am anderen Ende der Leitung und ihre Miene verfinsterte sich.

„Schlechte Nachrichten?", flüsterte Jörgen und sie nickte.

Nur eine Minute später legte sie auf.

„Was gibt's?", fragte er.

„Es ist wieder ein Mädchen verschwunden, Livia Michelsen."

„Seit wann wird sie vermisst?"

„Die Eltern haben bis zum Morgengrauen vergeblich gewartet. Livia Michelsen war mit ihren beiden Freundinnen in einer Diskothek."

„Was ist passiert?"

„Ich weiß es nicht so genau. Es gab wohl einen Streit zwischen den Freundinnen und dann ist Livia Michelsen allein losgezogen", antwortete sie.

„Es ist doch immer wieder das Gleiche", brummte Jörgen. „Warum müssen sich diese jungen Mädchen so fahrlässig in Gefahr bringen?"

„Dafür sind wohl die Hormone verantwortlich, die in diesem Alter Achterbahn fahren", sagte Linda und dachte dabei an ihre Älteste. Fünfzehn, Zahnspange, Sommersprossen und Weltmeister im Widersprechen. Allein das Zimmer der Heranwachsenden war der reinste Horror. Linda fühlte sich jedes Mal wie bei Ikea, wenn sie das Zimmer mit allerlei Kleinkram wieder verließ.

„Knöpfen wir uns zuerst die Freundinnen vor?", fragte Jörgen.

„Das wird wohl das Beste sein, solange die Erinnerungen an den gestrigen Abend noch frisch sind."

Linda leerte die Tasse, schnappte sich ihre Jacke und warf Jörgen den Autoschlüssel zu.

„Du fährst", sagte sie und stürmte aus dem Büro.

Alva saß wie ein Häufchen Elend zwischen ihren Eltern, die offensichtlich die Beschützerrolle eingenommen hatten.

„Jetzt erzählen Sie uns doch bitte, was an diesem Abend schiefgelaufen ist."

Linda setzte ein verständnisvolles Lächeln auf, während Alva bis in die Haarspitzen errötete.

„Ähm, ja, ich weiß gar nicht, wo ich anfangen soll."

Hilfesuchend pendelte Alvas Blick zwischen ihrem Vater und ihrer Mutter hin und her.

„Es ist enorm wichtig, dass Sie sich an jedes noch so kleine Detail erinnern. Ihre beste Freundin ist spurlos verschwunden, und dafür muss es einen triftigen Grund geben."

Alva schluckte und knetete nervös ihre Hände.

„Warum ist Livia ohne Sie aufgebrochen?"

Alva senkte ihren Blick, bevor sie mit leiser Stimme zu sprechen begann.

„Liv hatte Streit mit Malin."

„Und weiter ...", drängte Linda sanft.

Es war Alva unangenehm, die Erinnerung an diesen Abend preiszugeben.

„Ich habe mich die meiste Zeit mit Livs Exfreund Malte unterhalten."

„War das der Grund für das Verschwinden Ihrer Freundin?", fragte Jörgen.

„Ich weiß nicht, wie ich es sagen soll." Alva rang nach Worten. „Er hat mich geküsst."

Alvas Mutter stieß geräuschvoll die Luft aus und warf ihr einen erstaunten Blick zu. Dieses Verhalten hatte sie ihrer Tochter anscheinend nicht zugetraut.

„Liv ist danach wütend weggelaufen", fuhr Alva fort. „Malin hat noch versucht, sie aufzuhalten. Die Diskothek war gut besucht und als Malin den Ausgang endlich erreicht hatte, war Liv schon weg."

„Welchen Weg könnte Ihre Freundin genommen haben?", fragte Linda.

Alva zuckte ratlos mit den Schultern. „Ein Kumpel von Malte, der zum Rauchen nach draußen gegangen war, hat sie die Hauptstraße entlanglaufen sehen."

„Wer war dieser Kumpel?"

„Da müssen Sie Malte fragen."

„Was ist dann passiert? Haben Sie nach Livia gesucht?"

Schweigen.

„Wir haben weitergefeiert", gestand Alva zögerlich.

Ihre Mutter schüttelte verständnislos mit dem Kopf. „Was habt ihr euch nur dabei gedacht? Vor genau solchen Szenarien haben wir euch immer gewarnt. Wie sollen wir Livias Familie je wieder unter die Augen treten?" Sie stand auf und ging zum Fenster, wo sie mit verschränkten Armen in die Ferne starrte.

„Mama, es tut mir wirklich leid", sagte Alva mit leiser Stimme.

„Dafür ist es jetzt zu spät. Diese Ungewissheit muss für Livias Mutter die Hölle sein."

„Ist Ihnen vielleicht eine männliche Person aufgefallen, die Interesse an Ihrer Freundin gehabt haben könnte?", fragte Linda.

„Nicht dass ich wüsste. Entweder waren Liv und Malin zusammen auf der Tanzfläche oder sie haben am Tisch gestanden und ihre Cocktails getrunken."

„Ist das alles, was Sie uns über diesen Abend sagen können?"

Alva nickte stumm.

„Gut, das war es dann auch schon."

Linda und Jörgen erhoben und verabschiedeten sich, danach brachte Alvas Mutter sie zur Tür.

„Das mit Livias Freund habe ich nicht gewusst", sagte sie entschuldigend.

„Kinder in diesem Alter gehen ihre eigenen Wege",

antwortete Linda. „Glauben Sie mir, ich weiß, wovon ich spreche."

„Ja, es ist nicht so leicht", seufzte Alvas Mutter.

Linda wandte sich ab und lief mit Jörgen zum Wagen. Sie war schon gespannt darauf, was Malin zu diesem Abend zu sagen hatte.

Die Fahrt währte nur kurz und Linda und Jörgen hielten vor einem imposanten Neubau. Ein gepflegter Vorgarten und ein akkurat gepflasterter Weg führten zu einer doppelflügeligen Eingangstür.

Malins Mutter öffnete ihnen und bat sie ins Haus. Sie war perfekt gestylt und schien sehr viel Wert auf ihr Äußeres zu legen. Ihr Ehemann saß im lichtdurchfluteten Wohnzimmer und trug Anzug und Krawatte. Nervös wippte er mit dem Fuß und Linda ahnte, dass er zurück in seine Firma wollte.

„Also gut, bringen wir es hinter uns", sagte Malins Mutter. „Möchten Sie vielleicht einen Kaffee oder einen Tee?"

„Nein, danke", lehnte Linda das Angebot höflich ab und widmete ihre Aufmerksamkeit Malin, die ihnen ganz entspannt gegenübersaß.

„Wir haben soeben Ihre Freundin Alva befragt", eröffnete Jörgen das Gespräch.

„Ich weiß", antwortete Malin mit fester Stimme.

Sie muss in diesem Dreiergestirn den Ton angegeben haben, dachte Linda, als sie das selbstbewusste Mädchen unauffällig musterte.

„Würden Sie uns den gestrigen Abend noch einmal aus Ihrer Sicht schildern?", fragte sie.

„Liv war an diesem Abend nicht sonderlich gut drauf", erzählte Malin.

„Wegen Alva und ihrem Exfreund?"

„Ach, das wissen Sie schon?"

„Ja, Alva hat uns davon in Kenntnis gesetzt", erwiderte Linda.

„Na ja, sie hat sich tierisch aufgeregt, weil Alva mit Malte herumgemacht hat", erklärte Malin nüchtern. „Dabei war sie doch diejenige gewesen, die diese Beziehung beendet hat."

Malin schien sehr abgeklärt zu sein und die Reaktion auf das Verschwinden der besten Freundin nicht unbedingt angemessen. Aber Linda war nicht hier, um zu richten.

„Alva hat von einem Kumpel gesprochen, der Livia beim Verlassen der Diskothek gesehen hat. Kennen Sie diesen Mann?"

„Nein, nicht persönlich. Er war immer mit Malte unterwegs."

„Können Sie uns die Adresse von Malte geben?"

„Tut mir leid, ich weiß nicht, wo er wohnt."

„Welchen Weg hat Livia genommen?", fragte Linda.

„Sie ist die Hauptstraße entlanggegangen. Aber was danach passiert sein könnte, weiß ich nicht."

„Wäre es möglich, dass sich Livia aus verletztem Stolz verkrochen hat und deshalb nicht nach Hause gekommen ist?", hakte Jörgen nach.

„Das glaube ich nicht. Liv ist nicht abgebrüht genug, um ohne ein Wort zu verschwinden und alle in Aufruhr zu versetzen", erklärte Malin nüchtern.

„Und warum haben Sie nicht nach ihr gesucht?" Linda war von Malins Verhalten überrascht. Im negativen Sinne.

„Wir wollten Liv auf der Rückfahrt auflesen, aber sie stand nirgends am Straßenrand. Wir haben vermutet, dass sie sich vielleicht ein Taxi genommen hat."

„Sie haben es sich ganz schön leicht gemacht", sagte Linda und ein leiser Vorwurf schwang in ihrer Stimme mit.

„Was hätten Alva und ich denn tun sollen? Es war ihre

Entscheidung, wir haben sie nicht dazu gezwungen."

„Das erklären Sie mal Livias Mutter", merkte Jörgen an.

„Gut, war es das jetzt?"

Malins Vater war aufgestanden und man sah ihm deutlich an, dass ihm die Richtung missfiel, in die das Gespräch driftete.

„Ich denke schon", antwortete Linda. „Es könnte jedoch sein, dass wir uns bei weiteren Fragen wieder an Ihre Tochter wenden müssen."

„Kein Problem, aber dann nur in Anwesenheit unseres Anwalts."

„Selbstverständlich", erwiderte Linda lächelnd, obwohl sie sich über sein arrogantes Auftreten ärgerte. Sie erhob sich und schritt zur Tür. „Danke, wir finden schon allein hinaus."

Jörgen folgte ihr wortlos nach draußen.

„Was für eine schrecklich nette Familie", stöhnte Linda, als sie sich auf den Beifahrersitz fallen ließ.

„Ja, die meinen, mit Geld alles kaufen zu können. Ich fand Malin schon sehr ...", er suchte nach dem passenden Wort.

„Speziell?", half Linda ihm auf die Sprünge.

„Genau", sagte er lachend. „Und jetzt bin ich wirklich gespannt, wen uns der Boss aus Stockholm vor die Nase setzt."

„Oh je, erinnere mich bloß nicht daran. Hoffentlich ist es nicht so ein notorischer Besserwisser, der uns das Leben zur Hölle macht."

„Linda, nun warte doch erst einmal ab. Solange wir ihn nicht persönlich kennengelernt haben, können wir uns kein Urteil erlauben."

„Ich habe ihn gegoogelt, seine Pressefotos sprechen Bände. Er ist mir nicht sympathisch, und damit Ende der Diskussion."

„Ganz wie du meinst", antwortete Jörgen und richtete seinen Fokus wieder konzentriert auf die Straße.

3

Alex Berg steuerte seinen Wagen in Richtung Ludvika. Die ländliche Region versprühte einen idyllischen Charme mit viel Wald und zahlreichen Seen, dennoch war auch hier das Verbrechen zu Hause. Nachdem ein drittes Mädchen spurlos verschwunden war, hatte man ihn hinzugezogen, denn die Zeit drängte. Mit seinen dreiundvierzig Jahren verfügte er über genügend Berufserfahrung und hoffte, mit seinem Wissen schnell zur Lösung des Falles beitragen zu können.

Inzwischen hatte er sein Ziel erreicht und das Navigationsgerät lotste ihn durch die Straßen der Innenstadt, in denen es beschaulicher zuging als im fernen Stockholm.

Aber dieser Ortswechsel kam ihm nach der Trennung von Sylvia gerade recht. Dieses rothaarige Biest hatte ihn ganz schön zum Narren gehalten, und das wurmte ihn noch immer.

Er stellte seinen Wagen auf dem Parkplatz der Polizeibehörde ab und stieg die Stufen zum Eingang hinauf. Am Empfang meldete er sich an und wurde gebeten, sich einige Minuten zu gedulden.

„Hallo. Schön, dass Sie da sind“, sagte eine Stimme hinter ihm und er drehte sich um. Lächelnd streckte die Frau ihm ihre Hand entgegen und er schlug ein. „Ich bin Linda Sventon, die leitende Ermittlerin in diesem Fall.“

„Angenehm, Alex Berg.“

Er musterte sie prüfend und bemerkte sofort, dass sie sich in seiner Gegenwart unbehaglich fühlte.

„Bitte folgen Sie mir, ich zeige Ihnen Ihr zukünftiges Büro.“

Mit schnellen Schritten eilte sie voraus.

„Ich hatte nicht erwartet, dass Sie mir ein eigenes Büro zur Verfügung stellen“, sagte er.

„Nun ja, das war nicht meine Idee. Zwei Kollegen sind für den Zeitraum Ihrer Anwesenheit in den Keller gezogen.“ Sie versuchte gar nicht erst, ihren Unmut darüber zu verbergen.

„Dann sollten wir schnellstens den Täter zur Strecke bringen.“ Ein Lächeln umspielte seine Lippen.

„Genau das ist der Plan“, erwiderte sie selbstbewusst. „So, da wären wir.“ Sie stieß die Tür auf und deutete auf sein neues Reich. „In zehn Minuten haben wir Teambesprechung im Konferenzraum. Dann bringe ich Sie auf den neuesten Stand.“

„Sehr gut. Und wo muss ich hin?“

„Der Raum befindet sich am Ende des Flures, letzte Tür links“, antwortete sie.

„Vielen Dank.“

Geräuschvoll fiel die Tür ins Schloss. Die Dame hat ordentlich Pfeffer unterm Hintern, dachte er amüsiert.

Er hängte sein Jackett an die Garderobe und öffnete das Fenster, um die warme Sommerluft in das staubige Innere zu lassen. Das Büro hatte die Ausmaße einer Umkleidekabine und er bedauerte die Kollegen, die sich nach seinem Aufenthalt den Raum wieder teilen müssten.

Da es sich nicht mehr lohnte, den Rechner einzuschalten, ging er die Nachrichten auf seinem Smartphone durch. Die Kollegen in Stockholm schienen ihn nicht zu vermissen, was man von seinen Studenten nicht gerade behaupten konnte. Die waren auf Zack und wussten genau, warum Berg die Vorlesungen verschoben hatte. Er arbeitete auch als Dozent an der Uni und gab Seminare in Kriminologie.

In weniger als zwei Minuten würde die Teambesprechung beginnen. Er schnappte sich seine Unterlagen und verließ das Büro. Der Flur war wie leer gefegt, die Kollegen hatten sich bereits im Konferenzraum eingefunden. Als er eintrat, verstummte das leise Stimmengemurmel.

„Hallo“, grüßte er kurz und setzte sich an einen der vorderen Tische.

„Da wir jetzt vollzählig sind, können wir mit der Besprechung beginnen. Alex Berg“, sie deutete in seine Richtung, „ist Fallanalytiker aus Stockholm und wird uns nach Kräften unterstützen. Ich fasse unsere bisherigen Ermittlungsergebnisse noch einmal kurz zusammen, bevor es mit den wichtigsten Details zum Fall weitergeht.“

Sie trank einen Schluck aus dem Wasserglas, das auf dem Podium stand und Alex bemerkte ihre Nervosität. Seine Anwesenheit schien die sonst so toughe Ermittlerin aus dem Konzept zu bringen. Er beobachtete Linda genau, während sie ihm den Stand der bisherigen Ermittlungen näherbrachte. Sie war forsch, energiegeladen und ausgesprochen attraktiv.

„… wir haben festgestellt, dass es dem Täter Freude bereitet, die jungen Frauen zu quälen. Das Maß der Verletzungen hat sich bedauerlicherweise bei dem letzten Leichenfund gesteigert“, beendete sie ihren Vortrag. „Herr Berg, vielleicht möchten Sie sich jetzt zu diesem Fall äußern.“

Er erhob sich und schaute in die Runde.

„Kriminalhauptkommissarin Sventon hat Ihnen bereits alles zu meiner Person gesagt, weshalb ich gleich auf den Täter zu sprechen komme. Die Art und Weise, wie er vorgeht, ist sehr ausgeklügelt und zeichnet sich durch stark psychopathische Züge aus. Er liebt und perfektioniert es, sich auf die Lauer zu legen und zu jagen. Obwohl ich bei Livia Michelsen schon den Eindruck habe, dass es sich hier um eine reine Zufallsbekanntschaft handelte, die ihm sehr gelegen kam. Aber das ist eine reine Hypothese, solange wir nicht wissen, was genau mit ihr passiert ist.“

„Was können Sie uns über das Alter und die Persönlichkeit des Täters sagen?“, rief ein junger Polizist ungeduldig dazwischen und fing sich sofort einen mahnenden Blick von Linda Sventon ein.

„Immer schön der Reihe nach“, lächelte Berg nachsichtig. „An der deutlichen Zunahme der zugefügten Verletzungen können wir messen, dass sich der Täter in eine Art Euphorie hineinsteigert. Das Rad seiner Triumphe dreht sich schneller und schneller und er kann sich diesem Strudel kaum noch entziehen. Die Abstände, in denen er tötet, werden sich rapide verkürzen.“

Berg legte eine künstliche Pause ein, um das Gesagte sacken zu lassen. Dann fuhr er fort.

„Wir haben es hier mit einem Täter zu tun, dessen Persönlichkeitsstruktur noch nicht vollständig ausgereift sein dürfte. Sein Alter liegt deshalb schätzungsweise zwischen zwanzig und dreißig Jahren.“

„Wie kommen Sie darauf, dass er noch so jung ist?“,

meldete sich eine junge Polizistin zu Wort, die ihm sehr ehrgeizig erschien.

„Karoline Lindt ist ganz unbefangen zu ihm in den Wagen gestiegen, Sie kennen die Zeugenaussagen ja bereits. Jede junge Frau würde bei einem älteren Mann zögern."

„Von diesem Standpunkt aus habe ich das noch gar nicht betrachtet", stimmte sie ihm zu.

„Sehen Sie." Er nickte ihr zu. „Der Täter hat einen hohen Intelligenzquotienten und überlässt nichts dem Zufall, was man auch an dem eingesetzten Bleichmittel erkennen kann. Ich gehe davon aus, dass auch Livia Michelsen zu seinen Opfern gehört. Wahrscheinlich fährt er nachts die Landstraßen entlang, immer auf der Suche nach jungen Frauen, die in sein Beuteschema passen."

„Waren das alle Gründe?", meldete sich die junge Polizistin erneut zu Wort.

„Ich habe die Obduktionsberichte und die Fotos vom Fundort genau studiert. Bei den Verletzungen der Opfer existiert noch kein festes Muster, der Täter ist anfangs ziemlich wahllos vorgegangen. Man hat das Gefühl, dass er austestet, was ihn am meisten stimuliert. Die Qualen der Opfer müssen grausam gewesen sein."

„Warum hat er die Opfer nicht vergewaltigt?", richtete sie auch schon die nächste Frage an ihn.

„Es geht ihm nicht um die sexuelle Orientierung, sondern darum, seine Macht zu demonstrieren. Er will besitzen und nicht binden, körperliche Nähe lässt er selten zu. Den Rachegedanken möchte ich an dieser Stelle nicht ausschließen."

„Was können Sie zu seiner Vergangenheit sagen?", warf Linda Sventon ein.

„Ich vermute, dass er wohlbehütet aufgewachsen ist und es sehr gut verstand, seine Mitmenschen zu manipulieren. Auch hier kommt mir wieder das klassische Bild eines Tierquälers in den Sinn, der erprobt und übt, bevor er den nächsten Schritt wagt."

„Wir suchen also nach einem jungen, äußerst intelligenten Mann, der aus geordneten Familienverhältnissen stammt."

„Ich hätte es nicht besser formulieren können", antwortete er.

„Das bedeutet für uns, dass wir im Anschluss alle Anzeigen wegen Tierquälerei durchgehen müssen, die in den letzten Jahren erstattet wurden."

„Genauso wäre ich auch vorgegangen."

Seine Antwort war eigentlich als Lob gedacht, aber Linda Sventon warf ihm einen skeptischen Blick zu. Sie fühlte sich von ihm in die Schranken verwiesen, obwohl sie sich eigenhändig in diese Position manövriert hatte. Vielleicht änderte sich ihre Meinung mit der Zeit.

„Gibt es noch Unklarheiten?" Fragend schaute Alex in die Gesichter. „Gut, dann würde ich vorschlagen, dass wir uns jetzt den Fällen von Tierquälerei widmen."

4

Kristin lag auf dem Bett und hatte die Bluetooth-Box auf volle Lautstärke gestellt. Die harten Bässe hallten durchs Haus und nur Sekunden später wurde auch schon die Zimmertür aufgerissen.

„Kristin, ich kann bei diesem Lärm unmöglich arbeiten. Das Exposé muss für die Kunden zusammengestellt werden."

„Ja und?", erwiderte Kristin trotzig.

„Das Haus zahlt sich nicht von allein ab, wie du sicher weißt", antwortete Elva, ihre Mutter.

„Dann ziehen wir eben in eine Mietwohnung", konterte Kristin.

„Bei dem Krach, den du täglich veranstaltest?" Elva holte

tief Luft. „Die Leute würden uns hochkant wieder rausschmeißen. Du bist unhöflich, grüßt die Nachbarn nicht und machst nur, wonach dir der Sinn steht."

„Ja, schon klar", entgegnete Kristin gereizt.

„Dreh endlich die Musik leiser, oder ich werfe das Ding zum Fenster raus." Zornig deutete Elva auf die Box.

Maulend stülpte sich Kristin die Kopfhörer über. „Zufrieden?"

Elva seufzte und die Tür flog mit einem Knall wieder ins Schloss.

So ging das Tag für Tag und Kristin sehnte ihre Volljährigkeit herbei, um endlich ausziehen zu können. Seit dem Tod ihrer Schwester war alles noch schlimmer geworden. Yva hatte sich überschätzt und war beim Baden im See zu weit hinausgeschwommen. Trotz aller Bemühungen hatten selbst die geübten Taucher ihren Leichnam nicht bergen können.

Yva war der Liebling ihrer Eltern gewesen – intelligent, schlank, hochgewachsen und wortgewandt. In der Schule brillierte sie mit guten Noten, war Klassenbeste und hatte eine vielversprechende Zukunft vor sich.

Tja, Pech gehabt, dachte Kristin verächtlich.

Sie war das genaue Gegenteil ihrer Schwester. Sie hatte das rote Haar ihres Großvaters geerbt und ihr Gesicht war mit unzähligen Sommersprossen bedeckt. Seit sie denken konnte, kämpfte sie vergebens gegen die überzähligen Pfunde an und von der Quälerei in der Schule wollte sie gar nicht erst sprechen. Nur mit Ach und Krach war sie in die nächste Stufe versetzt worden.

Natürlich wurde sie immer wieder wegen ihres Aussehens gehänselt, das hatte eine tiefe Kraterlandschaft auf ihrer Seele hinterlassen. In ihrem Jugendzimmer hortete sie deshalb einen Geheimvorrat an Süßigkeiten, um diese Leere zu füllen.

Wenn der Druck an manchen Tagen unerträglich wurde, stopfte sie bis zum Erbrechen die Süßigkeiten in sich hinein. Außerdem hatte sie sogar schon einmal versucht, sich zu ritzen. Doch als das Blut aus ihrer weißen Haut hervorgequollen war, hatte sie erschrocken innegehalten. Nein, dieses Opfer wollte sie nicht bringen und der einst so hässliche Schnitt war glücklicherweise narbenlos verheilt.

Kristin drehte sich auf den Rücken und starrte an die Decke. Nach dem Tod ihrer Schwester hatte sie gehofft, dass sich die gesamte Aufmerksamkeit ihrer Eltern nun auf sie übertragen würde. Doch weit gefehlt. Stattdessen hatten sie sich in ihrer Trauer von Kristin abgewandt und sie noch mehr vernachlässigt.

Tränen schimmerten in Kristins Augen und sie wischte sie schniefend mit dem Handrücken fort. Noch zwei lange Jahre würde sie bis zu ihrer Volljährigkeit warten müssen, und es kam ihr wie eine Ewigkeit vor.

Einmal hatte ihre Mutter sogar erwähnt, dass sie ein sogenannter Unfall gewesen war, ohne auch nur einmal darüber nachzudenken, was diese Worte in ihr auslösen könnten. Es war die Hölle, unerwünscht zu sein – zu Hause und in der Schule.

Durch Kristins zurückhaltende und teils abweisende Art waren die meisten Freundschaften zerbrochen und sie blieb im Grunde ihres Herzens auch lieber für sich. Die Süßigkeiten hinter dem Schrank waren immer für sie da, spendeten Trost und halfen ihr über den schlimmsten Kummer hinweg. Dass sie davon nicht dünner wurde, nahm sie billigend in Kauf.

Manchmal stellte sie sich sogar vor, ihrem Leben ein Ende zu setzen, um endlich bei Yva zu sein. Entgegen allen Vermutungen hatte sie sich mit ihrer Schwester immer recht gut verstanden. Yva hatte ihr Schminktipps gegeben, sie bei der Kleiderwahl beraten und bei Problemen zugehört.

Es klopfte an die Zimmertür und Per, ihr Vater, steckte den Kopf zur Tür hinein.

„Hast du nichts Besseres zu tun, als den ganzen Nachmittag auf dem Bett zu liegen und Musik zu hören? Wie wäre es mit Lernen?“ Er musterte sie verärgert. „Übrigens, das Abendessen ist fertig. Es wäre nett gewesen, wenn du wenigstens den Tisch gedeckt hättest“, brummte er missgelaunt und schloss die Tür.

Kristin rollte genervt mit den Augen. Morgens, mittags, abends – immer dieselben Vorwürfe.

Wie wäre es zur Abwechslung damit: „Hallo Kristin, schön dich zu sehen. War dein Tag auch anstrengend wie meiner? Ich bin wirklich froh, wieder zu Hause zu sein.“

Seufzend schwang sie ihre Beine aus dem Bett und schlurfte in die Küche, wo sie sich an den Tisch setzte.

„Kristin“, schlug Elva den üblich vorwurfsvollen Ton an. „Hättest du dir nicht wenigstens die Hände waschen und die Haare kämmen können?“

„Ich geh ja schon“, murrte Kristin und verschwand im Badezimmer.

Beim Händewaschen fiel ihr Blick in den Spiegel. Das rote Haar stand wirr vom Kopf und der Blick aus den smaragdgrünen Augen wirkte gequält. Trotzdem fiel ihr auf, dass sie gar nicht so unansehnlich war, wie sie bisher immer geglaubt hatte. Auch Yva hatte ihr das schon einige Male bestätigt.

Aber wozu das Ganze, fragte sie sich, wenn man nicht geliebt wurde? Wenn der Job der Eltern mehr Zeit in Anspruch nahm als das Familienleben?

Jungs interessierten Kristin nicht die Bohne, außerdem waren die in diesem Alter ziemlich kindisch. Sie war eine Träumerin, die am liebsten den ganzen Tag im Bett verbrachte, um andere Welten zu erschaffen und der Realität zu entfliehen.

Frustriert trocknete sie die Hände am Handtuch ab und kehrte in die Küche zurück. Elva hatte bereits die Teller gefüllt und die schwedische Sommersuppe mit Lachs, Kartoffeln und frischem Lauch verbreitete ihr köstliches Aroma.

Kristin aß mit Appetit und beim dritten Nachschlag bemerkte sie den missbilligenden Blick ihrer Mutter. Wütend knallte sie den Löffel auf den Tisch.

„Was?", polterte Kristin. „Bin ich dir zu fett?"

„Kristin!", ermahnte Per. „Kannst du dich nicht einmal zusammenreißen?"

„Meine Güte, so viele Kalorien wird diese dämliche Suppe ja wohl nicht haben", schimpfte sie und sprang auf. „Falls mich jemand sucht, ich bin in meinem Zimmer."

Zornig stapfte sie die Stufen hinauf und zog die Tür geräuschvoll hinter sich zu. Dann kniete sie sich neben den Schrank und zog die raschelnden Tüten hervor.

Nachos, Waffeln, Lakritze, Weingummis und vier Tafeln Nuss-Nougat-Schokolade. Kristin lief schon jetzt das Wasser im Munde zusammen. Zuerst waren die Nachos dran, die sie mit einer Flasche süßer Limonade hinunterspülte, dann folgte eine ganze Tafel Schokolade. Die bunte Tüte mit dem Waffelgebäck lachte Kristin förmlich an und verzückt riss sie diese auf, um sie in sich hineinzustopfen. Oh Mann, das tat so gut. Trotz des Völlegefühls konnte sie auch den Weingummis nicht widerstehen.

Nur wenige Minuten später hing sie würgend über der Kloschüssel und heulte wie ein Schlosshund dabei. Anschließend spülte sie ihren Mund und putzte sich die Zähne. Ihr Gesicht war verquollen und gerötet.

„Scheiße", murmelte sie und warf sich aufs Bett.

Das eben noch so wohlig warme Gefühl war verschwunden und dem kalten Elend gewichen. Sie hasste, was sie tat, aber sie kam einfach nicht dagegen an. Manchmal wünschte sie sich sogar, dass ihre Mutter sie dabei erwischte, um endlich zu begreifen, was ihr Desinteresse angerichtet hatte. Dass sie sich in diesem Moment der Schwäche zu Kristin herunterbeugte, ihr sanft die Haare aus der Stirn strich und ihr tröstend zuflüsterte, dass alles wieder gut werden würde.

Doch stattdessen hockte Elva in ihrem Büro, um das ach so wahnsinnig wichtige Exposé zu vervollständigen.

Was für ein beschissenes Leben, dachte Kristin zutiefst verletzt und kämpfte erneut gegen die Tränen an.

5

Jetzt komm schon, Nils, steig endlich ein.“ Ben hielt seinem jüngeren Bruder ungeduldig die Wagentür auf.

„Ich mach ja schon“, brummte Nils und ließ sich auf den Beifahrersitz fallen.

„Ben, hätten Sie vielleicht eine Minute?“

Inga Larsen, Nils’ Betreuerin, kam mit wehenden Haaren angelaufen. Ausgerechnet jetzt, dachte Ben genervt.

„Was gibt es denn so Dringendes?“

„Könnten wir das vielleicht drinnen besprechen?“

Sie musterte ihn verstohlen und strich sich verunsichert eine blonde Strähne hinter das Ohr. Ben war sich seiner

Wirkung auf Frauen durchaus bewusst, doch Inga Larsen konnte ihm gestohlen bleiben.

„Nils, warte bitte einen Moment auf mich, bin gleich zurück." Er knallte die Autotür zu, schob lässig seine Hände in die Hosentaschen und folgte ihr.

„Hier entlang." Inga Larsen zeigte auf den Pausenraum und ging voraus. „Bitte setzen Sie sich doch", forderte sie ihn auf.

„Ich stehe lieber", antwortete Ben selbstbewusst.

„Ihre Entscheidung", lautete Ingas knappe Antwort.

„Worum geht es überhaupt?" Ben schaute demonstrativ auf seine Armbanduhr.

„Nun ja, wie soll ich sagen …"

Ben atmete geräuschvoll aus und wartete darauf, dass Inga Larsen endlich auf den Punkt kam.

„Nils hat sich in letzter Zeit stark verändert. Früher war er stets mit Freude bei der Arbeit, aber das hat deutlich nachgelassen."

„Aha."

Gehäuse für Taschenlampen zusammenzuschrauben, war auch keine irrsinnige Herausforderung. Ihm wäre da schon längst der Kragen geplatzt.

„Aber am meisten Sorge bereitet uns sein aggressives Verhalten."

„Das kann nicht sein, Nils ist sanft wie ein Lamm", verteidigte Ben seinen Bruder.

„Da muss ich Ihnen leider widersprechen. Er hat vor zwei Tagen einen Kollegen an der Schläfe verletzt."

„Ich glaube Ihnen kein einziges Wort." Ben ballte die Hände zu Fäusten.

„Wäre es nicht besser, wenn Sie Nils in einer Einrichtung für betreutes Wohnen unterbringen würden? Ich kann mir wirklich nicht vorstellen, dass er dort draußen im Wald gut aufgehoben ist. Sie wohnen immer noch im Haus Ihres

Vaters und das kann sich durchaus negativ auf die Psyche Ihres Bruders auswirken."

„Suchen Sie wieder das Haar in der Suppe? Sie können mich gern zum Wagen begleiten und Nils persönlich fragen, was er davon hält."

„Bitte Ben, reagieren Sie nicht über", versuchte sie, ihn zu besänftigen.

„Ach? Ich reagiere über?"

Ben drehte sich um und lief nach draußen. Inga Larsen eilte ihm hinterher. Am Wagen angekommen, riss er schwungvoll die Beifahrertür auf.

„Nils, würdest du *ihr* bitte erklären", er deutete mit dem Daumen in Inga Larsens Richtung, „wo du in Zukunft wohnen möchtest?"

„Ben, jetzt beruhigen Sie sich." Inga Larsen gab sich alle Mühe, um die Wogen zu glätten.

„Aber ich wohne doch bei dir." Nils war sichtlich verwirrt.

„Das habe ich auch gedacht. Aber Frau Larsen ist mit unserer Wohnsituation nicht zufrieden."

Nils zögerte. „Ich bin gern bei dir", sagte er schließlich. „Es ist mein Zuhause."

„So, jetzt haben Sie es gehört." Ben warf ihr einen bitterbösen Blick zu. „War's das jetzt? Können wir fahren?"

Inga Larsen nickte stumm.

Er umrundete den Wagen, stieg ein und knallte die Fahrertür zu. „Bist du angeschnallt?", fragte er.

„Ja, schon die ganze Zeit", antwortete Nils.

„Okay, dann halt dich fest, wir fahren."

Ben trat aufs Gaspedal, bis der Motor heulte, und fuhr mit durchdrehenden Reifen davon. Voller Genugtuung schaute er in den Rückspiegel und sah Inga Larson in einer Staubwolke stehen.

Schon vor Jahren hatte er geschworen, sich um seinen

Bruder zu kümmern und ihn nie im Stich zu lassen. Die gemeinsame Kindheit war von Rückschlägen geprägt gewesen, angefangen hatte es mit dem Tod ihrer Mutter. Bei der Geburt seines jüngeren Bruders waren Komplikationen aufgetreten. Nils hatte den Eingriff zwar überlebt, aber eine geistige Behinderung zurückbehalten, während seine Mutter an inneren Blutungen verstorben war. Von nun an waren sie ihrem Vater, einem passionierten Jäger, schutzlos ausgeliefert.

Um das karge Gehalt eines Forstarbeiters aufzubessern, hatte er alles abgeschossen, was ihm vor die Flinte gelaufen war. Oft war er tagelang unterwegs gewesen und hatte seine Söhne während dieser Zeit sich selbst überlassen, bis sie ihm schließlich wegen körperlicher und seelischer Vernachlässigung weggenommen worden waren. Danach hatte er sich zu Tode gesoffen.

„Tolles Leben“, murmelte Ben.

„Was hast du gesagt?“, fragte Nils.

„Ach, nichts …“, antwortete Ben und bog auf den holprigen Waldweg ab. Der klapprige Geländewagen bewegte sich im Schritttempo vorwärts und kam vor einem Holzhaus, das versteckt hinter Bäumen lag, zum Stehen.

„Ende der Fahrt, aussteigen“, sagte Ben und schlug die Autotür zu. Ein Schwarm Krähen erhob sich laut protestierend in die Lüfte.

Ben öffnete den Kofferraum, um die Einkäufe ins Haus zu tragen. Kaum hatte er die Tür zur Hütte aufgeschlossen, strömte ihm der vertraute Geruch von kaltem Essen und Holz entgegen.

„Nils, wo bleibst du denn?“, rief er ungeduldig.

„Ich komme ja schon“, antwortete sein Bruder und stapfte zum Haus. „Was gibt's denn heute?“

„Wie wäre es mit gebackenem Fisch?“

Das war Nils' Lieblingsessen und er klatschte freudig in

die Hände. „Oh ja, das ist eine gute Idee." Er mochte die knusprige Kruste und träufelte mit Vorliebe Zitronensaft darüber.

„Okay, kleiner Bruder, dann wirst du aber die Kartoffeln schälen."

„Na gut", willigte Nils ein. Er setzte sich an den Tisch und Ben stellte ihm die Schüssel mit den Kartoffeln vor die Nase.

„Und, wie war dein Tag?", fragte Ben. Er hoffte, dass Nils von sich aus erzählte, warum er handgreiflich geworden war.

„Weiß nicht."

„Aber du musst doch wissen, wie dein Tag gewesen ist?"

„So wie immer", antwortete Nils ausweichend.

„Ich habe gehört, dass du nicht immer sehr nett gewesen bist."

„Ach, hat Inga wieder gepetzt?" Nils zog einen Flunsch.

Ben setzte sich ihm gegenüber und suchte Blickkontakt. „Was ist los?"

Nils zuckte mit den Schultern. „Nichts ist los."

„Doch. Ich weiß ganz genau, wenn du lügst."

Sein Bruder griff sich verstohlen an die Nasenspitze.

„Genau, die ist ganz schwarz vom Lügen."

Ben verkniff sich ein Grinsen. Er konnte ihm nie lange böse sein. Dennoch musste er der Sache auf den Grund gehen. Auch ihm waren die Stimmungsschwankungen von Nils nicht entgangen. Sein Bruder hatte sich des Öfteren heimlich davongestohlen und war stundenlang fortgeblieben. Ben befürchtete, dass das vielleicht mit seinem aggressiven Verhalten zusammenhängen könnte.

„Komm schon, Brüderchen, raus mit der Sprache."

Nils schürzte die Lippen und ein trotziger Ausdruck erschien auf seinem Gesicht. „Ich bin okay."

„Nein, das bist du nicht, sonst hätte die Larsen nicht mit mir gesprochen. Etwas muss vorgefallen sein."

„Sven hat mich gehänselt, weil ich im Wald wohne. Er hat mich einen Troll genannt", beichtete Nils.

„Aber du lachst doch immer über solche dummen Scherze. Warum diesmal nicht?"

Nils zuckte erneut mit seinen Schultern und Ben sah ihm deutlich an, dass er etwas verheimlichte. Sein Bruder hatte sich verändert, ging auf Distanz.

„Jetzt mach es mir doch nicht so schwer. Verdammt, was ist los mit dir?", drängte Ben.

„Ich habe Hunger", erwiderte Nils und stellte sich stur.

Er wollte nicht darüber sprechen, das musste Ben wohl oder übel akzeptieren. Aber die nächste günstige Gelegenheit würde er beim Schopfe packen, um seinem Bruder auf den Zahn zu fühlen. Er nahm die Packung mit dem Fisch aus dem Gefrierfach und erhitzte das Öl in der Pfanne. Gedankenverloren wendete er den Fisch.

„Bin fertig", sagte Nils und schob die Schüssel mit den geschälten Kartoffeln über den Tisch.

„Danke."

„Kann ich jetzt auf mein Zimmer?", fragte Nils mit gesenktem Blick. Er wollte einem erneuten Kreuzverhör aus dem Weg gehen.

„Klar. Ich rufe dich dann, wenn das Essen auf dem Tisch steht."

Nils war noch immer traumatisiert und litt unter starken Verlustängsten, weil sie getrennt voneinander in Heimen aufgewachsen waren. Vielleicht hatte er Angst, dass seine so heile Welt wieder aus den Fugen geraten könnte.

Aber für Ben käme eine räumliche Trennung von seinem Bruder nie infrage. Er wusste, wie verkorkst sie beide waren, und dass Nils' Vertrauen erneut schweren Schaden nehmen würde. Allein die Vorstellung, eine Familie zu gründen, entlockte Ben ein sarkastisches Lachen. Dieser Zug war definitiv abgefahren. Obwohl diese Liv schon ein süßes Mäuschen …

Hastig drehte er das Gas herunter, der Fisch wäre ihm beinahe angebrannt.

„Nils, das Essen ist fertig“, rief er laut.

„Ja, ich komme.“

Nils stapfte die Stufen hinunter. Sein Küchenstuhl schabte über den unansehnlichen Dielenboden, als er am Tisch Platz nahm.

„Die Zitrone fehlt“, merkte er stirnrunzelnd an.

„Moment, kommt sofort.“

Ben schnitt zwei Früchte auf, die Nils genüsslich über seinem Fisch ausdrückte. „Lecker.“

„Dir muss es schmecken“, kommentierte Ben und setzte sich ihm gegenüber. „Hast du heute noch etwas vor?“, fragte Ben.

„Ja, ich muss weg“, murmelte Nils zwischen zwei Bissen.

„Wohin willst du?“

„In den Wald natürlich“, antwortete Nils.

„Wann kommst du wieder?“

„Weiß noch nicht.“

„Bau keinen Mist, Nils. Du willst doch sicher nicht, dass sie dich wieder in ein Heim stecken?“

Nils schüttelte energisch seinen Kopf.

„Dann sind wir uns ja einig.“

Sein Bruder schaufelte hastig die Mahlzeit in sich hinein. Dann sprang er auf und stellte seinen Teller in die Spüle. „Bis später“, sagte er und kurz darauf fiel auch schon die Haustür hinter ihm ins Schloss.

Ben beobachtete durch das Küchenfenster, wie die hochgewachsene Gestalt seines Bruders zwischen den Bäumen verschwand, und er beschloss, ihm das nächste Mal zu folgen.

Er wandte sich ab und setzte warmes Wasser für den

Abwasch auf. Sie lebten in sehr bescheidenen Verhältnissen, denn sein Vater hatte nichts in dieses Holzhaus investiert. Ein uralter gusseiserner Ofen sollte sämtliche Räume beheizen, was er natürlich nicht tat. Obwohl Ben zwei elektrische Radiatoren besorgt hatte, war es im Winter oft bitterkalt. Die alte Waschmaschine verrichtete auf gut Glück ihren Dienst und auch sonst gab es keinerlei Annehmlichkeiten, die ihnen das Leben erleichtert hätten.

Ben wäre gern weggezogen, näher an die Stadt heran, aber von seinem knappen Gehalt als Paketbote konnte er sich die Mieten nicht leisten. Er war nicht dumm, keineswegs. Aber sein Leben war bedauerlicherweise nicht so verlaufen, wie er es sich gewünscht hätte. Im Heim wäre er beinahe auf die schiefe Bahn geraten, hatte aber noch rechtzeitig die Kurve gekriegt.

Nach der Vollendung seines achtzehnten Lebensjahres war er in das Haus im Wald zurückgekehrt und hatte verzweifelt darum gekämpft, dass Nils wieder bei ihm einziehen durfte. Anfangs hatten sich die Behörden quergestellt, doch dann war es Ben mithilfe eines patenten Anwalts gelungen, seinen Bruder zu sich zu holen.

Sie hatten viel durchgestanden und waren gemeinsam durch die Hölle gegangen.

Besonders Nils hatte unter dem unberechenbaren Verhalten des Vaters gelitten. Nach dessen strengen Anweisungen musste er das Wild häuten und zerteilen. Immer wieder hatte Ben eingegriffen, wenn Nils mit blutigen Fäusten und tränenüberströmt vor dem Tier hockte und ungelenk versuchte, das Fell von den Muskeln zu lösen. Doch sein Vater war stark wie ein Bär gewesen und hatte ihn meist mit einem harten Schlag abgewehrt.

Ben verscheuchte die hässlichen Gedanken und sah aus dem Fenster. Die dunklen Tannen bewegten sich sanft im

Wind und die Sonne schickte ihre goldenen Strahlen durch das Gewirr der Äste.

Der Wald ist ein verwunschener Ort, der seine Geheimnisse niemals preisgibt, obwohl er ständig wispert und säuselt, dachte Ben. Es könnte so schön sein, ohne die Erinnerungen an dieses frühere Leben.

Er räumte das saubere Geschirr in den Schrank und ging nach draußen, um Holz zu hacken. Der Vorrat für den Winter musste aufgestockt werden. Die Forstarbeiter überließen ihm meist kostenlos die Stämme, für die sich ein Transport nicht mehr lohnen würde.

Ben spuckte in seine Handflächen und die Axt sauste kraftvoll nieder. Das Holz gab klackernd nach und die Scheite fielen zu Boden. Er liebte es, mit seinen Muskeln zu spielen und sich auf diese Weise zu verausgaben. Zwischendurch warf er die Holzscheite in die Schubkarre, um sie anschließend im Schuppen zu stapeln.

Nach zwei Stunden harter Arbeit legte er eine Pause ein. Er öffnete eine Flasche Mineralwasser und leerte sie gierig Zug um Zug. Das Eichhörnchen, das sie täglich besuchte, stibitzte einige Sonnenblumenkerne aus dem Futterhäuschen. Es war sehr zahm und im zeitigen Frühjahr, direkt nach seiner Winterruhe, fraß es ihm sogar aus der Hand.

Ben hockte sich auf die Steinstufen und hielt nach Nils Ausschau. Auch früher war sein Bruder gern durch den Wald gestreift, um die Tiere zu beobachten. Doch er war nicht stundenlang fortgeblieben. Dieses Verhalten sah seinem Bruder überhaupt nicht ähnlich. Einmal hatte sich Nils verlaufen und vor Panik laut nach Ben gerufen. Schluchzend hatte er sich an ihn geklammert und selbst auf den Heimweg seine Hand nicht mehr losgelassen.

Seufzend machte sich Ben wieder an die Arbeit. Eine Stunde würde er noch abwarten, bevor er sich auf die Suche machte. Abermals fielen die Holzscheite klackernd auf den mit Tannennadeln übersäten Waldboden. Das Eichhörnchen hatte sich mittlerweile aus dem Staub gemacht und selbst das Vogelgezwitscher war verstummt. Von Zeit zu Zeit hüllte sich der Wald in Schweigen und eine unheimliche Aura trat zutage.

Für Ben ein eindeutiges Zeichen. Er lehnte die Axt an den Hackklotz, fuhr die letzte Ladung in den Schuppen und ging ins Haus, um sich frisch zu machen. Er hielt seinen verschwitzten Kopf unter den fließenden Wasserhahn und rubbelte anschließend die Haare mit einem Handtuch trocken. Um seine Frisur zu richten, fuhr er kurz mit den Fingern durchs Haar und zog sich ein sauberes Shirt über.

Auf dem Weg nach draußen schnappte er sich noch einen Apfel und biss kraftvoll hinein. Der Gedanke, dass Nils in ernsthaften Schwierigkeiten stecken könnte, ließ ihm keine Ruhe.

Er folgte dem schmalen Waldweg bis zur Lichtung und bog dort nach rechts ab. Immer wieder formte er seine Hände zu einem Trichter, um den Namen seines Bruders zu rufen. Ein Specht unterbrach erschrocken seine Arbeit und zwei junge Rehböcke flohen ins Dickicht. Doch von Nils fehlte weiterhin jede Spur, dabei entfernte er sich nur selten vom Haus.

Ben hielt einen Moment inne, um auf die Geräusche zu achten. In der Ferne hörte er das Knacken von vertrockneten Zweigen und rannte los. Das konnte nur Nils sein. Kurz darauf herrschte wieder eine seltsame Stille und Ben musste auf sein Bauchgefühl vertrauen. Endlich entdeckte er seinen Bruder. Nils hockte am Ufer des Baches und wusch die Hände im klaren Wasser.

„Hey, was machst du da?“

Nils sprang erschrocken auf. Sein Gesicht war von einer flammenden Röte überzogen.

„Spionierst du mir etwa nach?“, fragte er empört.

„Nein." Ben packte ihn derb am Handgelenk und forschte in seinem Gesicht. „Aber du kannst nicht geschlagene drei Stunden wegbleiben, ohne mir Bescheid zu geben."

„Ich bin erwachsen, ich darf das." Trotzig versuchte Nils, sich loszureißen.

„Da muss ich dich leider enttäuschen, noch habe ich die Vormundschaft." Ben ließ sich nicht provozieren. „Kürzen wir die Sache einfach ab. Du sagst mir in Zukunft, wo du dich aufhältst, und ich lasse dich im Gegenzug gehen. Einverstanden?"

„Nein", widersprach Nils.

„Auch gut. Dann wirst du die nächsten Tage in deinem Zimmer verbringen." Ben verstärkte seinen Griff.

„Du darfst mich nicht einsperren", protestierte Nils zornig.

„Und ob ich das kann. Oder hast du das Gespräch mit Frau Larsen schon vergessen?" Ben zog seinen Bruder näher zu sich heran. „Und jetzt kommst du mit nach Hause."

Widerstand war zwecklos und Nils stolperte ihm hinterher. Schweigend legten sie den Weg zurück und hatten nach einer halben Stunde das Haus erreicht.

„So, da wären wir", sagte Ben und stieß Nils in den Flur. Dann schloss er die Tür von innen ab. „Bruderherz, das ist kein Spiel mehr. Ich will auf der Stelle wissen, wo du gewesen bist?"

Nils kniff die Lippen zusammen und versteckte die Hände hinter dem Rücken. Erst jetzt bemerkte Ben die dunklen Flecken auf seinem Shirt.

„Ist das Blut?"

Nils schüttelte vehement seinen Kopf und Ben war sofort klar, dass er log.

„Hast du dich verletzt?"

„Weiß nicht ..."

„Du musst doch wissen, ob du dir wehgetan hast. Zeig deine Hände“, forderte Ben ihn auf.

Nils streckte ganz langsam seine Arme aus. „Alles gut, siehst du“, sagte er beschwichtigend.

„Und woher hast du dann die Flecken?“, fragte Ben erneut.

„Beeren. Ich habe Beeren gegessen“, antwortete Nils hastig.

„Na, wenn das so ist …“ Ben gab sich vorerst mit dieser Antwort zufrieden. Er wusste, dass sein Bruder eine absolute Naschkatze war. „Deswegen hast du dir also die Hände gewaschen?“

Nils nickte.

„Dann hilf mir beim Aufräumen.“

„Aye, aye, Sir!“ Nils grinste breit und machte sich ans Werk.

Ben beobachtete verstohlen seinen Bruder. Nils verheimlichte ihm etwas und die Flecken auf dem Shirt stammten mit Sicherheit nicht von Beeren. Er würde in den nächsten Tagen ein wachsames Auge auf ihn haben.

6

Linda hatte bereits einen Stapel Akten vor sich liegen, als Jörgen das Büro betrat.

„Na, schon wieder fleißig?“, begrüßte er sie.

„Die Sache mit der Tierquälerei hat mir keine Ruhe gelassen. Deshalb bin ich extra eher aufgestanden, um die Zeit zu nutzen.“

„In Ordnung, dann packen wir es an.“ Jörgen nahm sich die obere Hälfte des Stapels und schlug die erste Akte auf. „Hast du schon nach Jahreszahlen sortiert?“

Genervt schaute Linda auf. „So schnell bin ich nun auch wieder nicht. Lillemor hat sich natürlich wieder quer gestellt, weil sie das Frühstück für Elina zubereiten sollte. Es war das übliche Kräftemessen zwischen uns und ich bin froh, wenigstens eine Stunde gewonnen zu haben."

„Schon okay, ich habe verstanden." Er breitete die Unterlagen auf seinem Schreibtisch aus. „Welchen Zeitraum hältst du für angemessen? Die letzten fünf bis sechs Jahre?"

„Ja, das kommt ungefähr hin. Wir sieben die älteren Fälle einfach aus und falls wir nicht fündig werden, können wir die aussortierten Akten immer noch durchgehen."

„Möchtest du auch einen Kaffee, bevor wir loslegen?"

„Gerne, immer her damit." Sie kramte das Kleingeld aus ihrer Hosentasche und schob es Jörgen über den Tisch. „Du besorgst den Kaffee und ich bezahle."

Er quittierte ihre Ansage mit einem breiten Grinsen und ging zur Tür. Linda widmete sich wieder den Unterlagen. In diesem Dokument ging es um einen Hundezüchter, der seine Tiere geschlagen und nicht artgerecht gehalten hatte. Die Akte konnte definitiv zurück ins Archiv. Auch im nächsten Fall handelte es sich um einen Nachbarschaftsstreit, bei dem die Tauben des Besitzers vom Himmel geschossen worden waren. Bei Nummer drei wurde es allerdings interessant.

Eine unbekannte Person hatte die zwei Katzen der Familie bestialisch zugerichtet. Die grausamen Einzelheiten der Tat ließen Linda das Blut in den Adern gefrieren. Wer machte so etwas?

Jörgen öffnete die Tür und stellte Linda den Becher Kaffee vor die Nase. Dann zog er seine Schreibtischschublade auf und stellte eine Packung Kekse auf den Tisch.

„So wie ich dich kenne, hast du mit Sicherheit noch nicht gefrühstückt."

„Stimmt, nach der Diskussion mit Lillemor war dafür keine Zeit geblieben", lächelte Linda und reichte ihm die Akte. „Ich sollte rasch zugreifen, bevor mir noch der Appetit vergeht."

„So schlimm?" Jörgen zog fragend die Brauen hoch.

„Oh ja, Kinder und Tiere, das geht mir auch noch nach Jahren unter die Haut."

Jörgen schlug den Ordner auf und überflog die Zeilen.

„Meine Güte, wer hat sich denn hier ausgetobt?"

„Sag ich doch", antwortete Linda. „Das ist der erste Fall, der ins Raster passt."

Den gesamten Vormittag über sichteten Linda und Jörgen die Akten. Der Stapel wuchs nur sehr langsam an, aber das zügelte nicht ihren Eifer.

„Sind wir endlich durch?", fragte Jörgen. Er streckte sich und verschränkte die Arme hinter seinem Kopf.

„Ja, wir haben es tatsächlich geschafft", erwiderte Linda. „Wie viele Fälle hast du herausgefischt?"

„Nur drei Stück. Und bei dir?"

„Das Doppelte." Sie schob ihm die Akten über den Tisch. „Jeder einzelne Fall ist tragisch. Aber was mir sofort aufgefallen ist, sind die Adressen."

„Die Adressen?"

„Ja. Sie liegen in einem Radius von zwei Kilometern nah beieinander."

„Das könnte bedeuten, dass der Täter selbst Anwohner ist oder seinen Beutezug dorthin verlegt hat."

„Wir sollten getrennt voneinander die ehemaligen Besitzer der Tiere befragen", schlug Linda vor.

„Effiziente Arbeitsteilung", antwortete Jörgen. „Machen also wir fifty-fifty?"

„Einverstanden. Ich werde mit der Familie anfangen, denen die zwei Katzen gestohlen wurden."

Linda hatte Glück, eine junge Frau öffnete ihr die Tür.

„Guten Tag. Mein Name ist Linda Sventon und ich bin

von der Kriminalpolizei. Sie sind doch Emma Olsson, die vor vier Jahren Anzeige erstattet hat?"

„Ja, die bin ich. Kommen Sie doch herein."

Emma Olsson führte Linda in ein modern eingerichtetes Esszimmer, in dem weiße Kiefernmöbel dominierten. Ein getigerter Kater betrat den Raum und rieb schnurrend sein Köpfchen an Lindas Beinen.

„Das ist Enno", kommentierte Emma Olsson. „Aber er darf nicht mehr nach draußen."

„Das kann ich gut verstehen", erwiderte Linda und strich mit ihren Fingern durch das samtig glänzende Fell des prächtigen Katers.

„Können Sie noch einmal wiedergeben, auf welche Weise Ihre Tiere verschwunden sind?"

„Wir haben Lilly und Lola als kleine Kätzchen vom Tierschutz übernommen und nach der Kastration durften sie unbegrenzten Freigang genießen. Das ging natürlich nicht lange gut, im Alter von zehn Monaten sind Lilly und Lola plötzlich verschwunden."

Emma Olsson atmete tief durch, um sich zu sammeln.

„Wir haben überall nach ihnen gesucht und Zettel in der Nachbarschaft aufgehängt. Nach ungefähr acht Tagen erhielten wir die erste Rückmeldung, dass Lola gefunden worden war. Den Anblick werden wir nie vergessen, sie war grauenvoll zugerichtet." Emma Olsson wandte sich hastig ab, damit Linda ihre Tränen nicht bemerkte.

„Ich habe den Fundort und die Verletzungen aus der Akte entnommen", sagte Linda mit leiser Stimme.

„Jedenfalls hat uns ein Nachbar später erzählt, dass er eine Lebendfalle zwischen den Hecken entdeckt hatte. Wir haben sie einem Schrotthändler mitgegeben, um dieses grausame Schicksal weiteren Tieren zu ersparen."

„Warum steht von der Falle nichts in den Unterlagen?", fragte Linda.

„Warum wohl? Die Akte war zu diesem Zeitpunkt schon längst geschlossen worden." Enttäuschung spiegelte sich auf dem Gesicht von Emma Olsson wider.

„Ich bedauere sehr, dass die Kollegen nicht an diesem Fall drangeblieben sind."

„Warum kommen Sie ausgerechnet jetzt vorbei? Nach all den Jahren werden keine verwertbaren Spuren mehr existieren." Emma Olsson warf ihr einen fragenden Blick zu.

„Es geht um einen aktuellen Fall, mehr darf ich Ihnen nicht dazu sagen", erwiderte Linda.

„Die Mädchen!", rief Emma Olsson überrascht. „Deshalb sind Sie also hier."

„Wie ich bereits erwähnt habe, geht es um einen anderen Fall", entgegnete Linda mit Nachdruck.

„Sie können mich nicht für dumm verkaufen", antwortete Emma Olsson triumphierend. „Ich habe ein Buch darüber gelesen, dass potenzielle Mörder anfangs nur Tiere quälen. Wäre die Polizei damals am Ball geblieben, dann …"

„Bitte, Frau Olsson, Spekulationen führen doch zu nichts." Linda erhob sich. „Vielen Dank, dass Sie sich die Zeit genommen haben."

„Bitte versprechen Sie mir, dass Sie mich informieren, falls Sie den Täter fassen konnten." Emma Olsson lief aus dem Esszimmer und kehrte kurz darauf zurück. „Hier, meine Karte."

„Ich werde mich bei Ihnen melden", versprach Linda und Emma Olsson begleitete sie zur Tür.

„Ich wünsche Ihnen viel Erfolg."

„Danke, Frau Olsson, den werden wir brauchen."

Linda öffnete den Wagen und stieg ein. Emma Olsson könnte glatt bei uns anfangen, dachte sie. Die Frau hatte nicht unrecht. Wenn die Kollegen an den Fällen drangeblieben wären, hätten die nachfolgenden Morde vielleicht verhindert werden können.

Linda startete den Motor und scherte aus der Parklücke. Es hatte keinen Zweck, sich mit Spekulationen zu verzetteln. Sie legte die kurze Strecke innerhalb weniger Minuten zurück und hielt vor einem hübschen Bungalow, der in Falunrot gestrichen war.

„Bereit für Fall Nummer zwei", murmelte sie und stieg aus. Ein älterer Herr öffnete ihr die Tür. Er rückte seine Brille zurecht und musterte Linda mit zusammengekniffenen Augen.

„Was kann ich für Sie tun?"

Linda zeigte ihm den Dienstausweis und erklärte den Grund ihres Besuches. Der Hausherr lotste sie zur Terrasse, wo er Linda einen Kaffee anbot. Ein brauner Setter legte sich zu seinen Füßen, dessen rotbraunes, sanft gewelltes Fell in der Sonne glänzte.

„Tja, wo soll ich anfangen und aufhören?" Er stieß einen tiefen Seufzer aus. „James, so habe ich diesen Setter genannt, ist bei einem Waldspaziergang verschwunden."

„Er wurde also nicht direkt in der Nähe Ihres Hauses gestohlen?", erkundigte sich Linda.

„Nein. Spaziergänger haben ihn einen Tag später gefunden. Sein Kopf war abgetrennt und der Körper mit Brandwunden übersät."

„Haben Sie einen Verdacht, wer Ihrem Hund das angetan haben könnte?", fragte Linda.

„Es gab zwar hin und wieder Streit wegen der Kläfferei von James, aber so weit würde keiner meiner Nachbarn gehen."

„Könnte es sich um eine vorsätzliche Tat handeln?"

„Ich weiß es wirklich nicht. Vielleicht ist James an diesem Tag seinem Mörder direkt in die Arme gelaufen. Jedenfalls lasse ich Gordon, seinen Nachfolger, im Wald nie wieder von der Leine."

„Ja, so ein Verlust hinterlässt Narben", sagte Linda und

reichte ihm zum Abschied die Hand. „Ich danke Ihnen für das Gespräch."

„Sie melden sich doch, wenn Sie diesen abscheulichen Kerl endlich gefasst haben?" Hoffnung schwang in seiner Stimme mit.

„Das werde ich", versprach Linda ein weiteres Mal.

Linda, Jörgen und Alex Berg hatten sich in den Konferenzraum zurückgezogen, um die Befragungen auszuwerten. Linda hatte dem Fallanalytiker bereits die Akten ausgehändigt, damit dieser sich einen groben Überblick verschaffen konnte.

„Und, was sagen Sie dazu?" Linda hing gebannt an seinen Lippen.

„Alle Fälle tragen die gleiche Handschrift, egal, um welche Tierart es sich handelt. Brandmale, abgetrennte Gliedmaßen, langer und qualvoller Tod."

„Sind wir auf der richtigen Fährte?", wollte Jörgen wissen.

„Die Stadt ist nicht sonderlich groß und ich gehe davon aus, dass der gesuchte Täter an diesen Tieren seine Neigungen ausgelebt hat."

„Er könnte demnach unser Mann sein?", hakte Linda nach.

„Das ist sehr wahrscheinlich. Ob er nun für alle Taten verantwortlich ist, sei dahingestellt, eine Obduktion der Tiere ist nicht mehr möglich. Was hat die Befragung der Nachbarn ergeben?"

„Es wurde angeblich ein Mädchen dabei beobachtet, wie sie Streunerkatzen in ihre Sporttasche gesteckt hat."

„Wie alt war sie?"

„Sechzehn oder siebzehn", antwortete Linda.

„Sie wird die Katzen vermutlich von der Straße aufgelesen haben, um diese aufzupäppeln. Oder ist eine von ihnen später tot aufgefunden worden?“

„Nein, nicht jedes Schicksal der vermissten Vierbeiner konnte geklärt werden“, sagte Linda.

„Und wie werden wir jetzt weiter vorgehen?“, fragte Jörgen.

„Gute Frage“, erwiderte Berg. „Ohne verwertbare DNA-Spuren und brauchbare Zeugenaussagen tappen wir nach wie vor im Dunkeln.“

7

Ich hasse euch!“, rief Kristin wütend und versetzte der Zimmertür einen derben Stoß. Dann warf sie sich aufs Bett, vergrub ihr Gesicht im Kopfkissen und schluchzte hemmungslos.

Nach der Schule hatte es ein riesiges Donnerwetter gegeben, weil sie die dritte schlechte Note in Folge mit nach Hause gebracht hatte. Sie würde die Klasse wiederholen müssen, der Point of no Return war längst überschritten. Ein einziger Albtraum, aus dem es kein Entrinnen gab.

In der unteren Etage fiel die Eingangstür ins Schloss und Kristin horchte auf. Das war wieder so typisch für ihre

Eltern. Obwohl sie wussten, wie schlecht sie sich fühlte, waren sie ausgegangen. Das Geschäftsessen war natürlich wichtiger als sie, gar keine Frage. Warum konnten sie nicht einmal einen Gang zurückschalten und ihr den Rücken stärken, anstatt sie pausenlos zu kritisieren? Und würde es überhaupt einen Unterschied machen, ob sie noch da wäre oder nicht?

Ihre Gedanken wanderten wiederholt zu Yva, ihrer Schwester. Klavierstunden, Fechten und Reitunterricht, all das hatten die Eltern ihrer Lieblingstochter finanziert und kein Weg war ihnen zu weit gewesen.

Kristin hatte es auch einmal mit dem Reiten versucht. Aber nachdem sie die Mädchen hatte hinter ihrem Rücken kichern hören, dass das Pony unter ihrem Gewicht zusammenbrechen würde, war sie nie wieder dorthin gegangen.

Andere Hobbys hatte sie keine. Sie konnte weder malen noch ein Instrument spielen und war in dieser Hinsicht völlig unbegabt. Wahrscheinlich kam das ihren Eltern sehr gelegen, denn so konnten sie sich in aller Seelenruhe um das Maklerbüro kümmern.

Sie setzte sich auf und schaute aus dem Fenster. Die Sonne strahlte von einem azurblauen Himmel und kein Wölkchen war zu sehen. Trotzdem zog es Kristin nie nach draußen. Sie war durch und durch eine Stubenhockerin und niemand schien sich daran zu stören.

Sie stellte die Bluetooth-Box wieder an und die Bässe dröhnten durchs Haus. Herrlich, sie konnte tun und lassen, was sie wollte. Energiegeladen sprang sie auf und lief nach unten in die Küche. Mit einem Ruck öffnete sie die Kühlschranktür und beim Anblick der kulinarischen Köstlichkeiten lief ihr das Wasser im Munde zusammen. Gestern Abend hatten ihre Eltern Gäste empfangen und es war eine Menge übrig geblieben.

Kristin stellte die Schüsseln mit den Salaten auf die Küchentheke und entfernte die Frischhaltefolien. Hastig riss sie die Schublade auf, entnahm einen Löffel und schob sich den ersten Bissen in den Mund.

Hmmm, das war Balsam für ihre Seele. Ihre Mutter würde einen Tobsuchtsanfall bekommen, wenn sie sah, dass sich Kristin direkt aus den Schüsseln bediente. Bei dem Gedanken an Elvas verdattertes Gesicht musste sie grinsen.

Wiederholt öffnete sie die Kühlschranktür und holte zwei Kuchenplatten heraus. Der Schokoladenüberzug zerschmolz auf der Zunge und sie konnte einfach nicht genug bekommen.

Ihr Gelage hatte knappe zehn Minuten gedauert und die Heißhungerattacke war inzwischen wieder abgeflaut. Bestürzt nahm Kristin das hinterlassene Schlachtfeld zur Kenntnis. Das würde eine gehörige Standpauke geben.

Der Magen rebellierte bereits und ihr war speiübel. Widerwillig räumte sie die Lebensmittel zurück in den Kühlschrank und reinigte die Arbeitsplatte der Küchentheke. Während sie das tat, reifte ein Gedanke in ihr heran. Das Abitur konnte sie knicken und das Schuljahr wollte sie auf keinen Fall wiederholen. All ihre Probleme wären mit einem Schlag gelöst, wenn sie ihren Rucksack packen und klammheimlich verschwinden würde. Allerdings musste sie noch an einem vernünftigen Plan feilen, bis sie eine endgültige Entscheidung getroffen hatte.

Statt zur Toilette ging sie diesmal gleich auf ihr Zimmer. Sie zerrte den großen Rucksack aus dem Schrank und stopfte wahllos Unterwäsche, Socken, Jeans und Shirts hinein. Das Ersparte aus dem kleinen Kästchen über dem Bett steckte sie in ein Seitenfach. Anschließend schob sie den vollen Rucksack unter das Bett und richtete die Wäschestapel, damit ihrer Mutter die Lücken im Kleiderschrank nicht sofort ins Auge fielen.

Voller Zuversicht warf sich Kristin wieder auf das Bett, schaltete die Bluetooth-Box ein und genoss den Augenblick, der nur ihr allein gehörte.

8

Ben parkte den Wagen vor der Behindertenwerkstatt und stieg zögerlich aus. Die Larsen hatte ihn erneut herzitiert, nun schon zum dritten Mal. Allmählich spitzte sich die Lage zu, doch Nils weigerte sich weiterhin, offen mit ihm zu reden. Dabei wollte Ben nur verhindern, dass sein Bruder erneut in ein Heim gesteckt wurde.

Mit gemischten Gefühlen näherte er sich dem Eingangsbereich, wo Inga Larsen schon auf ihn wartete.

„Hallo Ben, bitte folgen Sie mir." Sie öffnete die Tür zum Pausenraum und deutete auf die Sitzgruppe am Fenster. „Setzen Sie sich doch."

Ben ließ sich auf einen Stuhl fallen und versuchte zu

ergründen, warum sie ihn hergebeten hatte. Inga Larsen musterte ihn kurz, bevor sie ihre Stimme hob.

„Die Kollegen und ich sind zu der Überzeugung gelangt, dass Nils einem Psychologen vorgestellt werden sollte."

„Was hat er diesmal angestellt?", fragte Ben mit einem leicht gereizten Unterton.

„Gar nichts", antwortete Inga Larsen. „Er hat geweint."

„Warum?" Ben war sichtlich irritiert.

„Das wüssten wir gern von Ihnen."

„Ich habe nicht die geringste Ahnung. Und was hat Nils vor zwei Tagen verzapft?"

„Da hat er wieder randaliert." Inga Larson reichte ihm ein Kuvert. „Das ist ein Schreiben für die Versicherung, weil ein Waschbecken zu Bruch gegangen ist. Sie sind doch versichert, oder?"

Ben schüttelte kaum merklich den Kopf. „Ich könnte eines kaufen und einbauen", schlug er vor.

„Wenn Sie sich das zutrauen", antwortete sie.

„Ja. Ich bin handwerklich einigermaßen begabt."

„In Ordnung, dann sage ich dem Hausmeister Bescheid", erwiderte sie.

„Ich kann mich morgen nach Feierabend darum kümmern."

„Gerne. Aber jetzt möchte ich noch eine Antwort von Ihnen. Was wollen Sie in Bezug auf Nils unternehmen? Irgendwann werde ich sein auffälliges Verhalten melden müssen."

Inga Larson warf ihm einen strengen Blick zu. Sie war nur wenige Jahre älter als er und er empfand ihr Auftreten ihm gegenüber unangemessen. Sie spielte sich auf, weil sie am längeren Hebel saß, und er wusste genau, dass sie ihnen das Leben schwer machen könnte. Aber er wollte Nils zu keinem Psychologen schicken, weil ihm die Angst im Nacken saß, seinen Bruder zu verlieren. Das Leben im Wald war alles andere als leicht, aber für Nils würde eine Welt zusammenbrechen. Er und sein Bruder waren vom Leben gezeichnet.

„Ich werde Nils bei einem Therapeuten anmelden", willigte er letztlich ein.

„Aber schieben Sie es bitte nicht auf die lange Bank, ich zähle auf Ihre Kooperation", diktierte sie.

„War es das jetzt?"

Ben fühlte sich wie ein Erstklässler, der um Erlaubnis bat, auf die Toilette gehen zu dürfen. Er hasste nichts mehr, als gegängelt zu werden.

„Aber natürlich", antwortete sie großmütig. „Nils wartet sicher schon."

„Das ist ja dann wohl nicht meine Schuld."

Diesen Satz hatte er sich nicht verkneifen können. Er hielt Inga Larsen für eine arrogante Person und niemand würde ihn vom Gegenteil überzeugen können. Er trat hinaus auf den Flur und wäre beinahe mit Nils zusammengestoßen, der vor der Tür gewartet hatte.

„Komm jetzt", zischte Ben und zerrte ihn am Handgelenk nach draußen.

„Hey, du tust mir weh", beschwerte sich Nils, der vergeblich versuchte, sich aus dem schraubstockartigen Griff zu befreien.

„Das hättest du dir vorher überlegen müssen", antwortete Ben ungehalten.

Er schloss den Wagen auf und stieß Nils auf den Beifahrersitz. Dann glitt er hinter das Steuer und startete den Motor.

„Wegen deiner Allüren müssen wir jetzt zum Baumarkt. Das Geld reicht gerade so, um zu überleben, und jetzt darf ich auch noch ein neues Waschbecken besorgen." Er warf Nils einen verärgerten Seitenblick zu. „Verdammt, was ist eigentlich los mit dir? Erst randalierst du wie ein Hooligan, um dann wie ein Schlosshund zu heulen. Und zu allem

Überfluss soll ich dich auch noch einem Therapeuten vorstellen."

Seine Stimme war unbeabsichtigt lauter geworden und Nils duckte sich unter seinen zornigen Worten.

„Tut mir leid", stammelte er.

„Damit ist es aber nicht getan. Wenn du so weitermachst, werde ich die Vormundschaft verlieren. Dir ist doch sicher klar, was das für uns bedeutet?"

„Ich will aber nicht weg!", protestierte Nils lautstark.

„Dann reiß dich zusammen, so schwer kann das doch nicht sein."

Nils' Augen füllten sich mit Tränen und Ben empfand sofort Mitleid mit ihm. Sein Bruder war zwar geistig behindert, aber ein liebenswerter Mensch, der nie jemandem absichtlich schaden würde. Er fand einfach keine Erklärung dafür, was ihn so aus der Bahn geworfen haben könnte. Vielleicht wäre ein Therapeut gar keine so schlechte Idee.

Er hielt vor dem Baumarkt und sprang aus dem Wagen, um das Waschbecken zu besorgen. Nachdem er es im Kofferraum verstaut hatte, kaufte er am Imbissstand nebenan zwei belegte Fladenbrote für das Abendessen. Die Lust aufs Kochen war ihm gründlich vergangen.

„Das riecht ja lecker", kommentierte Nils die Tüte, die Ben ihm durchs geöffnete Seitenfenster auf den Schoß geworfen hatte.

„Wenigsten einer, den ich heute glücklich machen konnte", brummte Ben. Er zurrte den Gurt fest und startete den Wagen.

„Kann ich schon was essen?", bettelte Nils.

„Von mir aus. Aber krümele nicht den ganzen Sitz voll", ermahnte er seinen Bruder.

„Ich werde aufpassen", versprach Nils und riss voller Eifer die Verpackung auf.

Ben hing still seinen Gedanken nach, während Nils

genüsslich das Fladenbrot vertilgte. Er nahm den Fuß vom Gas und bog von der Landstraße auf den Waldweg. Ihm fiel eine Last von den Schultern, als sie das Holzhaus endlich erreicht hatten. Trotz der negativen Erinnerungen an ihre Kindheit war es für ihn dennoch ein Rückzugsort, an den sich so gut wie niemand verirrte.

Er stieg aus dem Wagen und drückte seinen Rücken durch. Ausgerechnet heute hatte er schwere Pakete schleppen müssen und sein Tagesbedarf an Bewegung war ausgeschöpft. Auf dem Weg zum Haus fiel ihm auf, dass die Tür zum Schuppen offen stand. Verärgert betrachtete er das Schloss, das aufgebrochen worden war. Er warf einen Blick in den Schuppen und bemerkte sofort, dass die Axt fehlte.

„Nils, hast du etwas damit zu tun?", fragte er seinen Bruder.

„Ich?" Nils tippte sich entrüstet an die Brust.

„Ja, du."

Nils schüttelte den Kopf.

„Ich weiß nicht so recht, ob ich dir noch vertrauen kann", murmelte Ben und schloss die Haustür auf. Er ließ sich mit einem Ächzen auf das alte Sofa fallen und die Plastiktüte raschelte leise, als er sein Fladenbrot auspackte.

„Du hast schon alles aufgegessen?"

„Mhm." Nils nickte. „Kann ich jetzt gehen?"

„Klar, wenn du mir sagst, wo die hinwillst", antwortete Ben gelassen.

„In den Wald, Beeren pflücken."

„Und wo genau finde ich dich dann?"

„Weiß nicht, will überall nach Beeren suchen."

„Nils, wir hatten eine Absprache. Wenn du dich nicht daran hältst, bleibst du zu Hause. Haben wir uns verstanden?"

„Ich muss aber weg", beharrte Nils.

„Okay, dann gehen wir zusammen", schlug Ben vor.

„Du hast gewonnen, ich bleibe hier", lenkte Nils ein.

„Das ist eine gute Idee, dann kannst du nämlich gleich dein Zimmer aufräumen."

„Ich hasse dich." Nils trat wütend gegen das Tischbein und stapfte die Stufen hinauf.

Ben blieb grübelnd zurück. Es sah ganz danach aus, als ob sich Nils im Wald mit jemandem treffen wollte. Aber wer sollte ein ernsthaftes Interesse an einer Freundschaft mit ihm haben? Die Vertrauensseligkeit seines Bruders wurde schon immer gern ausgenutzt, und genau dieser Umstand stieß ihm bitter auf. Auch der Einbruch im Schuppen bereitete ihm Sorgen.

Er biss in sein Fladenbrot und ahnte, dass sie auf eine Katastrophe zurasten, wenn sich an der momentanen Situation nicht bald etwas ändern würde.

Ben fuhr aus dem Schlaf. War da eben ein Steinchen von der Hauswand abgeprallt?

Irritiert schlug er die Bettdecke zurück und schlich barfuß zum Fenster. Die silberne Mondsichel wurde von einem Wolkenschleier verdeckt und er konnte nur die dunklen Umrisse der Bäume und des Schuppens zu erkennen. Dennoch entging ihm nicht die schmale Silhouette einer menschlichen Gestalt, die zwischen den Sträuchern stand.

Im Nebenzimmer knarrte das Bett und Ben hörte, wie sein Bruder über den Dielenboden tappte. Der Gürtel seiner Jeans klimperte leise. Nils war gerade im Begriff, sich anzuziehen.

Was zum Teufel ging hier vor sich?

Die Tür nebenan schwang leise knarrend auf und Nils schlich die Treppen hinunter. Das brachte das Fass zum Überlaufen.

„Wo willst du hin?", donnerte Bens Stimme durch das Haus.

„Ich … ich", stotterte Nils hilflos und klammerte sich am Treppengeländer fest.

„Hast du einmal auf die Uhr geschaut? Es ist mitten in der Nacht."

Nils schluckte.

„Ich erwarte auf der Stelle eine Antwort von dir." Bens drohender Unterton war nicht zu überhören.

„Ich gehe wieder ins Bett", antwortete Nils hastig und zwängte sich an ihm vorbei in sein Zimmer.

„Wir reden morgen darüber", rief Ben ihm wütend hinterher.

Dann stieg er in seine Jeans, streifte sich das Shirt über und löschte das Licht. Im Dunkeln tastete er sich die Treppe nach unten und schlich zur Haustür hinaus. Er blieb eine Weile reglos stehen und lauschte den Geräuschen der Nacht. Ein Fuchs bellte in der Ferne und der unheimliche Ruf eines Waldkauzes hallte durch die Nacht. Ganz in der Nähe raschelte es und Ben löste sich aus seiner Starre. Weit dürfte der Eindringling noch nicht gekommen sein.

So lautlos wie möglich bahnte er sich einen Weg durch das dichte Gestrüpp. Mehrmals blieb er stehen, um zu lauschen. Auf eine Taschenlampe hatte er bewusst verzichtet, denn er kannte den Wald seit Kindesbeinen an. Sein Vater war ihm ein unerbittlicher Lehrer gewesen. Von ihm hatte er gelernt, wie man sich lautlos an das Wild heranschlich und dabei die Windrichtung und die Dunkelheit für sich ausnutzte. Wichtig war auch eine gehörige Portion Geduld, um in einem günstigen Moment zuzuschlagen.

Das kaum hörbare Rascheln der Zweige verriet Ben, wohin er sich wenden musste. Dennoch war Vorsicht geboten, damit der andere ihn nicht bemerkte. Er war fest davon überzeugt, dass Nils' Verabredung zurück zu seinem Wagen ging. Mit etwas Glück konnte er einen Blick auf das Nummernschild werfen und Nachforschungen anstellen. Nur für den Fall, dass Nils noch immer nicht gewillt war, ihm die Wahrheit zu sagen.

Doch die Schattengestalt, die vor ihm floh, lief nicht in Richtung Straße, sondern immer tiefer in den Wald hinein. Ben sprang über den Bach, nur wenige Meter von der Stelle entfernt, an der Nils seine Hände gewaschen hatte.

Und genau in diesem Moment passiert ihm das Missgeschick. Sein Fuß verhedderte sich in einer Baumwurzel und erst in letzter Sekunde gelang es ihm, den Sturz abzufangen.

Ben wagte kaum zu atmen. Ihn umgab eine unheimliche Stille, die Schattengestalt hatte sich in Luft aufgelöst. Enttäuscht machte er kehrt und trabte zurück. Schon von Weitem sah er das Licht, das in der Küche brannte. Er schloss die Haustür auf und Nils stürzte ihm entgegen.

„Warum hast du mich allein gelassen?“, fragte sein Bruder vorwurfsvoll.

„Setz dich“, befahl Ben barsch.

Nils kam still seiner Aufforderung nach und der Stuhl schabte geräuschvoll über den Dielenboden.

„Jemand hat Steine an dein Fenster geworfen, um dich zu wecken. Wer war das?“

„Weiß nicht.“ Nils zuckte mit den Schultern.

„Ich bin mir ziemlich sicher, dass du diese Person kennst.“

„Nein, kenne ich nicht“, widersprach er ihm dickköpfig.

„Und warum hast du dich dann angezogen und bist nach unten gegangen?“ Ben verfolgte jede seiner Regungen.

„Ich wollte nachsehen, wer das ist.“

„Ganz allein? Du erinnerst dich doch noch daran, was wir abgesprochen haben?“

„Ja“, antwortete Nils.

„Also, warum hast du mich nicht geweckt?“

Sein Bruder verzog weinerlich das Gesicht. „Ich habe nicht nachgedacht."

„Bitte sag mir endlich, wer sich auf unserem Grundstück herumgetrieben hat", drängte Ben.

„Ich kenne ihn nicht", erwiderte Nils störrisch.

Bens Faust krachte auf den Tisch, er war mit seiner Geduld am Ende. „Deine Lügen kannst du dir sonst wohin stecken.

„Ich lüge nicht … ehrlich." Sein Bruder hob die Hand wie zum Schwur.

„Ich glaube, für heute haben wir genug gestritten. Geh wieder ins Bett."

Nils stieg mit hängenden Schultern die Stufen hinauf, während Ben sich ans Fenster stellte und in die Dunkelheit starrte. Sein Bruder verheimlichte ihm etwas und er befürchtete, dass ihre enge Bindung dadurch Schaden nehmen könnte. Vielleicht gelang es dem Therapeuten, die Schweigemauer von Nils zu durchbrechen. Sein Bruder konnte keiner Fliege etwas zuleide tun, aber die Blutspritzer auf dem Shirt beunruhigten Ben.

Er löschte das Licht und folgte Nils nach oben. So konnte es auf keinen Fall weitergehen.

9

Linda stürmte zur Tür herein und schwenkte triumphierend einen schmalen Ordner. „Ich habe hier eine vielversprechende Zeugenaussage, die es in sich hat. Endlich geht es voran.“

„Jetzt spann mich nicht auf die Folter.“ Jörgen streckte fordernd seine Hand aus.

„Immer langsam mit den jungen Pferden“, erwiderte Linda. „Die Lehrerin von Tilda Beck war eben hier, um ihre Aussage zu Protokoll zu geben. Entgegen den elterlichen Angaben hatte Tilda tatsächlich einen Freund.“

„Nun zeig schon her“, sagte er ungeduldig.

„Bitte schön.“

Er warf einen raschen Blick darauf auf die Zeilen.

„Was planst du als Nächstes?“, fragte er.

„Ich werde jetzt in die Schule fahren und mich ausführlich mit Tildas Freundinnen unterhalten. Die müssen ihn gekannt haben, davon bin ich felsenfest überzeugt.“

„Soll ich dich begleiten?“, fragte Jörgen

„Das ist eine reine Mädelssache. Nur so kann ich ihr Vertrauen gewinnen.“

„Und woher nimmst du diese Gewissheit?“

„Weibliche Intuition, mein Lieber“, antwortete sie lachend.

„Na dann, viel Erfolg bei deiner Mission“, sagte Jörgen. „Ich kümmere mich derweil um die Obduktionsberichte.“

„Danke, wir sehen uns.“

Linda schwang sich in den Dienstwagen und machte sich auf den Weg in die Schule, die auch Lillemor und Elina besuchten. Sie parkte etwas abseits und ging den Rest des Weges zu Fuß. Schon von Weitem konnte sie das laute Stimmengewirr der Schüler und Schülerinnen hören, die sich auf dem Pausenhof aufhielten. Ein Wäldchen grenzte direkt an das Grundstück und Linda entdeckte zwischen den Stämmen der Birken einen bordeauxfarbenen Pullover. Lillemor!

Sie näherte sich dem Wäldchen und beobachtete die Mädchengruppe, die eine Zigarette reihum gehen ließ.

„Lillemor?“

„Mama?“

Ertappt wirbelte ihre Tochter herum.

„Du rauchst?“

„Spionierst du mir etwa hinterher? Warum bist du nicht in deinem Büro und suchst den Mörder?“

Lillemors Klassenkameradinnen stahlen sich klammheimlich davon.

„Bitte beantworte meine Frage. Seit wann rauchst du?“

Genau in diesem Moment ertönte die Schulglocke."

„Mama, ich muss zurück, der Unterricht beginnt", drängte Lillemor.

„Ich will zuerst eine Antwort." Linda stellte sich ihrer Tochter in den Weg.

„Ehrlich, ich habe nur einen einzigen Zug probiert. Aber jetzt muss ich wirklich los."

Lillemor schob sich an ihr vorbei und rannte zum Schulgebäude. Linda war noch immer wie betäubt und konnte nicht fassen, dass ihr *kleines Mädchen* erwachsen geworden war. Dennoch würde sie sich Lillemor zu Hause noch einmal vorknöpfen.

Sie straffte ihre Schultern und schritt dann auf das Schulgebäude zu. Katja Björk, die Lehrerin, die Tilda unterrichtet hatte, erwartete sie bereits.

„Können Sie mit meiner Aussage etwas anfangen?", fragte sie Linda sofort nach der Begrüßung.

„Das wird sich zeigen, sobald wir die Identität des jungen Mannes festgestellt haben. Deshalb müsste ich zuerst mit Tildas Freundinnen sprechen. Wäre das möglich?"

„Selbstverständlich."

„Sie wissen doch sicher, mit wem Tilda befreundet war?"

„Es wäre schlimm, wenn nicht", antwortete Katja Björk lächelnd. „Ich werde die Mädchen sofort aus dem Unterricht holen."

„Vielen Dank."

Nur wenige Minuten später saß Linda drei schüchtern wirkenden Teenagern gegenüber.

„Sie wissen, warum ich hier bin?", fragte sie.

Die jungen Frauen nickten.

„Sehr gut. Wir haben herausgefunden, dass Tilda einen Freund hatte. Kennen Sie ihn zufällig?"

Die drei Mädchen warfen sich wissende Blicke zu, schwiegen aber.

„Möchten Sie eine offizielle Vorladung?"

Linda wusste, dass sie hoch pokerte. Normalerweise durfte sie ohne die Einwilligung der Eltern nicht mit den Mädchen reden. Aber sie wollte die Sache abkürzen, auf dem offiziellen Weg verloren sie kostbare Zeit.

„Ja, Tilda war mit einem Jungen zusammen", brach Elsa, die junge Frau mit den wunderschönen langen roten Haaren, das Schweigen.

„Und gibt es auch einen Namen für diesen ominösen Freund?"

„Wir kennen nur seinen Vornamen, er heißt Ben", antwortete Elsa.

Linda zückte Stift und Notizblock.

„Wie sieht dieser Ben aus?", fragte sie.

„Blondes Haar, braun gebrannt und ziemlich gut aussehend", meldete sich diesmal Anja zu Wort.

„Habt ihr vielleicht eine Adresse?"

„Ben wohnt außerhalb. Tilda hat von einem Haus im Wald erzählt, wo er allein mit seinem bekloppten Bruder lebt. Er ist zwar attraktiv, aber ein auch ziemlich schräger Typ. Manchmal hat Tilda ihn spaßeshalber Hans genannt, aber das konnte er überhaupt nicht leiden."

„Wie alt ist er?"

„Schätzungsweise Anfang zwanzig", erwiderte Elsa.

„Wie muss ich mir die Treffen vorstellen? Hat er Tilda manchmal von der Schule abgeholt?"

„Ja, ab und zu. Sie haben sich meist nur heimlich getroffen, die Beziehung war für Tilda sehr belastend", erklärte Anja.

„Inwiefern?", hakte Linda nach.

„Er war sehr stur und reagierte auf Kleinigkeiten beleidigt."

„Ist er zu Fuß gekommen oder mit einem Auto?"

Elsa beschrieb das Fahrzeug und konnte sich sogar an die letzten Ziffern des Nummernschildes erinnern. Ein Glückstreffer.

„Bekommt er Ärger, weil Tilda noch minderjährig war?", fragte Anja neugierig.

„Nein. Sie hat das sechzehnte Lebensjahr bereits erreicht, da gilt das Selbstbestimmungsrecht."

Tove, das dritte Mädchen im Bunde, erwachte aus ihrer Lethargie. „Dann kommt er als Verdächtiger infrage?"

„Wir müssen allen Hinweisen nachgehen, so besagt es die Vorschrift", erwiderte Linda.

„Ist ja wie zu Hause", murmelte Elsa.

„Gibt es sonst noch etwas zu ihm zu sagen?"

„Nein, wir haben ihn nur selten gesehen und Tilda wollte nicht viel über ihn reden. Irgendwann hat sie Schluss gemacht, weil die Beziehung zu anstrengend wurde, und kurz darauf war sie tot. Schon komisch, finden Sie nicht?"

„Die Ermittlungen werden zeigen, was tatsächlich vorgefallen ist. Ich bedanke mich für Ihre offenen Worte und das entgegenbrachte Vertrauen."

Linda reichte Elsa, Anja und Tove zum Abschied die Hand.

„Und jetzt Abmarsch, damit ihr keinen Unterrichtsstoff verpasst", drängte Katja Björk und scheuchte die Mädchen zurück in die Klassenzimmer.

„Vielen Dank, dass Sie sich die Zeit genommen haben", sagte Linda.

„Kein Problem. Hauptsache, ich konnte helfen", erwiderte die Lehrerin.

„Ihre Aussage hat uns ein ganzes Stück nach vorn gebracht."

„Dann drücke ich Ihnen die Daumen, dass Sie den Fall schnell aufklären können." Katja Björk nickte ihr freundlich zu. „Tilda war ein sehr nettes Mädchen."

„Wir geben alles", versprach Linda und trat in den Flur.

Linda saß mit Jörgen und Alex Berg in ihrem Büro und brachte die Männer auf den neuesten Stand.

„Das war reine Glückssache, dass sich eines der Mädchen die Ziffern des Kennzeichens und seinen Spitznamen gemerkt hatte", sagte Linda. „Was meinen Sie, Alex? Passt Ben Hansson ins Täterprofil?"

Alex Berg legte die Akte beiseite.

„Alle Informationen über Ben Hansson bestätigen diesen Verdacht. Die Misshandlungen des Vaters, der anschließende Heimaufenthalt und sein eigenartiges Verhalten sprechen für ihn als Täter. Was aber absolut nichts in Bild passt, sind die Fälle von Tiermisshandlung. Im Jugendheim war Ben unter ständiger Aufsicht, er hätte sich nicht so einfach davonstehlen können. Auch die Entfernung ist viel zu groß."

„Könnte es sich um zwei verschiedene Täter handeln?", fragte Jörgen.

„Das können wir nicht ausschließen."

„Statten wir Ben Hansson einen Besuch ab?" Linda sah Berg erwartungsvoll an.

„Unbedingt, so kann ich mir ein viel besseres Urteil bilden. Da uns stichhaltige Beweise fehlen, müssen wir es eben auf diesem Weg versuchen."

„In Ordnung, dann packen wir's an. Jörgen, wirst du uns begleiten?"

„Ich bleibe im Büro, ich will noch den Bericht fertigstellen."

„Na dann, bis später."

Linda schnappte sich die Autoschlüssel und verließ mit Alex Berg die Polizeibehörde.

„Ich bin wirklich gespannt, wie das Gespräch verläuft. Hoffentlich treffen wir ihn auch an", sagte Linda, bevor sie den Wagen startete.

Alex Berg schaute gedankenverloren aus dem Seitenfenster und schwieg. Sie war immer noch nicht ganz warm mit ihm geworden, obwohl seine Anwesenheit ihr das Gefühl von Sicherheit vermittelte. Er würde ihnen helfen, diesen vertrackten Fall zu lösen und anschließend wieder nach Stockholm zurückkehren. Schade eigentlich.

Schluss jetzt mit diesen unsinnigen Gedanken, ermahnte sie sich im Stillen. Außerdem war dieser verstaubte Fallanalytiker überhaupt nicht ihr Typ.

Das Navigationsgerät lotste Linda direkt aus der Stadt in das nahe gelegene Waldgebiet. Birken und Kiefern bildeten eine schattenspendende Symbiose. Linda folgte den Anweisungen der Frauenstimme und bog auf einen Waldweg ab. Sie und Berg wurden ordentlich durchgeschüttelt und spürten jede Unebenheit.

Das Haus lag versteckt hinter Bäumen und ein windschiefer Jägerzaun, bei dem bereits einige Latten fehlten, umsäumte das Grundstück.

Linda stellte den Wagen direkt vor der Einfahrt ab und stieg aus.

„Mir wäre das viel zu einsam", sagte sie und warf einen prüfenden Blick zum Haus.

Die Dachrinne war an einigen Stellen defekt und der Boden darunter ausgewaschen. Überall wucherte das Unkraut, selbst zwischen den hässlichen Betonplatten, die zum Eingang führten. Die Außenverschalung aus Holz war von einer silbergrauen Patina überzogen und die Fenster blind vor Schmutz. Hier würde sich keine Frau wohlfühlen.

„Ein trauriger Anblick", sagte Berg, als hätte er Lindas Gedanken erraten.

„Das ist mir auch gerade durch den Kopf gegangen", erwiderte sie und ging voraus. Die Klingel gab keinen Ton von sich und so hämmerte Linda kurzerhand an die Tür.

„Hey, was soll das?" Ein gut aussehender junger Mann öffnete ihnen. „Ich kaufe nichts", murrte er und war gerade im Begriff, die Tür wieder zuzuschlagen.

„Einen Moment bitte", rief Linda hastig und stellte einen Fuß in den Spalt. „Ich bin Linda Sventon, Kriminalhauptkommissarin, und ich hätte einige Fragen zu Tilda Beck."

„Und?"

„Sie sind doch Ben Hansson?"

„Ja", antwortete er einsilbig.

„Sie waren mit Tilda Beck befreundet?"

„Sagt wer?"

„Mehrere Zeugen haben das bestätigt", sagte Linda.

„Ja, wir waren für einige Wochen ein Paar, aber das ist schon eine Weile her."

„Können wir vielleicht drinnen weiterreden?"

„Nein, ich bin gerade auf dem Sprung", erwiderte er.

Linda spürte, dass er log. „Warum hat Tilda die Beziehung beendet?", fragte sie. Berg stand direkt hinter ihr und war nur stiller Beobachter.

„Sie war noch sehr unreif mit ihren Ansichten."

„Warum haben Sie sich keine Freundin in Ihrem Alter gesucht?", wagte Linda einen Vorstoß. „Weil so ein junges Mädchen formbar ist?"

„Was wissen Sie denn schon …", zischte Ben.

Er wirkte sehr unnahbar und distanziert und Linda konnte durchaus nachvollziehen, warum Tilda dieser Beziehung keine Chance gegeben hatte.

„Wir untersuchen den Mord an dieser jungen Frau und

ich möchte von Ihnen wissen, was Sie zum Zeitpunkt ihres Todes gemacht haben."

„Sie fragen nach einem Alibi?"

Linda nickte.

„Ich fahre tagsüber Pakete aus und am Abend bin ich immer mit meinem Bruder zusammen. Das können Sie gern überprüfen." Er drehte sich um und rief ins Haus: „Nils, kommst du bitte?"

Sein jüngerer Bruder, der Ben um einen Kopf überragte, erschien in der Tür.

„Kannst du den Herrschaften von der Polizei bestätigten, dass wir abends immer zusammen waren?"

Nils nickte eifrig. „Wir sind manchmal einkaufen gewesen und dann heimgefahren. Ben kocht meistens oder es gibt Pizza."

„Vielen Dank, Sie haben uns sehr weitergeholfen", sagte Linda und nickte ihm lächelnd zu.

Ben schickte seinen Bruder zurück ins Haus.

„War's das jetzt?", fragte er.

„Einen Moment noch. Wenn Sie sich mit Tilda getroffen haben, wo war dann Nils?", wollte sie wissen.

„Hier im Haus."

„Allein?"

„Ja."

„Sind Sie wieder liiert?"

„Das geht Sie nun wirklich nichts an."

„Sie widersprechen sich …"

„Es gibt niemanden, falls Sie das beruhigt", fiel er ihr ins Wort.

Ben sagte nicht die Wahrheit, zumal er zugegeben hatte, Nils allein gelassen zu haben.

„Falls Sie nichts Konkretes gegen mich in der Hand haben, würde ich mich jetzt wieder ums Essen kümmern."

„Nein, wir …"

Ben schlug ihr wortlos die Tür vor der Nase zu.

„Ein höflicher junger Mann, wie er im Buche steht", seufzte sie. „Reden wir im Auto weiter?"

Berg nickte und schaute auf seine Armbanduhr. „Wie wäre es mit einem Kaffee? Sie haben seit zehn Minuten Feierabend."

„Ja, warum nicht", antwortete Linda.

Sie saßen sich in einem kleinen Bistro in der Innenstadt gegenüber. Alex Berg nippte an seinem Espresso, während Linda nachdenklich ihren Milchkaffee umrührte.

„Reden wir nicht lange um den heißen Brei herum. Wie beurteilen Sie das Verhalten von Ben Hansson? Reichen unsere Ermittlungsergebnisse für eine Vorladung?"

„Alle verwertbaren Spuren wurden mit Bleichmittel beseitigt", antwortete Berg. „Es sind reine Indizien, auf die wir uns stützen."

„Aber sein Alibi steht auf wackeligen Füßen."

„Dass er uns nicht die Wahrheit sagt, ist auch Ihnen nicht entgangen. Ben Hansson wird seinen Bruder viel öfter allein gelassen haben, als der uns weismachen möchte. Allerdings glaube ich ihm, wenn er behauptet, Single zu sein. Er wirkte ziemlich frustriert, da hat sich eine Menge aufgestaut."

„Aber es muss doch einen Weg geben, um an ihn heranzukommen? Die toten Mädchen wurden nur wenige Kilometer entfernt in diesem Waldgebiet gefunden."

„Schicken Sie jemanden raus, der die Reifenabdrücke vergleicht", schlug Berg vor. „Am besten, wenn der Junge tagsüber Pakete ausliefert."

„Das steht als Nächstes auf meiner Agenda. Also arbeiten wir jetzt hauptsächlich an der Beweislast, um Ben Hansson zu überführen?" Linda sah ihn fragend an.

„Ja und Nein“, entgegnete Berg. „Wir sollten unseren Fokus nicht zu sehr auf ihn richten, solange wir noch am Beginn der Ermittlungen stehen.“

Linda schaute zur Uhr, die über dem Eingang hing.

„Ich muss leider los, meine Töchter warten sicher schon.“ Sie legte hastig einen Schein auf den Tisch und stand auf. „Die Rechnung geht auf mich. Bis morgen“, sagte sie und eilte zur Tür.

„Mama, wo warst du denn so lange?“, fragte Elina vorwurfsvoll, als Linda die Wohnungstür aufschloss.

„Ach Spätzchen, wir hatten noch eine wichtige Besprechung“, tischte Linda ihrer jüngsten Tochter diese kleine Notlüge auf. Sie wäre gern länger im Bistro geblieben, denn sie ging viel zu selten aus.

„Was gibt es heute zum Abendessen?“

„Sollen wir uns eine Pizza bestellen?“ Linda zwinkerte Elina zu. „Als Wiedergutmachung?“

„Au ja, ich liebe Pizza.“

„So wie immer, mit Schinken und viel Käse?“, fragte Linda.

Elina nickte.

„Ist Lillemor in ihrem Zimmer?“

„Ja.“

„Läufst du schnell rauf und fragst sie, was sie für einen Belag möchte?“

Elina machte auf dem Absatz kehrt und flitzte nach oben.

„Mami, sie will Thunfisch drauf“, rief sie nur Sekunden später.

„Danke, ich gebe jetzt die Bestellung auf.“

Elina hüpfte die Stufen wieder nach unten. „Mama, darf

ich das Pferdespiel auf dem Laptop spielen, bis die Pizza kommt?“ Sie schenkte Linda einen herzerweichenden Blick.

„Einverstanden, aber du hilfst mir nachher beim Tischdecken?“

Elina nickte und sauste in ihr Zimmer.

Linda setzte sich an den Küchentisch und schenkte sich ein Glas Wasser ein. Sie fürchtete sich vor der Konfrontation mit Lillemor und den endlos folgenden Diskussionen. Aber sie konnte ihr dieses Verhalten auch nicht durchgehen lassen. Rauchen schadete der Gesundheit und außerdem war ihre Tochter noch viel zu jung.

Sie leerte das Glas, atmete tief durch und stieg die Treppe nach oben. Bevor sie eintrat, klopfte sie an die Zimmertür. Lillemor lag auf dem Bett und schaute sich auf dem Tablet Videos an.

„Wir müssen reden“, sagte Linda.

Lillemor verdrehte genervt die Augen. „Muss das ausgerechnet jetzt sein?“

„Ja, das muss es. Seit wann rauchst du?“

„Was soll das, Mama?“, fauchte sie. „Ich habe dir doch gesagt, dass ich nur einmal probiert habe.“

„Für wie dämlich hältst du mich eigentlich?“ Linda taxierte ihre Tochter.

„Stinken meine Klamotten etwa nach Rauch?“ Lillemor setzte sich auf und hielt ihr einen Zipfel des Shirts unter die Nase. „Und?“

„Ich kann nichts riechen“, gestand Linda.

„Siehst du! Du hast gar keinen Grund, dich künstlich aufzuregen.“

„Lillemor, bitte mäßige deinen Ton“, ermahnte Linda. „Wahrscheinlich kann ich nichts riechen, weil ihr draußen gestanden habt.“

„Mama, du kannst es nicht lassen, oder?“ Lillemor war aufgesprungen. „Andere haben schon einen Freund, während ich ständig mit meiner kleinen Schwester rumhängen muss", beschwerte sie sich.

„Ich bin nun einmal die Alleinverdienerin", entgegnete Linda, „und ich habe es mir weiß Gott nicht ausgesucht."

Sie war es so leid, diese Dispute mit Lillemor zu führen. Es gab nur einen Beruf, in dem ihre Tochter brillieren würde – Rechtsanwältin. Wehe, jemand legte sich mit Lillemor Sventon an.

„Mama? Hörst du mir überhaupt zu?"

Genau in diesem Moment klingelte es. Gott sei Dank, dachte Linda befreit.

„Das wird der Pizzabote sein", sagte sie und lief nach unten.

Sie zahlte dem jungen Mann ein stattliches Trinkgeld, damit wenigstens einer von ihnen glücklich war, und schloss die Tür. Elina saß bereits am gedeckten Tisch und konnte es kaum erwarten, ihren Pizzakarton entgegenzunehmen.

„Na dann, guten Appetit, meine Kleine."

„Kommt Lillemor nicht runter?", fragte Elina.

„Wahrscheinlich nicht", seufzte Linda.

„Ihr streitet ganz schön viel."

„Ja, in diesem Alter spielen die Hormone total verrückt."

„Werde ich später auch so eine Zicke wie Lillemor?"

Linda musste lachen. „Ich hoffe doch nicht."

Sicher, es war eine Herausforderung, alles allein stemmen zu müssen. Aber sie würde niemals tauschen wollen.

10

Wie schon erwartet, hatte ihre Mutter ein ziemliches Theater veranstaltet und die Salate und den Kuchen wütend im Abfalleimer entsorgt. Kristin hatte schulterzuckend danebengestanden und zugesehen. Schade um das köstliche Essen. Anstatt es ihrer Tochter zu gönnen und sich zurückzunehmen, war es dank Elva im Müll gelandet.

Kristins Entschluss stand fest. Sobald ihre Eltern im Schlafzimmer verschwunden wären, würde sie sich den Rucksack schnappen und aufbrechen. Egal wie sehr sie sich auch anstrengte, sie blieb das schwarze Schaf der Familie, der unförmige Trampel, der nichts, aber auch gar nichts auf die Reihe bekam. Ohne sie wären ihre Eltern besser dran.

Seufzend riss sie sich vom Anblick des gepflegten Gartens los und nahm den Teddybären, der sie schon ein Leben lang begleitete, aus dem Regal. Ihre Fingerspitzen strichen liebevoll durch das flauschige Fell und sie küsste ihn wehmütig auf die Nasenspitze.

„Mach's gut, alter Freund, ich werde dich vermissen. Schon irgendwie traurig, dass du der einzige Freund gewesen bist, der immer ein offenes Ohr für mich hatte."

Ihr Herz wurde schwer und sie blinzelte die Tränen fort, die in ihren Augen brannten. Manchmal wünschte sie sich sogar, mit dem Schicksal ihrer Schwester zu tauschen. Tod bedeutete letztendlich auch Frieden.

Sie ließ ihren Blick durch das hell möblierte Jugendzimmer schweifen. Die Erinnerung an ihre Kindheit schmerzte, denn in diesen vier Wänden hatte sie mehr Tränen vergossen, als glückliche Momente erlebt.

Links neben dem Fenster stand die weiß gestrichene Kommode ihrer Großmutter. Kristin hatte als Kleinkind mit rosigen Pausbacken stundenlang in den Schubladen gekramt und sich mit Vorliebe als Prinzessin verkleidet. Großmutter Agathe hatte sie verhätschelt und umsorgt, bis ein schwerer Schlaganfall sie in den Rollstuhl gezwungen hatte. Und von da an war es steil bergab gegangen, was Kristin noch immer sehr bedauerte. Großmutter Agathe war ihr einziger Halt gewesen, nur von ihr hatte sie bedingungslose Liebe und Zuneigung erfahren.

Kristin setzte sich aufs Bett und schlug das Fotoalbum auf. Immer wenn sie die Fotos von Großmutters Garten betrachtete, spürte sie einen Hauch von Melancholie. Vater Per saß am Tisch und studierte die Zeitung, während Mutter an Yvas langem Haar eine neue Flechtfrisur ausprobierte. Kristin, das kleine Pummelchen, saß quietschvergnügt im Planschbecken und strahlte.

Resigniert klappte sie das Album wieder zu, sie hatte definitiv die richtige Entscheidung gefällt. Um die restliche Zeit zu überbrücken, schaltete sie den Fernseher an und loggte sich in den Streaming-Dienst ein. Nebenan diskutierten ihre Eltern lautstark, doch der Grund dafür interessierte Kristin schon lange nicht mehr.

Nach einer Stunde war es dann endlich so weit. Die Stimmen ihrer Eltern waren verstummt und das Licht erloschen. Kristin zog sich Turnschuhe und Jacke über, schulterte den Rucksack und schlich die Treppe hinunter. Ganz vorsichtig tastete sie sich voran, um nirgendwo anzustoßen. Nicht auszudenken, wenn ihre Eltern wach wurden.

Auf dem Weg zur Haustür bemerkte sie die Handtasche ihrer Mutter, die an der Garderobe hing, und fasste das als Einladung auf, sich zu bedienen. Elva musste gestern noch Geld abgehoben haben und Kristin steckte sich das dicke Bündel Kronen in die Hosentasche. Mit einem schadenfrohen Grinsen stahl sie sich aus dem Haus.

Die Luft war drückend und schwül und eine dichte Wolkendecke verhüllte den Mond. Kristin schulterte den Rucksack und entfernte sich mit schnellen Schritten. Nichts wie weg von hier.

Doch schon nach einer halben Stunde lastete der Rucksack schwer auf ihren Schultern. Wenn sie sich weiter in diesem Schneckentempo fortbewegte, hätte die Polizei sie noch vor dem Morgengrauen eingeholt.

Aber man konnte schließlich keine sportlichen Höchstleistungen erwarten, wenn man den gesamten Nachmittag im Bett verbrachte, dachte sie frustriert. Und wieder einmal rächte sich, dass sie sich so sträflich vernachlässigt hatte. Aber die Zeiten würden sich ändern, daran hatte sie nicht den geringsten Zweifel. Stockholm, ich komme.

Sie beschleunigte ihre Schritte, als sie den Schrei eines Käuzchens hörte. Ein wenig mulmig war ihr schon zumute, so ganz allein auf weiter Flur. Unzählige Falter umschwärmten das Licht der Straßenlaternen und in einem Gebüsch neben ihr raschelte es. Sie würde drei Kreuze machen, wenn sie ihr erstes Etappenziel endlich erreicht hätte.

Auf einem verlassenen Bauernhof etwas außerhalb wollte sie sich bis zum Morgengrauen verbergen und dann den Bus zum Bahnhof nehmen. Von dort aus würde ein Zug sie nach Stockholm bringen. Den Gedanken an die Zukunft schob sie weit von sich.

Mittlerweile hatte sie das Ortsausgangsschild passiert und marschierte die Landstraße entlang. Als sie das Motorengeräusch eines herannahenden Fahrzeugs hörte, sprang sie in den Straßengraben und duckte sich. Sie durfte auf keinen Fall riskieren, entdeckt zu werden. Und tatsächlich, das Licht der Scheinwerfer streifte sie nur kurz und der Wagen donnerte vorüber. Puh, Glück gehabt.

Sie kroch aus dem Graben und setzte ihren Weg fort. Es war nicht mehr weit, sie konnte schon die dunklen Konturen des Hofes erkennen. In der Ferne grollten die ersten Donner und Kristin erhöhte ihr Tempo. Sie schwitzte und hätte am liebsten ihre Jacke in den Rucksack gestopft. Aber der war voll bis obenhin.

Erneut näherte sich ihr ein Fahrzeug und die Scheinwerfer blendeten sie. Der Wagen fuhr ziemlich schnell und ausgerechnet an dieser Stelle war der Graben nicht tief genug. Sie musste unbedingt den Bauernhof erreichen, koste es, was es wolle.

Keuchend hastete sie die Straße entlang und stöhnte gequält, als die Scheinwerfer ihre Silhouette erfasst hatten. Es wäre fatal, wenn ihre Flucht schon an diesem Punkt endete.

Inzwischen hatte sie die Zufahrt erreicht und der Kies knirschte unter ihren Sohlen. Sie verbarg sich in einer Nische und wartete darauf, dass der Wagen vorüberfuhr.

Doch zu ihrem Entsetzen drosselte der Fahrer die Geschwindigkeit.

Hastig drückte sie die alte Holztür auf und schlüpfte ins Innere. Himmel, wo sollte sie sich nur verstecken? Schlussendlich lief sie den langen Flur entlang und blieb mit dem Rucksack ausgerechnet an einer Türklinke hängen. Es gelang ihr nicht, sich loszureißen und sie ließ den Rucksack kurzerhand von den Schultern gleiten. Dann wandte sie sich nach rechts, wo ausgetretene Stufen in den Keller führten.

Ihr Herz klopfte einen wilden Tango, als sie die scharrenden Schritte vernahm. Was wollte der Fahrer des Wagens von ihr? Unwillkürlich musste sie an die Mädchen denken, die tot aufgefunden worden waren, und ein Schauer jagte über ihren Rücken.

Sie kroch in eine hölzerne Kartoffelmiete, um sich darin zu verbergen. Ekel machte sich breit, als sie die Spinnweben in ihrem Gesicht spürte und nur mit Mühe unterdrückte sie einen angewiderten Schrei. Bitte, dreh jetzt nicht durch, ermahnte sie sich im Stillen und lauschte seinen Schritten.

Der Typ war ihr tatsächlich in den Keller gefolgt. Wenn er sie erwischte, war ihr kurzes Abenteuer vorbei und zum ersten Mal bereute sie den Entschluss, Hals über Kopf davongelaufen zu sein. Sie atmete nur ganz flach, um sich nicht zu verraten, und das Herz schlug ihr bis zum Hals. Eine schweißnasse Haarsträhne hing ihr mittig im Gesicht und kitzelte die Nase.

„Hey, komm raus. Ich weiß, dass du hier bist."

Kristin machte sich ganz klein und hielt den Atem an. Verschwinde endlich, dachte sie wütend.

„Jetzt komm schon, ich will dir doch nur helfen."

Die einschmeichelnde Stimme des jungen Mannes hatte ein angenehmes Timbre, aber Kristin würde nicht darauf hereinfallen. Allein der Gedanke, was dieser Typ alles mit ihr anstellen könnte, schürte ihre Panik.

Jetzt schaltete er die Taschenlampenfunktion seines Smartphones ein und der helle Lichtstrahl bahnte sich einen Weg durch die Dunkelheit.

Hau endlich ab!, flehte Kristin im Stillen, die kurz davor war, die Beherrschung zu verlieren, wann immer der Strahl über ihren Kopf hinweghuschte.

Sie konnte ihr Glück kaum fassen, als der Kerl sich endlich umdrehte und die Kellertreppe wieder nach oben stieg. Sie lauschte dem Klang seiner Stimme, die sich immer weiter entfernte. Kurz darauf gab der Boden direkt über ihr knackende Geräusche von sich und Kristin befürchtete schon, dass die morschen Bohlen unter dem Gewicht des Mannes nachgeben könnten.

„Du kannst mit dem albernen Versteckspiel aufhören, ich will dir wirklich nur helfen."

Sie hätte ihm am liebsten geantwortet, dass er sich seine Hilfe sonst wohin stecken konnte, aber leider war sie nicht in der Position, um ihm die Stirn zu bieten. Hier drinnen war es nicht mehr sicher genug und sie musste schnellstens das verfallene Gebäude verlassen.

Unbeholfen kletterte sie aus der alten Kartoffelmiete und stand orientierungslos im Kellergang. Sie drehte sich einmal um die eigene Achse und schlüpfte dann in den nächsten Raum. Ausgerechnet hier war das Kellerfenster vergittert.

Sie hörte ihn erneut rufen, und diesmal klang er verdächtig nah. Zu nah. Mit einem Satz war sie neben der Treppe, um sich darunter zu verkriechen. Zitternd presste sie sich an die Wand und spürte, wie der alte Putz zu Boden rieselte.

„Ich bringe dich sicher nach Hause", dröhnte die Stimme des jungen Mannes direkt über ihr und sie zuckte erschrocken zusammen.

Sie konnte das Muster seiner Turnschuhe erkennen, als er die Treppe hinunterstieg. Wenn er sich jetzt umdrehte, dann hatte er sie. Doch er lief an ihr vorbei und verschwand im Kohlenkeller.

Das war für Kristin das Startsignal. Im Eiltempo erklomm sie die Stufen und rannte durch den Flur ins Freie. Sie umrundete die betonierte Mistplatte und jagte über die Wiesen davon. Ihr Atem ging stoßweise und sie wagte nicht, sich umzudrehen. Erst als ihre Beine den Dienst versagten, warf sie einen kurzen Blick zurück.

Der Typ war ihr nicht gefolgt und sie konnte ihr Glück kaum fassen. Obwohl sie schreckliches Seitenstechen hatte, lief sie weiter und weiter und hockte sich dann in das vom Morgentau benetzte Gras, um aus der Ferne den Hof zu beobachten.

Jetzt war sie zum Warten verdammt. Ihr Handy steckte in der Seitentasche des Rucksacks und sie konnte weder Hilfe holen, noch die Uhrzeit checken. Erst als die Sonne im Osten ihre goldenen Strahlen über den Hügel schickte, atmete Kristin auf. Sie hatte das Schlimmste ausgestanden.

Sie wartete noch, bis es richtig hell geworden war, und kehrte dann zum Bauernhof zurück. Der Wagen samt Fahrer war glücklicherweise verschwunden. Trotzdem mied sie den Vordereingang und kletterte durch eines der hinteren Fenster. Vergeblich suchte sie ihren Rucksack, der Typ musste ihn mitgenommen haben.

Tränen der Wut und der Enttäuschung brannten in ihren Augen. Letztlich gab sie den Gefühlen nach und heulte wie ein Schlosshund. Dieser Mistkerl hatte alles zunichtegemacht, Stockholm konnte sie von ihrer Liste streichen.

Mit hängenden Schultern lief sie nach draußen und setzte sich auf die Stufen vor dem Eingang. Mit dem Ärmel ihrer Jacke wischte sie sich die Tränen fort. Was sollte sie jetzt bloß machen? Der einfachste Weg wäre der zurück. Aber genau das wollte sie nicht.

Ihre Hand wanderte unbewusst zur Hosentasche, in der

das Bündel Kronen steckte. Es war noch nicht alles verloren. Sicher, Stockholm war in unerreichbare Ferne gerückt, aber es gab mit Sicherheit noch einen Plan B.

Sie stand auf, klopfte sich den Staub von den Hosenbeinen und beschloss, den erstbesten Bus zu nehmen. Sollte das Schicksal über ihre Zukunft entscheiden.

11

Elva kippte hastig eine Tasse Kaffee hinunter und lief in den Flur, um einen prüfenden Blick in den Spiegel zu werfen. Um neun hatte sie einen vielversprechenden Termin, bei dem ein großzügiges Anwesen auf dem Land den Eigentümer wechseln sollte.

Sie richtete ihre Frisur und schnappte sich die Tasche. Nach diesem Deal hatte sie einen Kollegen zum Mittagessen eingeladen, weil sie sich bei ihm für diesen Tipp revanchieren wollte. Sie öffnete ihre Geldbörse, um sicherheitshalber die Scheine nachzuzählen, und staunte nicht schlecht. Das Fach war bis auf ein paar wenige Kronen leergeräumt.

„Kristin!“

Ihr zorniger Ruf schallte durch das Haus und sie eilte die Treppe hinauf. Das Mädchen machte in letzter Zeit nur noch Probleme und sie war es allmählich leid, ständig ihren Kopf dafür hinzuhalten. Schwungvoll öffnete sie die Tür.

„Warum hast du das Geld aus meinem Portemonnaie entwendet?", rief sie aufgebracht. „Kommt neben dem Schuleschwänzen auch noch Diebstahl dazu?"

Erst jetzt bemerkte Elva, dass sie in einem leeren Zimmer stand.

„Kristin?"

Ihre Stimme klang seltsam spröde und wie einer bösen Vorahnung gleich, begann sie zu zittern. Sie machte auf dem Absatz kehrt, lief nach unten und riss die Tür zum Badezimmer auf.

„Kristin?"

Auch hier gähnende Leere.

„Kristin verdammt, wo steckst du?"

Elva streifte die hochhackigen Pumps von ihren Füßen und durchsuchte jedes Zimmer, doch von Kristin fehlte jede Spur. Verstört sank sie auf die Couch und Tränen der Verzweiflung sammelten sich in ihren Augen. Wo war das Mädchen nur abgeblieben? Sie griff zum Telefon und tippte die Nummer ihres Mannes ein.

„Per, gut, dass du da bist", sprudelte es aus ihr heraus. „Kristin ist verschwunden und mit ihr auch das gesamte Geld, das ich gestern abgehoben habe."

„Elva, jetzt mal der Reihe nach. Was genau ist passiert?"

„Kristin ist weg und ich glaube, dass sie ausgerissen ist."

„Das kann ich mir nicht vorstellen", erwiderte Per. „Ja, sie war sehr aufmüpfig in letzter Zeit, aber so sind Teenager nun einmal. Vielleicht hat sie sich klammheimlich etwas aus dem Internet bestellt, und dann gemerkt, dass ihr Taschengeld nicht reicht", erklärte er ganz pragmatisch.

„Das glaubst du doch selbst nicht." Elva war fassungslos.

„Die Presse überschlägt sich momentan wegen der verschwundenen Mädchen. Ja, Kristin ist ein schwieriges Kind, aber ich will nicht noch eine Tochter verlieren." Sie unterdrückte nur mit Mühe ein Schluchzen.

„Bitte, beruhige dich."

„Ich will mich aber nicht beruhigen", fauchte Elva. „Ich rufe jetzt in der Schule an, und wenn sie dort nicht aufgetaucht ist, verständige ich die Polizei."

„Ist das nicht alles noch ein wenig zu … früh?", fragte Per.

„Danke für deine Hilfe."

Wütend beendete Elva das Gespräch und wählte die Nummer der Schule. Sie hatte kein gutes Gefühl und ahnte, dass Kristin in Schwierigkeiten steckte.

Auch dieser Anruf bestätigte ihre Vermutung und Elva strich sich nervös durchs Haar. Ja, Per und sie hatten Kristin zu hart angefasst, aber doch nur, um Schlimmeres zu verhindern. Der Tod von Yva vor zwei Jahren hatte sie aufgerüttelt und ihnen das Herz aus dem Leib gerissen.

Schließlich rief sie bei der Polizeibehörde an und meldete Kristin als vermisst. Elva wurde gebeten, im Haus auf die Beamten zu warten und nichts im Zimmer ihrer Tochter zu verändern.

Schon nach zwanzig Minuten fuhr der erste Wagen vor. Das Klappen der Autotüren riss Elva aus ihren Gedanken und sie eilte zur Tür.

„Vielen Dank, dass Sie sich dem Verschwinden meiner Tochter so schnell angenommen haben", sagte sie und führte die Beamten ins Wohnzimmer „Möchten Sie vielleicht ein Wasser oder einen Kaffee."

„Nein danke", lehnten die drei Beamten beinahe zeitgleich ab.

„Ich bin Linda Sventon, die leitende Ermittlerin, das ist Kriminalkommissar Jörgen Persson und extra aus Stockholm angereist, unser Fallanalytiker Alex Berg“, stellte Linda ihre Kollegen vor. „Gleich werden zwei Kriminaltechniker erscheinen, um das Zimmer Ihrer Tochter genauer zu untersuchen. Gestatten Sie uns, die technischen Geräte zu sichten, die Ihre Tochter benutzt?“

„Selbstverständlich, wenn es Ihnen hilft, Kristin zu finden“, antwortete Elva.

„Gut. Und jetzt erzählen Sie uns bitte, seit wann Ihre Tochter verschwunden ist.“

„Ich habe es erst vor einer dreiviertel Stunde bemerkt“, gestand Elva mit gesenktem Blick.

„Hat Kristin irgendwelche Andeutungen gemacht, dass sie von zu Hause fortwollte?“, fragte Linda.

„Nein, sie hat nichts gesagt. Sie verkriecht sich meist in ihrem Zimmer und gibt patzige Antworten, wenn sie überhaupt mal ein Wort mit uns wechselt.“

Sie hatte nicht damit gerechnet, dass dieses Gespräch einen so beschämenden Verlauf nehmen würde. Schon jetzt wurde ihr übel, wenn sie an die Konsequenzen dachte.

„Das kann ich sehr gut verstehen, ich habe eine Tochter im gleichen Alter“, sagte Linda, der Elvas Unsicherheit nicht entgangen war.

„Bevor ich aus dem Haus gehen wollte, habe ich mein Portemonnaie kontrolliert und dabei festgestellt, dass Kristin alle Scheine herausgenommen hat.“

„Also ist sie freiwillig weggelaufen?“

„Wahrscheinlich. Wobei ich mir nicht vorstellen kann, dass sie von allein auf diese Idee gekommen ist“, hielt Elva dagegen.

„Hatten Sie Streit?“

Elva errötete, jetzt ging es ans Eingemachte. „Ja. Kristin leidet unter sogenannten Fressattacken und sie hatte zum x-ten Male den halben Kühlschrank leer geräumt.“

„Ist Ihre Tochter in Behandlung?“, hakte Linda nach.

„Nein, so schlimm ist es auch wieder nicht.“

Elva fiel auf, dass sich dieser vornehme Stockholmer eine Menge notierte. Zur Mutter des Jahres würde sie garantiert nicht gekürt werden, dachte sie mit einem Anflug von Sarkasmus und hätte den Beamten am liebsten die Tür gewiesen. Was wussten die schon …

„Gibt es Probleme in der Schule?“, erkundigte sich Linda.

„Kristin wurde wegen ihres Aussehens und ihrer zurückhaltenden Art gemobbt.“

„Hat sie Freunde?“

Elva schüttelte resigniert den Kopf. „Sie ist lieber allein.“

„Also können wir niemanden befragen?“

„Seit dem tragischen Tod ihrer Schwester vor zwei Jahren hat sich Kristin komplett zurückgezogen.“ Elva kämpfte erneut mit den Tränen.

„Standen sie sich sehr nahe?“

„Selbstverständlich. Kristin wollte immer wie Yva sein.“

„Ach, Sie sind die Eltern von dem Mädchen, das im See ertrunken ist?“, fragte Linda erstaunt.

Der Kugelschreiber des Fallanalytikers tanzte in rasender Geschwindigkeit über den Notizblock und Elva spürte die Wut in sich aufsteigen. Diese Befragung setzte ihr mehr zu, als sie erwartet hatte, und ihre Atmung wurde hektischer. Sie sprang auf, öffnete die Terrassentür und rang nach Luft.

„Alles in Ordnung? Sollen wir einen Arzt rufen?“, fragte Linda besorgt.

Jörgen erhob sich, um in der Küche ein Glas Wasser zu holen.

„Es geht schon“, winkte Elva ab. Sie nahm wieder im Sessel Platz und Jörgen drückte ihr das Glas Wasser in die Hand. „Vielen Dank“, murmelte sie und trank einen Schluck.

„Können wir weitermachen?“ Linda musterte sie aufmerksam.

„Von mir aus", erwiderte Elva knapp.

„Ich verstehe Ihre Sorge", sagte Linda. „Könnte Kristin auch wegen ihrer Schwester ausgerissen sein? Hatte sie die Möglichkeit, das Trauma zu verarbeiten?"

Elva kniff die Lippen zusammen. Die Beamtin konnte vielleicht Fragen stellen. Alle in der Familie hatten mit Yvas Tod zu kämpfen, das steckte man nicht so einfach weg. Dieser bornierte Fallanalytiker schrieb und schrieb und brachte sie damit völlig aus der Fassung.

„Wie schon gesagt, das Ganze ist erst zwei Jahre her und wir sind noch lange nicht darüber hinweg. Weder Kristin, noch mein Mann, geschweige denn meine Wenigkeit."

„Gibt es einen Ort, an den sich Kristin gern zurückzieht? Meine Tochter geht zum Beispiel immer in den Wald, wenn sie Zeit zum Nachdenken braucht."

„Kristin verbringt die meiste Zeit in ihrem Zimmer, aber das habe ich ja bereits erwähnt. Dort oben fühlt sie sich am wohlsten."

„Demnach gibt es keinen Hinweis, wo wir mit der Suche beginnen können?"

Elva schüttelte bedauernd den Kopf. Schon während der Befragung war ihr klar geworden, wie wenig sie eigentlich von ihrer Tochter wusste. Sie hatten quasi nebeneinanderher gelebt. Aber es gab gute Gründe, warum Per und sie sich so verhielten. Zu gegebener Zeit würde sie ihre Erziehungsmethoden noch einmal überdenken. Aber erst, wenn die Fronten geklärt waren.

„Können Sie uns ein aussagekräftiges Foto von Ihrer Tochter geben?"

„Natürlich, einen Moment." Elva erhob sich, zog ein Fotoalbum aus der Schublade heraus und entnahm eine Fotografie. „Bitte sehr." Sie reichte der Kommissarin das Bild. „Brauchen Sie sonst noch etwas?"

„Nein, vorerst reicht das Foto. Damit können wir Kristin

zur Fahndung ausschreiben. Sie wissen nicht zufällig, was Ihre Tochter zum Zeitpunkt des Verschwindens getragen hat?"

Elva verneinte.

„Fehlen Kleidungsstücke?", fragte Linda nach.

„Oh, ich habe in meiner Aufregung noch gar nicht nachgesehen." Elva stand auf. „Einen Moment bitte."

Hastig stieg sie die Stufen zu Kristins Zimmer hinauf und öffnete nacheinander die Schranktüren. Den Rucksack hatte Kristin definitiv mitgenommen und auch ihre Lieblingsturnschuhe fehlten, aber der Rest? Was würden die Ermittler nur von ihr denken? Beschämt kehrte sie ins Wohnzimmer zurück.

„Sie trägt schwarz-weiße Turnschuhe, eine blaue Jeans und eine olivgrüne Jacke. Außerdem hat sie den Rucksack mitgenommen. Zu dem Oberteil kann ich leider keine Aussage machen."

„Können Sie den Rucksack genauer beschreiben?", fragte Jörgen.

Aha, dachte Elva, der Kommissar hatte tatsächlich eine Stimme.

„Der Rucksack ist ziemlich groß und genauso olivgrün wie ihre Jacke. Auf der Vorderseite hat er zwei große Taschen."

Genau in diesem Moment klingelte es.

„Das werden die Kriminaltechniker sein", sagte Linda.

Elva stand auf und ging zur Tür. Sie begrüßte die beiden Männer und begleitete sie in Kristins Zimmer. Linda, Jörgen und Alex standen bereits im Flur, um sich zu verabschieden, als sie die Treppe hinunterstieg.

„Bitte melden Sie sich umgehend bei uns, falls Sie von Kristin ein Lebenszeichen erhalten", bat Jörgen.

„Das werde ich machen", antwortete Elva und schloss hinter dem Trio die Tür. Oben im Jugendzimmer hörte sie die Kriminaltechniker rumoren. Schranktüren klappten auf und zu und Möbel wurden zur Seite geschoben. Sie hasste es, wenn fremde Menschen in ihren Sachen wühlten, aber sie hatte ja keine Wahl. Warum, verdammt noch einmal, musste sich Kristin ausgerechnet jetzt aus dem Staub machen?

„Elva?"

Erschrocken fuhr sie herum.

„Hallo Per, ich habe dich gar nicht kommen hören."

„Dann stimmt es also, Kristin ist weggelaufen."

„Ja, ohne ein einziges Wort zu hinterlassen." Elva lehnte ihren Kopf an seine Schulter. „Wenn ich nur daran denke, was das alles nach sich ziehen könnte, dann möchte ich nur noch schreien. Die Polizei wird keinen Stein auf dem anderen lassen und die Zitterpartie beginnt wieder von vorn. Sobald unsere Kunden davon hören, werden die Aufträge ausbleiben."

„Jetzt warte doch erst einmal ab." Per strich ihr sanft über die Wange. „Vielleicht wird Kristin ja in den nächsten Tagen aufgegriffen, bevor ihr Verschwinden große Wellen schlägt."

„Deine Zuversicht möchte ich haben", seufzte sie. „Dir ist schon klar, dass in letzter Zeit drei junge Frauen verschwunden sind? Ich möchte mir gar nicht erst ausmalen, wenn Kristin an den Falschen gerät."

„Solange wir nicht wissen, was genau passiert ist, sollten wir nicht darüber spekulieren."

„Per, wir haben schon ein Kind verloren." Elva schaute zu ihm auf.

„Wie könnte ich das je vergessen?" Er erwiderte ihren Blick. „Wir sollten Yva in Frieden ruhen lassen, es war das Beste so."

„Warum hat uns das Schicksal nur so hart bestraft? Was haben wir falsch gemacht?"

„Das versuche ich bis zum heutigen Tag zu ergründen."

Elva löste sich aus der Umarmung, als die Männer von

der Kriminaltechnik die Treppe herunterkamen. Unter dem Arm des jüngeren Beamten klemmte der Laptop ihrer Tochter mit den bunten Stickern und Elva schluckte schwer. Bitte Kristin, komm zurück, flehte sie im Stillen und begleitete die Männer zur Tür.

12

Was halten Sie von der Familie?", fragte Linda und stellte Alex Berg eine Tasse Kaffee auf den Schreibtisch, die er dankend annahm.

„Das Verhalten der Mutter ist schwierig zu beurteilen. Ihre abweisende Körpersprache passte nicht zum Gesamtbild einer besorgten Mutter. Sie hat auf einige Fragen sehr ausweichend geantwortet, was ich ungewöhnlich finde. Es scheint fast so, als hätten sich Kristin und ihre Mutter nicht besonders nahegestanden. Aber auch der Vater hat durch Abwesenheit geglänzt. Manchmal hatte ich sogar das Gefühl, dass Elva Johansson ihre Tochter aus mir unverständlichen Gründen bewusst ablehnt."

„Ja, das ist mir auch aufgefallen“, bestätigte Jörgen.

„Könnten Sie mich kurz unterrichten, was damals mit der älteren Tochter passiert ist, und mir im Anschluss daran die Akte zukommen lassen?“, bat Alex Berg.

„Selbstverständlich“, antwortete Linda. „Yva Johansson war eine ausgezeichnete Schwimmerin, aber an diesem Tag hatte sie sich wohl deutlich überschätzt. Mitten auf dem See soll sie laut Aussage eines Zeugen einen Krampf bekommen haben.“

„War denn niemand in der Nähe? Warum hat dieser Zeuge nicht eingegriffen?“

„Der junge Mann ist geistig behindert und kann nicht schwimmen. Als er den Notruf gewählt hat, war es bereits zu spät, aber einen Vorwurf kann man ihm nicht machen. Andere Badegäste waren nicht vor Ort, weil sich an diesem Tag ein schweres Unwetter angekündigt hatte. Ich finde es allerdings sehr seltsam, dass dieser Zeuge ausgerechnet der Bruder von Ben Hansson ist.“

„Das ist ein durchaus merkwürdiger Zufall“, bestätigte Alex Berg. „Was hat die Obduktion ergeben?“

„Obwohl etliche Taucher mehrere Tage nach dem Leichnam gesucht haben, konnte er nicht gefunden werden. Der Untergrund des Sees ist sehr zerklüftet und der leblose Körper wird wahrscheinlich in eine Spalte gerutscht sein.“

„Tragisch, wirklich tragisch.“ Alex trank einen Schluck. „Das könnte natürlich der Grund sein, warum sich Elva Johansson ihrer jüngeren Tochter gegenüber abschottet und keine Muttergefühle mehr zulässt. Sie hat den Tod ihres ersten Kindes noch nicht überwunden.“ Er schaute zu Linda, die am Fenster stand. „Wissen Sie, ob die Eltern eine Therapie gemacht haben, um den Verlust zu verarbeiten?“

„Jedes unserer Hilfsangebote wurde ausgeschlagen. Die Situation zwischen den Eltern und uns war sehr angespannt, anders lässt sich das nicht bezeichnen. Schon damals war eine gewisse Distanz zu den Töchtern spürbar."

„Es kommt immer wieder einmal vor, dass Eltern und Kinder keine innige Beziehung zueinander pflegen. Gab es psychische Erkrankungen in der Familie?"

„Keine, soweit ich weiß", mischte sich Jörgen wieder ein. „Ich hatte eher das Gefühl, dass den Eltern die eigene Immobilienfirma wichtiger war."

„Es könnte aber auch der Wunsch nach Erfolg oder ein unverarbeitetes Kindheitstrauma dahinterstecken. Kristin ist mit Sicherheit vor der Lieblosigkeit ihrer Eltern geflohen und wollte ihnen auch gleichzeitig einen Denkzettel verpassen."

Die Tür zum Konferenzraum wurde aufgerissen.

„Ein Zeuge will gesehen haben, wie Livia Michelsen in einen Wagen gestiegen ist", sagte ein Kollege.

„Wo finde ich ihn?", fragte Linda.

„Draußen auf dem Flur."

„Ich komme sofort."

Der Zeuge, ein Mann Mitte fünfzig, erhob sich und reichte Linda die Hand. „Guten Tag, Silas Bremer mein Name."

„Ich bin Linda Sventon, die zuständige Kommissarin. Folgen Sie mir doch bitte in mein Büro."

Nachdem sich Bremer gesetzt hatte, nahm Linda seine Personalien auf.

„Sie haben also eine junge Frau beobachtet, die zum Zeitpunkt ihres Verschwindens in einen Wagen gestiegen ist?"

„Korrekt", bestätigte er.

„Wie hat das Fahrzeug ausgesehen?"

„Es war ein Geländewagen, ein älteres Modell."

In rascher Folge gab Silas Bremer die Details wie Fabrikat und Lackierung preis. Linda schob ihm ein Bild von Livia Michelsen über den Schreibtisch zu.

„Erkennen Sie diese junge Frau wieder?“

Bremer ließ sich Zeit und studierte das Foto.

„Um diese Zeit war es stockdunkel und die Entfernung viel zu groß, ich konnte das Gesicht nicht erkennen. Ihrer Figur nach zu urteilen, war sie sehr zierlich.“

„Wie hat sie sich dem Fahrer gegenüber verhalten?“

„Verunsichert, würde ich sagen. Sie ist erst nach einigem Zögern in den Wagen gestiegen.“

„Der Fahrer und Livia Michelsen haben sich demnach nicht gekannt?“

„Davon gehe ich aus“, antwortete Bremer.

„Weshalb sind Sie um diese Uhrzeit dort gewesen?“

Silas Bremer runzelte die Stirn, diese Frage behagte ihm nicht.

„Ich war erfolglos jagen und auf dem Rückweg zu meinem Jeep. Den hatte ich nicht weit entfernt vom Hochsitz abgestellt.“

„Und warum melden Sie sich erst jetzt?“

„Ich hatte es schlichtweg vergessen“, brummte er. „Außerdem war mir damals nicht bewusst gewesen, dass meine Beobachtung von so enormer Wichtigkeit sein könnte.“

„Haben Sie etwas Verdächtiges gesehen oder gehört?“

Bremer schüttelte den Kopf. „Nein, das war ja nur ein kurzer Augenblick.“

„Dann vielen Dank, dass Sie sich gemeldet haben. Sollte Ihnen noch etwas einfallen, dann rufen Sie mich bitte an.“

Linda nahm eine Visitenkarte aus ihrem Etui und reichte sie Bremer.

Bremer warf einen kurzen Blick darauf und erhob sich. Linda begleitete ihn nach draußen. Im Flur traf sie auf Alex Berg.

„Und? Wie ist es gelaufen?“, fragte er.

„Ich bin zufrieden. Die Beschreibung des Fahrzeugs

könnte durchaus zu Hanssons Geländewagen passen. Wenn er in fraglicher Nacht kein Alibi vorweisen kann, dann ist er definitiv unser Mann. Was meinen Sie?"

„Hansson passt zu neunzig Prozent ins Täterprofil, auch wenn der Vergleich der Reifenspuren negativ ausgefallen ist", antwortete er.

„Dann wird es Zeit, dem jungen Mann erneut auf den Zahn zu fühlen."

„So ist es", schloss sich Berg ihrer Meinung an.

13

Kristin war erschöpft von den Ereignissen der letzten Nacht und kuschelte sich in das weiche Polster des Sitzes. Sie hatte am Schalter eine Fahrkarte gezogen und war in den erstbesten Bus gestiegen, der sie von hier fortbringen würde. Das monotone Geräusch, das Motor und Räder verursachten, ließ sie schläfrig werden.

Die Landschaft flog an ihr vorüber und von den wenigen Fahrgästen nahm sie kaum Notiz. An der nächsten Haltestelle stieg ein älterer Mann in Uniform zu. Kristin konnte nicht einordnen, ob es sich um einen Kontrolleur oder jemandem vom Amt handelte. Beunruhigt rutschte sie tiefer in den Sitz.

Der Mann drehte sich immer wieder zu ihr um und sie befürchtete, dass ihre Eltern sie bereits als vermisst gemeldet hatten. Dass ihr Foto so schnell in der Presse erscheinen würde, damit hatte sie nicht gerechnet.

Vorbei ging die Fahrt an reifen Getreidefeldern und der silbern schimmernden Oberfläche des Klarälve-Flusses, doch Kristin hatte für diese Schönheiten keinen Blick. Sie fühlte sich in der Gegenwart des Uniformierten immer unwohler und als der Bus mitten im Nirgendwo hielt, stieg sie aus. Eigentlich hätte die Fahrt bis nach Karlstad gehen sollen, aber dieses Risiko wollte sie nicht eingehen. Eine Staubwolke umhüllte sie, als der Bus sich wieder in Bewegung setzte und sie verloren an der Haltestelle zurückblieb.

Und was nun? Wie sollte sie sich hier zurechtfinden, mitten im Niemandsland?

Nachdenklich zählte sie ihre übrig gebliebenen Kronen. Das Geld würde höchstens für eine Woche reichen, mehr war einfach nicht drin. Dennoch entschied sie, es wenigstens zu versuchen.

Sie folgte der Straße, die in den kleinen Ort mit hübschen Ferienhäusern führte. Nachdem sie eine Weile ziellos umhergeirrt war, stieß sie auf einen Laden. Perfekt.

Sie füllte den Einkaufskorb mit Chips und Süßigkeiten, doch auf dem Weg zur Kasse drehte sie um. Zwar wäre ihr Heißhunger gestillt, aber auch die Hälfte der Kronen aufgebraucht. Frustriert räumte sie die Köstlichkeiten zurück in das Regal und legte stattdessen Knäckebrot, Frischkäse und zwei Flaschen Mineralwasser in den Korb. Das kostete nur ein Fünftel und würde sie für längere Zeit satt machen.

„Hej, genießt du den Urlaub am See?“, fragte die ältere Dame an der Kasse lächelnd.

„Äh … ja klar.“ Kristin errötete leicht.

„Kommst du aus Stockholm?“

Das waren definitiv zu viele Fragen auf einmal.

„Ja, ich bin mit meinen Eltern hier", log sie.

„Ahhh, deshalb auch das viele Knäckebrot." Die Kassiererin nickte wissend.

„Wir wollen uns während der Ferien in Form bringen."

Kristin hasste sich für diese Antwort. Warum musste sie sich immer rechtfertigen?

„Schön, wenn man gute Vorsätze hat."

„Stimmt", antwortete Kristin knapp und zahlte.

„Möchtest du vielleicht eine Tüte?"

„Gute Idee, danke." Hastig verstaute Kristin ihre Einkäufe, nichts wie raus hier.

„Na dann, schönen Urlaub noch", rief die Frau ihr hinterher, als sie fluchtartig den Laden verließ.

Vor der Tür atmete sie tief durch. Warum musste jeder ihr ein Gespräch aufdrängen? Merkten die Leute denn nicht, dass sie lieber für sich blieb?

Sie setzte sich auf eine Bank und stellte die Tüte mit den Einkäufen neben sich. Dann schraubte sie eine der Flaschen auf, um ihren Durst zu löschen. Obwohl sie einen Bärenhunger verspürte, wollte sie nicht in der Öffentlichkeit essen. Nur ein paar Meter entfernt begann ein Waldstück und sie steuerte geradewegs darauf zu.

Kühle, würzige Luft strömte Kristin entgegen. Sie liebte diesen Geruch, der ihr Einsamkeit versprach, und folgte einem schmalen Trampelpfad ins dichte Unterholz. Dort setzte sie sich auf einen Baumstumpf und riss die Packungen auf. Sie zerbrach das Knäckebrot in kleinere Stücke, um diese in den Frischkäse zu dippen. Es schmeckte köstlich und im Handumdrehen hatte sie die Hälfte der Packung verzehrt.

Satt und zufrieden setzte sie ihren Weg fort. Da sie die Nacht auf keinen Fall im Freien verbringen wollte, wurde es allmählich Zeit, nach einer Unterkunft zu suchen. Ganz in der Nähe musste sich noch ein zweiter See befinden, das hatte sie auf der Karte im Laden gesehen. Vielleicht gab es ja dort ein einsames Bootshaus, in dem sie sich verkriechen konnte.

Mittlerweile hatte sie das Waldstück hinter sich gelassen und lief ganz nah am Wasser entlang. Unentwegt hielt sie nach einem verlassenen Ferienhaus oder einer Bootshütte Ausschau. Doch ihre Suche wurde nicht von Erfolg gekrönt. Die meisten Häuser waren bewohnt, obwohl die Hauptsaison noch nicht einmal begonnen hatte.

Enttäuscht setzte sich Kristin am Ufer in den Sand und zog ihre Turnschuhe aus. Sie hatte sich die Fersen blutig gelaufen und natürlich kein Pflaster dabei. Nun ärgerte sie sich maßlos darüber, wie planlos und naiv sie vorgegangen war. Mit ein wenig mehr Organisation würde sie jetzt nicht mitten in der Pampa festsitzen.

Sie stand auf und kühlte ihre malträtierten Füße im knöcheltiefen Wasser. Nachdenklich betrachtete sie ihr Spiegelbild auf der klaren Oberfläche. War ihre Flucht wirklich die richtige Entscheidung gewesen? Sie hatte an die Konsequenzen keinen einzigen Gedanken verschwendet.

Eine Windbö fegte über den See und die Wellen kräuselten sich. Ihr Spiegelbild verzerrte sich zu einer hässlichen Fratze und sie pflügte zornig mit dem Fuß durch das Wasser. Warum behandelten ihre Eltern sie wie Luft? Schließlich hatte sie sich dieses Schicksal nicht ausgesucht.

Voller Frust kehrte sie ans Ufer zurück und ließ sich in den weichen Sand fallen. Sie band die Turnschuhe an den Schnürsenkeln zusammen und hängte sie sich locker über die Schulter. Dann machte sie sich wieder auf die Suche nach einem Nachtquartier und lief barfuß am Ufer des Sees entlang. Hin und wieder kamen ihr Urlauber entgegen und sie senkte scheu ihren Blick.

Sie hatte die Hoffnung fast schon aufgegeben, als sie

einen Unterstand entdeckte, der zwei Bänke und einen Grill beherbergte. Immerhin, für eine Nacht sollte es reichen.

Sie knüllte ihre Jacke zusammen, um diese als Kopfkissen zu benutzen, und streckte sich auf der Bank aus. Das Holz war zwar unglaublich hart, aber sie war viel zu erschöpft, um weiterzusuchen. Seit vierundzwanzig Stunden hatte sie nicht geschlafen, und das rächte sich jetzt.

Nicht weit von ihrem provisorischen Nachtlager entfernt knackte ein vertrockneter Zweig und Kristin fuhr in die Höhe. Verschlafen rieb sie sich die Augen und brauchte einige Sekunden, um sich zu orientieren. Als die Erinnerung auf sie niederprasselte, hielt sie den Atem an und bereute für einen Moment, so kopflos davongelaufen zu sein. Für eine Rückfahrkarte reichten die Kronen nicht mehr und das Risiko, per Anhalter zu fahren, würde sie keinesfalls eingehen.

Die Nacht am See war kühl und Kristin zog sich fröstelnd die Jacke über. Sie lauschte und musterte aufmerksam die Umgebung. Jemand musste ganz in der Nähe sein, denn sie hörte das leise Rascheln von Laub. Das Herz schlug ihr bis zum Hals und sie fühlte sich der Situation hilflos ausgeliefert.

Plötzlich schoss ein dunkler Schatten nach vorn und Kristin formte die Lippen zu einem lautlosen Schrei.

14

Der schrille Klingelton des Weckers riss Ben unbarmherzig aus seinen Träumen. Gähnend schlug er die Bettdecke zurück und blieb einen Moment auf der Bettkante sitzen, um sich zu sammeln. Er hatte von seiner Mutter geträumt, die ihn eindringlich darum gebeten hatte, auf seinen Bruder achtzugeben. Sein Misstrauen Nils gegenüber schien demnach tiefer zu sitzen, als er angenommen hatte.

Nachdenklich betrachtete er sein Gesicht, das sich in der Fensterscheibe spiegelte. Es wirkte übermüdet, sorgenvoll und angespannt.

Im Zimmer nebenan rumorte es und Ben ging nach

unten, um das Frühstück zuzubereiten. Nils und er waren ein eingespieltes Team und bisher hatte es nie Probleme gegeben. Den Termin beim Therapeuten würde er nur pro forma machen, er bekäme die Situation auch ohne Einmischung von außen wieder unter Kontrolle. Hauptsache, Inga Larsen würde endlich Ruhe geben.

Während er das Rührei in der Pfanne wendete und die Speckstreifen brutzelten, traf er eine Entscheidung. Er würde Nils die Erlaubnis erteilen, in den Wald zu gehen, aber nur, um ihm zu folgen.

„Na, gut geschlafen?“, begrüßte Ben seinen Bruder, der mit einem Schwall feuchter Luft das Badezimmer verlassen hatte.

„Geht so“, brummte Nils und setzte sich. Hastig schaufelte er das Rührei in sich hinein, das Ben ihm vor die Nase gestellt hatte.

„Schmeckt es wenigstens?“

„Mhm.“

„Wenn du mir versprichst, am Wochenende beim Einlagern des Holzes zu helfen, dann darfst du auch wieder in den Wald.“ Er schaute Nils prüfend an.

„Okay.“

„Aber ich erwarte dafür, dass du dich Inga Larsen und den anderen gegenüber anständig benimmst? Haben wir uns verstanden?“

„Ja“, antwortete Nils einsilbig.

Ben hatte mit mehr Begeisterung gerechnet und wunderte sich über Nils’ ausbleibende Reaktion.

„Ich dachte, du freust dich“, sagte Ben. „Gestern warst du noch furchtbar enttäuscht und heute zeigst du keine Regung.“

„Doch, ich bin froh“, erwiderte Nils und vermied es, den Blick seines Bruders zu erwidern.

„Ich kann es hören.“

Das Gespräch verstummte, bis Nils aufstand, seinen Teller in die Spüle stellte und sich die Schuhe anzog.

„Bin fertig", sagte er.

„Einen Moment, ich muss mich noch umziehen", entgegnete Ben.

Dann folgte er seinem Bruder nach draußen und warf Vaters alten Werkzeugkasten in den Kofferraum. Es würde mit Sicherheit ein langer Tag werden.

Ben lag mit dem Rücken auf dem Boden und montierte den Siphon. Nur einen halben Meter von ihm entfernt stand Inga Larsen und beobachtete ihn. Das brachte ihn zusätzlich zum Schwitzen. Er wurde immer leicht nervös, wenn ihm jemand auf die Finger schaute, ein Überbleibsel aus Kindertagen. Sein Vater war im nüchternen Zustand ein Kontrollfreak gewesen und wehe, einer seiner Söhne hatte nicht pariert.

Geschlagen, gezüchtigt, abgestraft.

Ben schnaubte missbilligend.

„Ist etwas nicht in Ordnung?", frage Inga Larsen.

„Nein, nein, alles bestens", erwiderte Ben und zog die Stellschrauben fest. Dann stand er auf und öffnete den Wasserhahn. Kein Leck, keine Fontäne – perfekt. „Mein Job wäre damit erledigt."

Inga Larsen machte ein enttäuschtes Gesicht. „Sind Sie sich wirklich sicher, dass das auf Dauer funktioniert?"

„Klar, warum nicht", antwortete Ben und verstaute das Werkzeug wieder im rostigen Metallkoffer. „Das Wasser fließt in den Abfluss, wo es hin soll, und der Siphon tropft nicht."

„Falls Probleme auftreten, kann ich mich aber an Sie wenden?"

Er fand ihre dominante Art unausstehlich. „Natürlich, nur wird dieser Fall nicht eintreten."

„Na dann …"

„Sonst noch etwas?"

„Haben Sie schon einen Therapeuten gefunden?", hakte sie nach.

„Björn Helmerson, ich habe heute Morgen einen Termin vereinbart."

Inga Larsens Gesicht erhellte sich. „Das sind gute Neuigkeiten."

„Wenn Sie das sagen. Ich bin dann mal wieder …"

Ben hob den Werkzeugkoffer an und stürmte zur Tür hinaus, bevor es sich die Larsen anders überlegen konnte. Nils wartete wie üblich im Flur und Ben zupfte ihn im Vorbeigehen am Ärmel.

„Jetzt komm schon, nichts wie weg."

Er startete den Motor und der Wagen schoss nur Sekunden später auf die kaum befahrene Straße. Ihr Abgang glich eher einer Flucht.

„Hast du schon eine Idee, was ich uns kochen könnte?", fragte Ben.

„Ich bin satt", antwortete Nils. „Gustav hat Geburtstag gefeiert und ganz viel Kuchen mitgebracht."

„Na umso besser, dann kannst du gleich in den Wald", erwiderte Ben. Hoffentlich wurde Nils nicht misstrauisch bei so viel Entgegenkommen. „Aber du solltest dich vorher umziehen, ich will nicht schon wieder Wäsche waschen", ermahnte er ihn.

„Mhm."

Die Fahrt ging vorbei an goldgelben Getreidefeldern, deren reife Ähren sich unter ihrer Last neigten. Es roch aufdringlich nach frisch gemähtem Gras und bunte Schmetterlinge tanzten um die purpurfarbenen Blüten der Disteln am Straßenrand. Doch Ben hatte keinen Blick für die Schönheit der Natur, als er auf den Waldweg abbog und unter dem schattenspendenden Blätterdach hindurchfuhr.

Er parkte in der Einfahrt und wartete darauf, dass Nils sofort aus dem Wagen springen würde. Aber sein Bruder blieb stoisch auf dem Beifahrersitz kleben.

„Worauf wartest du?“ Ben nickte ihm aufmunternd zu.

Nils seufzte und stieß die Beifahrertür auf. Ben umfasste sein Handgelenk und hielt ihn diesmal sanft zurück.

„Ich merke doch, dass dich etwas bedrückt. Also raus mit der Sprache.“

Nils zögerte einen Moment, bevor er sich Bens lockerem Griff entwand und zum Haus marschierte. Ben stieg enttäuscht aus dem Wagen und folgte ihm wortlos. Dabei hatte er darauf gebaut, dass Nils endlich sein Schweigen brechen würde. Frustriert schloss er die Haustür auf.

Nils zog sich sofort auf sein Zimmer zurück, während Ben überlegte, was er mit dem restlichen Nachmittag anstellen sollte. Er fluchte im Stillen, weil er vergessen hatte, eine neue Axt zu besorgen. Aber ein Blick in die Küche genügte, in der sich das schmutzige Geschirr stapelte.

Der alte Boiler spie zischend heißes Wasser in das Spülbecken und Ben tauchte seine Hände in den Schaum. Er war zwar handwerklich begabt, aber mit der Führung eines Haushaltes ziemlich überfordert. Etliche Teller und Tassen waren unter seinen Händen zu Bruch gegangen und selbst zum Putzen musste er sich jedes Mal aufraffen.

„Ich bin weg“, rief Nils plötzlich im Vorbeigehen und nur Sekunden später fiel die Haustür ins Schloss.

Ben warf den Lappen zurück ins Spülbecken, band sich mit feuchten Fingern die Schnürsenkel zu und eilte seinem Bruder hinterher. Nils war bereits im Dickicht verschwunden, aber Ben holte rasch auf. Er bewegte sich geschmeidig und flink, genau wie sein Vater.

Dennoch verlor er Nils in einem Moment der Unachtsamkeit aus den Augen und drehte sich suchend um die eigene Achse. Schließlich lief er einfach drauflos und stellte nach kurzer Zeit fest, dass er tatsächlich den richtigen Weg eingeschlagen hatte. Das helle Shirt seines Bruders blitzte wie eine Signalfahne zwischen den Baumstämmen auf. Nach einigen Metern bog Nils nach rechts und hatte sich innerhalb weniger Augenblicke in Luft aufgelöst.

Ben pirschte sich so lautlos wie möglich an die Stelle heran, doch er konnte Nils nirgends entdecken. Ratlos ließ er sich auf einen Baumstumpf sinken und stützte den Kopf auf seine Hände. War es möglich, dass Nils ihn absichtlich ausgetrickst hatte?

Wie aus dem Nichts tauchte sein Bruder plötzlich wieder auf und setzte seinen Weg unbeirrt fort. Ben war hin- und hergerissen. Sollte er Nils weiter beschatten oder herausfinden, wo er die letzten Minuten gesteckt hatte?

Letztlich ließ er Nils ziehen und durchstreifte die nähere Umgebung. Ein süßlicher Verwesungsgeruch hing in der Luft, der die Erinnerung an die Hirschkadaver im Schuppen seines Vaters wachrief. Ben kämpfte gegen die Übelkeit an und bahnte sich einen Weg durch das dichte Unterholz. Kurz darauf stand er vor einer Erdhütte, von deren Existenz er bis dato nichts gewusst hatte. Obwohl die Tür geschlossen war, war der Gestank unerträglich. Zögerlich legte Ben seine Hand auf die Klinke. Was würde ihn gleich erwarten?

Er hielt sich schützend den Ärmel von seinem Shirt vor die Nase und stieß die Tür auf. Unzählige Fliegen schwirrten durch den Raum und es dauerte einen Moment, bis sich seine Augen an das Dämmerlicht gewöhnt hatten.

Er war in einem Kabinett des Grauens gelandet.

Etliche Tierkadaver hingen an Schnüren von der Decke herab. Einige von ihnen waren schon halb verwest oder mit einer dicken Schicht wabernder Maden überzogen. Ein schmieriger Belag bedeckte den Boden, der von den toten Tieren heruntertropfte.

Ben taumelte rückwärts, stolperte über eine Unebenheit und stürzte. Noch im Liegen erbrach er sich. Er war hart im Nehmen, gar keine Frage, aber er hätte seinem Bruder so einen Wahnsinn niemals zugetraut.

Verdammt, was sollte er tun?

Nils würde ein Leben lang weggesperrt werden, wenn auch nur ein Sterbenswörtchen davon nach außen drang.

Denk nach, Ben, denk nach!, spann er sein Mantra und rappelte sich auf. Wie von Sinnen hetzte er den Weg zurück und kam keuchend vor dem heimischen Schuppen zum Stehen. Er riss die Tür auf, schnappte sich den Benzinkanister und den Spaten. Anschließend lief er ins Haus, um eine Schachtel Streichhölzer an sich zu nehmen. Dann rannte er los, als hinge sein Leben davon ab.

Zweige peitschten in sein Gesicht und zerkratzten ihm Arme und Beine. Immer wieder tauchte Nils vor seinem geistigen Auge auf, wie er sich als Kind dazu überwinden musste, das erlegte Wild zu häuten. Warum hatte er die Verwandlung seines Bruders nicht bemerkt? Und wann war dieses Monster aus ihm geworden?

Nils beförderte jeden Käfer, der sich ins Haus verirrt hatte, behutsam mit einem Glas nach draußen. Er füllte täglich das Vogelhäuschen auf und liebte das Eichhörnchen über alle Maßen. Was war nur schiefgelaufen?

Bittere Tränen brannten in Bens Augen und er konnte sich nicht daran erinnern, wann er zum letzten Mal geweint hatte. Für ihn war Heulen lästiger Kinderkram.

Endlich hatte er die Hütte erreicht. Mit seinem Taschenmesser durchtrennte er die Stricke und die Kadaver fielen klatschend zu Boden. Allein dieses Geräusch löste bei ihm erneut den Würgereiz aus. Die bunt schillernden Fliegen setzten sich überall auf sein Gesicht und er scheuchte sie mit seinen schmierigen und stinkenden Händen fort.

Nachdem er die Deckenbalken von ihren grausigen Anhängseln befreit hatte, raffte er die toten Tiere zusammen, um sie nach draußen zu tragen. Innerhalb kürzester Zeit war seine Kleidung völlig verschmutzt und er wusste nun, woher die Flecken auf dem Shirt seines Bruders stammten.

Erst vor der Tür, im Licht der untergehenden Sonne, war es ihm möglich, die Kadaver nach ihrer Art und Gattung zu unterscheiden – Kaninchen, Marder, Fuchs und anderes Kleingetier.

Ein verzweifeltes Stöhnen drang aus seiner Kehle, wenn er an die Konsequenzen dachte, und zum ersten Mal überhaupt wurde ihm bewusst, dass sie nicht an diesem grauenvollen Ort bleiben konnten. In seiner Verzweiflung musste er sich eingestehen, dass Inga Larsen am Ende doch recht behalten hatte. Wenn er das Waldgrundstück samt renovierungsbedürftigem Haus veräußern würde, stünde ihnen ein wenig Startkapital zur Verfügung.

Hastig sammelte er heruntergefallene Äste und Zweige zusammen und schichtete sie etwas abseits zu einem Lagerfeuer auf. Anschließend übergoss er das Holz mit Benzin und zündete es an. Als das Feuer knisternd brannte, warf er die verstümmelten Kreaturen in die lodernden Flammen. Ein Großteil der Köpfe und Gliedmaßen war abgetrennt worden und dieser Anblick löste bei Ben pure Verzweiflung aus. Wenn das die Polizei mitbekam, dann waren sie geliefert.

Eine dunkle Rauchwolke bildete sich und Ben schickte ein stilles Stoßgebet zum Himmel, dass kein Spaziergänger oder Wanderer das Feuer bemerken würde. Ungeduldig stocherte er in der Glut. Es dauerte ihm viel zu lange, bis die Kadaver endlich zu Asche zerfallen waren.

Allmählich lösten sich die Schatten auf und die Dämmerung tauchte die Umgebung in ein trostloses Grau. Ben grub neben der Feuerstelle ein tiefes Loch und schaufelte dort die Aschereste hinein. Danach bedeckte er den nackten Boden mit Moos und Blättern, um die Grausamkeiten seines Bruders zu vertuschen.

Jetzt musste er sich nur noch um die Erdhütte kümmern. Er hob den Kanister an und schwenkte ihn herum. Sogar die Deckenbalken benetzte er mit dem Benzin, in der Hoffnung, dass das Feuer alle Spuren vernichten würde. Er zündete ein kleines Bündel trockener Zweige an und warf diese ins Innere.

Wusch!

Innerhalb von Sekunden fraßen sich die Flammen züngelnd bis zum Dach empor und die Hütte brannte lichterloh. Es dauerte nicht lange, bis der erste Dachbalken qualmend auf den Boden krachte, wo ihn sich das Feuer endgültig einverleibte. Nach einer Stunde war der ganze Spuk vorüber.

Mittlerweile hatte die Nacht das Zepter übernommen und nachdem Ben sich vergewissert hatte, dass die schwelenden Reste keine Funken mehr auf die umliegenden Bäume übertragen konnten, trat er den Heimweg an. Erst jetzt wurde er sich seiner körperlichen Verfassung bewusst. Seine Hände zitterten unkontrolliert und das Herz hämmerte hart gegen seine Brust.

Er würde sich Nils vorknöpfen und notfalls die Antworten aus ihm herausprügeln. Was hatte sich sein Bruder nur dabei gedacht?

Ben schleppte sich zurück und der Hass auf seinen Vater wuchs von Minute zu Minute. Was für ein elendes Erbe hatte er ihnen nur hinterlassen? Nils und er waren geschundene Seelen, die vergeblich auf ein wenig Glück hofften. Dabei hatte er nie so enden wollen wie sein Vater – einsam und allein im Wald.

Er dachte kurz darüber nach, Nils in einem Projekt für

betreutes Wohnen unterzubringen, aber dann verwarf er diesen Gedanken wieder. Die einzige Alternative wäre, in den nächsten Tagen die Grundstückspreise zu checken und sich nach einer neuen Bleibe umzusehen.

Das Haus lag im Dunkeln, als er das Grundstück erreicht hatte. Er lehnte die Schaufel an die Schuppenwand und stellte den Kanister daneben. Wehe, wenn Nils nicht in seinem Bett lag und schlief.

Im Flur war es mucksmäuschenstill und Ben schlich nach oben. Behutsam drückte er die Klinke herunter. Nils war noch wach und atmete schwer.

„Hey, alles klar?"

Was für eine dumme Frage, absolut nichts war klar.

„Geh weg", murmelte Nils.

Ben ignorierte seine Aufforderung und setzte sich zu ihm. Das Bett ächzte leise unter dem Gewicht einer zusätzlichen Person.

„Ich habe die Hütte gefunden", sagte er.

Nils drehte sich zu ihm um. „Welche Hütte?"

„Die mit den toten Tieren." Er hörte, wie sein Bruder nach Luft schnappte. „Warum hast du das getan?"

„Das war ich nicht!", widersprach Nils heftig.

„Ich bin dir nachgegangen und habe gesehen, wie du darin verschwunden bist. Also, was hast du mir zu sagen?"

„Nichts", lautete die knappe Antwort.

Bens Geduld wurde auf eine harte Probe gestellt.

„Wir haben ein Problem, Bruderherz. Wenn jemand erfährt, was da draußen im Wald vor sich geht, dann werden wir beide weggesperrt. Das ist dir doch hoffentlich klar?"

„Ich bin es aber nicht gewesen", stritt Nils erneut ab und setzte sich auf.

„Warum lügst du mich an? Ich bin der einzige Mensch, der jederzeit zu dir steht, und deshalb erwarte ich Antworten. Ist es wegen Vater?"

„Vater?“ Die Stimme seines Bruders klang erstaunt.

„Macht es dir Spaß, die Tiere zu töten? Ich meine, weil Vater uns immer dazu gezwungen hat.“

„Niemals!“ Nils hob abwehrend die Hände. „Ich habe alle Tiere lieb, ich tu ihnen nicht weh.“

„Selbst für mich war es ein abartiger Anblick, wie die halb verwesten Kadaver von der Decke hingen, und ich musste ständig aufpassen, dass ich nicht auf den Boden kotze.“

„Ich tu keinem Tier weh“, wimmert Nils.

„Wenn du es nicht warst, wer dann?“

Schweigen.

Ben umfasste die Schultern seines Bruders und schüttelte ihn sanft.

„Bitte Nils, ich flehe dich an. Sag mir endlich, warum du das machst.“

Nils blieb ihm auch diesmal eine Antwort schuldig.

Ben sprang hastig auf und stieß mit dem Kopf an die Dachschräge. Leise fluchend schritt er auf und ab.

„Wer immer dieses Massaker im Wald veranstaltet hat, ist eine kranke Seele. Frau Larsen besteht darauf, dass du bei einem Therapeuten vorstellig wirst, und wenn herauskommt, was du tust, dann wird man dich mir wegnehmen.“

„Ich bin dumm, aber nicht krank und gemein“, schluchzte Nils und verbarg sein Gesicht im Kopfkissen. Sein Körper zuckte und er schniefte laut.

Ben war von der Selbstreflexion seines Bruders überrascht und strich ihm tröstend über den Rücken. Seine Fingerkuppen spürten die schwulstigen Narben, die Vaters schwerer Ledergürtel dort hinterlassen hatte.

„Du bist nicht dumm, ganz im Gegenteil. Ich bin sehr stolz, wie du dein Leben trotz aller Widrigkeiten meisterst.“

Am liebsten hätte Ben sofort die Koffer gepackt und wäre mit seinem Bruder verschwunden. Irgendwohin ans Meer, wo man den Blick in die endlose Ferne richten konnte.

„Nils, so kommen wir nicht weiter und ich frage dich jetzt ein allerletztes Mal: Warum bist du in der Hütte gewesen?"

„Ich habe auf die Tiere aufgepasst, damit sie in Ruhe schlafen können", erwiderte er.

„Das musst du mir bitte genauer erklären", bat Ben.

„Keiner sollte ihnen mehr wehtun."

„Aber wer hat das getan? Konntest du denjenigen dabei beobachten?"

Nils hob sacht den Kopf, das konnte er im einfallenden Mondlicht deutlich erkennen.

„Ich habe die Tiere aufgehängt."

„Großer Gott." Ben sog scharf die Luft ein. „Aber warum, Nils? Warum?"

„Damit ihre Körper nicht auf dem Boden liegen und verrotten. Die Seele soll in den Himmel fliegen können, genau wie bei Mama."

„Und wo hast du die Tiere her? Sie waren doch schon tot, oder?", schob er hastig hinterher.

„Aufgesammelt."

„Sie lagen alle verstümmelt im Wald herum?"

„Ja", flüsterte Nils.

„Das darf doch alles nicht wahr sein …", rief Ben und fuhr sich mit beiden Händen durchs Haar. „Hör zu: Du sagst mir jetzt auf der Stelle, wer für diesen kranken Mist verantwortlich ist."

„Weiß nicht."

Ben verzweifelte fast. „Ich glaube dir kein einziges Wort. Wer hat die Tiere getötet?"

„Hör auf damit, ich bin müde", fuhr Nils ihn an und drehte sich von ihm weg.

Ben ahnte, dass er ihm nach wie vor nicht die Wahrheit sagen wollte. Aber warum? Weil er jemanden deckte?

Nils ließ ihm gar keine andere Wahl. Von jetzt an würden

härtere Regeln herrschen, an die er sich in Zukunft zu halten hätte.

„Gute Nacht", sagte er und lief zur Tür.

„Nacht, Ben", antwortete Nils und zog sich die Bettdecke über den Kopf.

Als Kinder eines Teufels waren sie anscheinend ein Leben lang dazu verdammt, in der Hölle zu schmoren.

15

Ben Hansson war pünktlich zu dem kurzfristig anberaumten Termin erschienen und sein Anwalt saß neben ihm. Linda beobachtete ihn durch die Scheibe und hatte die Uhr dabei immer im Blick. Sie wollten Hansson noch ein wenig schmoren lassen, um sein aufgesetztes Pokerface zu durchbrechen. Der junge Mann wirkte meist sehr beherrscht und ließ sich nur selten aus der Ruhe bringen. Nach zehn Minuten nickte sie Jörgen zu.

„Ich glaube, jetzt können wir rein."

„Länger sollten wir ihn im Beisein seines Anwaltes wirklich nicht warten lassen. Mit einer Beschwerde ist niemandem geholfen."

„Korrekt wie immer“, witzelte sie und öffnete die Tür zum Verhörzimmer. „Guten Tag, Herr Hansson, guten Tag, Herr Eriksson.“

Sie nahm ihnen gegenüber Platz und blätterte geschäftig in den Unterlagen. Dann hob sie ihren Blick.

„Wie Sie bereits wissen, hat sich ein Zeuge bei uns gemeldet, der Sie in der fraglichen Nacht gesehen haben will. Die Fahrzeugbeschreibung passt haargenau auf Ihren Wagen.“

„Hat sich der Zeuge das Nummernschild notiert?“, fragte der Anwalt, bevor Ben überhaupt die Chance bekam, zu antworten.

„Nein.“

„Das habe ich mir gedacht.“ Eriksson lächelte süffisant.

„Aber Fabrikat und die Lackierung stimmen überein“, erwiderte Linda.

„So, so.“ Eriksson musterte sie. „Wie spät war es zu diesem Zeitpunkt? Kurz nach Mitternacht?“

„Hat Ihr Mandant ein Alibi für den besagten Abend?“, sprang Jörgen in die Bresche und Linda war ihm dankbar dafür.

Eriksson schaute zu Ben und nickte ihm zu.

„Nein, ich bin nur ziellos durch die Gegend gefahren.“

„Warum?“, hakte Linda nach.

„Ab und zu brauche ich meinen Freiraum. Es ist anstrengend, ständig auf meinen Bruder aufzupassen“, antwortete Ben.

„Und warum ausgerechnet an diesem Abend? Hatten Sie keine Angst, dass Ihr Bruder etwas anstellen könnte?“

„Auf diese Frage müssen Sie nicht antworten“, riet ihm Eriksson und Ben hüllte sich in Schweigen.

„Sind Sie also an diesem Abend die Straße entlanggefahren?“, fragte Linda erneut.

Ben schluckte.

„Warum kürzen wir die ganze Sache nicht einfach ab?“,

ergriff Jörgen wieder das Wort. „Sie haben kein Alibi und ein Zeuge konnte, wenn auch vage, Ihr Fahrzeug beschreiben. Wenn wir eins und eins zusammenzählen, dann …"

„Mutmaßungen, nichts als Mutmaßungen", unterbrach ihn der Anwalt.

Jörgen beugte sich nach vorn und forschte in Hanssons Gesicht. „Sind Sie nun die Straße entlanggefahren, ja oder nein? Ich bin mir ziemlich sicher, dass Sie nicht zum ersten Mal auf dieser Strecke unterwegs waren, nicht wahr? Sie sind schließlich ein junger Mann mit gewissen Bedürfnissen."

„Das geht zu weit", brummte Eriksson.

„Warum haben Sie Livia Michelsen mitgenommen?", fragte Linda. „Sie sind dazu verpflichtet, uns die Wahrheit zu sagen. Ansonsten können wir Sie wegen Behinderung der Ermittlungen belangen."

Ben schaute verunsichert zu seinem Anwalt.

„Das müssen Sie entscheiden", raunte Eriksson ihm zu.

Ben atmete tief durch. „Ja, ich bin an diesem Abend die Strecke entlanggefahren."

„Und Livia Michelsen?" Linda wartete gespannt auf seine Antwort.

„Ich habe sie mitgenommen", gestand er leise.

„Was ist danach passiert?"

„Ich habe sie nach Hause gefahren, was sonst", antwortete er.

„Und Sie haben sie nicht bedrängt?" Linda verfolgte jede seiner Bewegungen.

„Nein. Sie war völlig durch den Wind und ich hatte keine falschen Absichten."

„Hatte Livia Michelsen Angst vor Ihnen?", fragte Jörgen.

„Ich glaub's nicht, Sie wollen den Spieß einfach umdrehen?" Ben war außer sich und Eriksson legte beruhigend die Hand auf seinen Arm.

„Wir müssen Ihr Fahrzeug untersuchen. Sie stehen unter dringendem Tatverdacht, die Frauen entführt und ermordet zu haben“, sagte Linda.

„Moment.“ Eriksson klopfte mit seinem Kugelschreiber auf die Tischplatte. „Sie können nicht aufgrund irgendwelcher Spekulationen Anklage erheben. Besorgen Sie einen richterlichen Beschluss und dann sehen wir weiter.“ Der Anwalt erhob sich. „Mein Mandant hat sich sehr kooperativ gezeigt, und das sollten Sie honorieren. Es ist keine Straftat, eine junge Frau mitzunehmen, ganz im Gegenteil.“

„Diese junge Frau wird seitdem vermisst und Ben Hansson ist der Letzte, der sie lebend gesehen hat. Es ist nur eine Frage der Zeit, bis wir ihm die Taten nachweisen können.“

„Und bis dahin ist mein Mandant ein freier Mann.“ Eriksson verstaute die Unterlagen in seinem Aktenkoffer und forderte Ben mit einem Nicken auf, ihm zu folgen.

„Einen Moment noch“, rief Linda. „Kannten Sie Karoline Lindt, das zweite Opfer?“

Bens Adamsapfel hüpfte nervös auf und ab und auch Eriksson horchte auf.

„Ich war mit Karoline in der Grundschule befreundet, aber später haben wir uns aus den Augen verloren.“

„Na, sieh einer an.“

Linda konnte den Triumph in Jörgens Stimme deutlich heraushören.

„Ich habe Karoline seit Ewigkeiten nicht mehr gesehen, das lasse ich mir nicht anhängen“, brauste Ben auf und ballte die Hände zu Fäusten.

„Dann sagen Sie uns doch bitte, wann Sie Karoline Lindt zum letzten Mal begegnet sind.“ Linda sah ihn herausfordernd an.

„Daran kann ich mich kaum noch erinnern.“

Sein Anwalt räusperte sich. „Das sind doch alles nur

Verdachtsmomente und reine Spekulationen. Mein Mandant hat jede Ihrer Fragen beantwortet, jetzt sind Sie in der Pflicht. Ihnen noch einen schönen Tag."

Er öffnete die Tür und trat hinaus in den Flur. Ben folgte ihm.

Linda blieb enttäuscht zurück. Sie hatte nicht erwartet, dass Hansson zu diesem Termin mit einem Anwalt erscheinen würde. Für sie war er stets der wilde unberechenbare Junge aus dem Wald. Ein großer Fehler.

„Und wieder stehen wir mit leeren Händen da, ich kann es nicht glauben", murmelte sie verzagt.

„Das würde ich so nicht sagen, schließlich wissen wir nun, dass er auch Karoline gekannt hat. Von reinen Zufallsbekanntschaften kann hier keine Rede mehr sein." Er nickte ihr aufmunternd zu. „Wir werden die Anwohner der Straße noch einmal befragen, ob Sie den Wagen von Ben Hansson bemerkt haben. Außerdem sollten wir immer im Hinterkopf behalten, dass er Livia Michelsen tatsächlich vor ihrem Elternhaus abgesetzt hat."

„Du zweifelst an seiner Schuld?", fragte sie irritiert. „Aber die Opfer wurden im selben Waldstück abgelegt, in dem Ben Hansson mit seinem Bruder lebt. Wenn er als Tatverdächtiger ausscheidet, stehen wir wieder bei null."

„Wir brauchen handfeste Beweise, das muss ich dir doch nicht erklären."

„Ich bin kein dummes Schulmädchen", fuhr sie Jörgen an. „Ben Hansson ist die Schlüsselfigur zur Lösung dieses Falles, das sagt mir allein der gesunde Menschenverstand."

„Wie wäre es mit einem Kaffee und einem Stück Kuchen als Friedensangebot? Deine Nerven liegen blank."

Sie schenkte ihm ein gequältes Lächeln. „Danke, das wird wohl das Beste sein."

Linda und Jörgen saßen den Eltern von Livia Michelsen gegenüber, während die Kollegen die Nachbarhäuser abklapperten.

„Es stimmt, ich habe um diese Uhrzeit einen Wagen gehört", bestätigte Livias Mutter. „Das Fahrzeug hat kurz vor unserem Haus gestoppt und es ist auch jemand ausgestiegen. Ich dachte, Liv würde gleich die Haustür aufschließen, aber das war leider nicht der Fall gewesen." Sie kämpfte mit den Tränen.

„Wir konnten den Fahrer des Wagens ausfindig machen, der Ihre Tochter mitgenommen hat, und er behauptet, sie vor dem Haus abgesetzt zu haben", erläuterte Jörgen.

„Das würde ja bedeuten, dass Liv tatsächlich hier ausgestiegen ist", sinnierte Elmar, Livias Vater. „Aber was ist danach passiert?"

„Das werden wir herausfinden müssen", erwiderte Linda.

Ein Kollege betrat das Wohnzimmer. „Ich habe eine Zeugin, die das Fahrzeug genau beschreiben kann."

„Wo ist sie?", fragte Jörgen.

„Sie wartet draußen."

„Linda, kommst du?"

Sie nickte.

Vor der Tür wartete eine schlanke junge Frau mit kurzen Haaren. In ihrem Tragetuch schlummerte ein Neugeborenes, das im Schlaf lächelte.

„Hej, ich bin Sonja."

„Sie haben den Wagen also gesehen?", fragte Linda.

Sonja nickte und beschrieb das Fahrzeug.

„Ist eine Person ausgestiegen?"

„Ich wollte gerade Lena stillen und habe nur einen kurzen Blick aus dem Fenster geworfen. Dabei konnte ich die schmale Silhouette einer Frau erkennen. Wäre mir die Wichtigkeit meiner Beobachtung bewusst gewesen, dann hätte ich mich natürlich sofort gemeldet", erklärte sie schuldbewusst.

„Kein Problem, Sie haben uns sehr geholfen." Jörgen bedankte sich und ließ Sonja ziehen.

„Unsere gesamten Ermittlungsergebnisse haben sich gerade in Luft aufgelöst", flüsterte Linda und verabschiedete sich von Livias Eltern. Enttäuscht stieg sie in den Dienstwagen. „Ich kann nicht fassen, dass Ben Hansson aus dem Schneider ist."

„Wir müssen etwas Wichtiges übersehen haben. Er wird Livia ja nicht nur zum Schein vor ihrem Elternhaus abgesetzt haben."

„Das ist mir alles zu kompliziert", antwortete Linda. „Ben Hansson kannte Karoline und Karoline ist jetzt tot. Er war mit Tilda Beck zusammen und Tilda ist jetzt ebenfalls tot. Kurz darauf verschwindet Livia Michelsen, die zu ihm in den Wagen gestiegen ist."

„Und wenn jemand am Rädchen dreht, damit wir genau das denken?" Jörgen sah sie fragend an.

„Dass es eine Verbindung zu Ben Hansson gibt, lässt sich nicht von der Hand weisen. Wir müssen nur noch die fehlenden Puzzleteile finden und in der richtigen Reihenfolge einfügen."

Linda schleppte die Einkäufe in die Wohnung und stellte die Tüten auf der Küchentheke ab.

„Elina, Lillemor, helft mir beim Auspacken."

„Hej Mama, hast du mir ein Stück Erdbeerkuchen mitgebracht." Elina sah sie erwartungsvoll an.

„Wie könnte ich dich vergessen", lachte Linda und küsste Elina auf die Stirn. „Aber zuerst die Arbeit und dann das Vergnügen."

„Na gut", lenkte Elina widerstrebend ein und begann, die Lebensmittel in das Regal einzusortieren.

„Lillemor?“, rief Linda erneut, ohne eine Antwort zu erhalten. Seit Tagen ging das nun schon so, dass Lillemor auf ihre Ansagen kaum noch reagierte. Zornig erklomm Linda die Treppe und riss die Zimmertür auf.

„Lillemor?“

Das Mädchen lag im Bett und schlief.

„Kannst du nicht einmal anklopfen?“, beschwerte sich Lillemor und drehte sich auf die andere Seite.

„Was soll das?“, rief Linda aufgebracht und zog ihr die Bettdecke weg.

„Spinnst du, Mama?“

Lillemor griff nach einem Ende der Decke und zerrte daran. Doch Linda war ihr deutlich überlegen und gewann den ungleichen Kampf. Zornig schleuderte sie die Decke neben das Bett.

„Ich glaube, wir müssen ein ernstes Wort miteinander reden“, sagte Linda. „Du bist jetzt alt genug, um mich bei der Hausarbeit zu unterstützen. Aber stattdessen legst du dich einfach ins Bett und zeigst der Welt die kalte Schulter. So geht das nicht.“

„Ich bin müde“, antwortete Lillemor trotzig.

„Natürlich bist du unausgeschlafen, wenn du dir die halbe Nacht mit deinen Freundinnen Nachrichten schickst. Dabei weißt du ganz genau, dass ich auf deine Hilfe angewiesen bin. Es ist doch wohl nicht zu viel verlangt, den Tisch zu decken oder das Geschirr aus der Maschine zu räumen.“

„Und wann soll ich lernen?“

„Am Abend, wenn alle Aufgaben erledigt sind“, erwiderte Linda.

„Du hast sie doch nicht mehr alle …“, maulte Lillemor.

Linda holte aus und stoppte mitten in der Bewegung. Um ein Haar hätte sie ihrer Tochter eine Ohrfeige verpasst.

„Ja, schlag mich ruhig“, schrie Lillemor wütend. „Nie bist du da, wenn man dich braucht, aber an uns stellst du ununterbrochen Forderungen. Wir sind nicht deine Sklaven." Sie sprang auf, rannte aus dem Zimmer und knallte die Tür hinter sich zu.

Linda sank bestürzt auf das Bett. Die Worte ihrer Tochter hatten sie wie Peitschenhiebe getroffen. Dieser vertrackte Fall setzte allen zu und die vielen Überstunden konnte sie kaum mehr zählen. Bedauerlicherweise waren Elina und Lillemor oft sich selbst überlassen, aber sie musste schließlich das Geld für den Lebensunterhalt verdienen. Es war ein schwieriger Spagat, der ihr in letzter Zeit kaum mehr gelingen wollte.

Aber Stress hin oder her, so ein Fauxpas durfte ihr nicht noch einmal passieren. Sie musste lernen, mit der provokanten Art ihrer Tochter umzugehen, die mitten im Teenageralter steckte. Einmal mehr merkte Linda, wie sehr ihr eine Schulter zum Anlehnen fehlte.

Sie brauchte einen Moment, um sich zu sammeln. Dann stand sie auf und lief nach unten, um die unschöne Situation mit Lillemor aus der Welt zu schaffen.

16

Kristin verharrte wie eine leblose Statue auf der Bank und wartete darauf, dass ihre Panikattacke verebbte. Sie hatte sich vor dem Reh furchtbar erschrocken und an Schlaf war nicht mehr zu denken. Eines stand jedenfalls fest, sie würde keine zweite Nacht mehr im Freien verbringen.

Wenn sie doch nur wüsste, wie spät es war.

Hier draußen tickten die Uhren anders und sie hatte sich noch nie so verloren und hilflos gefühlt. Kein Smartphone, um ihre Eltern anzurufen, keine Verbindung mehr zur zivilisierten Welt.

Irgendetwas krabbelte in ihrem Gesicht und sie schrie angeekelt auf. Dass es so schwer werden würde, hatte sie nicht vermutet. Sie wechselte die Bank und riss eine weitere Packung Knäckebrot auf. Während sie auf den trockenen Krümeln herumkaute, sehnte sie sich nach einem butterweichen Croissant und einer warmen Tasse Kakao.

Doch dann erinnerte sie sich daran, wie ihre Mutter den Inhalt der Salatschüsseln im Abfalleimer entleert hatte. Nein, aufgeben war keine Option. Kristin wartete geduldig, bis die Morgendämmerung einsetzte, und marschierte in den Sonnenaufgang hinein.

Es dauerte nicht lange, bis sie die silberne Wasseroberfläche des zweiten Sees schimmern sah. Der Södra Hyn war bedeutend größer und damit erhöhten sich auch ihre Chancen, eine neue Bleibe für die nächsten Tage zu finden.

Sie lief hinunter zum Ufer, um von dort aus die Lage zu checken. Auf der gegenüberliegenden Seite gab es eine riesige bewaldete Fläche und kaum Ferienhäuser. Jetzt hatte sie zwar einen weiten Weg vor sich, aber auch ein festes Ziel vor Augen.

Es war ein herrlich klarer Morgen. Der schmale Schilfgürtel in Ufernähe wiegte sich sanft im Wind und die Libellen tanzten einen Reigen. In der Mitte des Sees saßen zwei Angler im Boot, die sich die ruhigen Morgenstunden zunutze machten. Bei diesem friedlichen Anblick beruhigte sich Kristins Herzschlag, weil sie ständig das Gefühl hatte, unter Strom zu stehen.

Die üppige Vegetation rund um den See brachte sie zum Staunen und sie strich mit ihrer freien Hand durch das hüfthohe Gras. Wie schön die Natur doch war. Birken, Kiefern, Wacholder und dazwischen etliche Sträucher, in denen Vögel brüteten. Sie konnte sich an dieser idyllischen Landschaft nicht sattsehen und verstand nicht, warum sie bisher so eine Stubenhockerin gewesen war.

Nach einem strammen Fußmarsch hatte sie endlich die andere Seite des Sees erreicht. Der Wald schmiegte sich direkt an das Ufer und Kristin tauchte in das dichte Blätterdach ein. Samtiges Moos, das sich über den Boden ausbreitete, Pilze, die ihre Hüte keck in die Höhe reckten, und pralle Beeren, deren köstliche Süße auf der Zunge schmolz.

Kristin bahnte sich einen Weg durch das Dickicht, bis sie auf eine verlassene Hütte stieß, die anscheinend nur von Forstarbeitern genutzt wurde. Die Tür war mit einem rostigen Vorhängeschloss gesichert, ein Zeichen dafür, dass hier schon länger niemand mehr gewesen war. Die Fensterläden waren geschlossen und verwehrten ihr einen Blick ins Innere.

Kristin schaute sich verstohlen um und lauschte. Bisher war ihr nur eine Spaziergängerin begegnet, die ihren Hund ausgeführt hatte. Es herrschte eine angenehme Stille, wenn man vom leisen Rauschen der Baumkronen und dem hartnäckigen Klopfen eines Spechtes absah.

Kurzerhand griff Kristin nach einem Stein und schlug ihn kräftig gegen das Schloss. Es war ein mühseliges Unterfangen und sie geriet ordentlich ins Schwitzen. Es vergingen einige Minuten, bis der Bügel des Vorhängeschlosses aufsprang und Kristin öffnete neugierig die Tür.

Muffige, abgestandene Luft schlug ihr entgegen. Die Hütte war winzig, verfügte aber über Dinge, die ihr Herz höherschlagen ließen. Eine alte Pritsche mit einem Stapel Decken stand an der Stirnseite und in der Mitte ein wackeliger Tisch. Drei verbeulte Spinde aus Metall reihten sich an der gegenüberliegenden Wand. Zu ihrer großen Überraschung entdeckte sie ein Waschbecken mit einem funktionstüchtigen Wasserhahn. Fließendes Wasser, was für ein Luxus. Diese Hütte würde ihr neues Domizil werden, da brauchte sie nicht lange zu überlegen.

Sie riss die Fensterläden auf und ließ frische Luft in den stickigen Raum. Dann drückte sie die Tür in Schloss, um kein Aufsehen zu erregen. Dabei stellte sie fest, dass sie diese auch von innen verriegeln konnte. Perfekt.

Es bedurfte einiger Anstrengungen, bis sie den Hebel des Wasserhahns bewegen konnte. Nachdem er eine hässliche rotbraune Brühe ausgespuckt hatte, floss klares Wasser heraus. Kristin stieß einen Jubelschrei aus und wusch sich die Hände. Na also, war doch gar nicht so schwer.

Dann unterzog sie den Stapel Decken einer genaueren Musterung. Sie fischte zwei Stück heraus und lief schnurstracks hinunter zum See, um diese auszuwaschen. Es war eine ganz schöne Plackerei, den schweren Stoff durchs Wasser zu ziehen und auszuwringen. Sie hängte die tropfnassen Decken über die Äste einer Birke und hoffte, dass die Sonne diese bis zum Abend getrocknet hätte.

Leise summend griff sie zum Reisigbesen und begann damit, die Spinnweben in den Zimmerecken zu beseitigen und den Boden zu kehren. Zufrieden betrachtete sie ihr Tagewerk und gönnte sich eine weitere Portion Knäckebrot, das sie genüsslich in den Frischkäse dippte.

Anschließend warf sie einen prüfenden Blick in die Spinde. Ihr Herz machte vor Freude einen kleinen Hüpfer, als sie im mittleren Spind einen Campingkocher und drei Dosen mit Eintopf entdeckte. Zum Abendbrot würde es sogar eine warme Mahlzeit geben.

Sie setzte sich auf die Pritsche, schlang die Arme um ihre Knie und dachte darüber nach, was sie als Nächstes tun könnte. Der winzige Raum war bewohnbar und würde ihr für die nächsten Tage als Unterschlupf dienen. Kristin sprühte nur so voller Ideen. Sie konnte ihre eigenen Entscheidungen treffen, ohne die Kritik ihrer Eltern befürchten zu müssen, und das bestärkte sie. Da sie sich seit fast zwei Tagen nicht gewaschen hatte, nahm sie ein altes löchriges Handtuch und die Kernseife vom Waschbecken an sich und ging hinunter zum See.

Etwas versteckt am Ufer legte sie ihre Kleidungsstücke ab und flitzte in das Wasser. Die Kälte ließ sie nach Luft schnappen, aber innerhalb weniger Augenblicke hatte sie sich an die Temperatur gewöhnt. Sie schwamm ein paar kräftige Züge und kehrte kurz darauf zum Ufer zurück, um sich abzuseifen.

Es war ein herrliches Gefühl, wie das kalte Wasser auf der Haut prickelte, und Kristin fühlte sich wie neugeboren. Hastig rubbelte sie sich trocken und schlüpfte in ihre Sachen. Auf dem Rückweg kontrollierte sie die Decken, deren schwerer Stoff an den Rändern noch feucht war.

Zurück in der Hütte stellte sie voller Vorfreude den Campingkocher auf den Tisch und schloss ihn mit der kleinen Butangasflasche an. Sie benötigte mehrere Anläufe, bis es ihr endlich gelang, die Flamme zu entzünden. Die Streichhölzer hatten durch die unbeständige Witterung gelitten und sie durfte auf keinen Fall vergessen, neue zu kaufen.

Im Regal neben dem Waschbecken fand sie einen Dosenöffner, ein Sammelsurium von Besteck und einen verbeulten Topf. Mit einem Löffel rührte sie so lange im Eintopf herum, bis dieser dampfte. Dann zog sie den wackeligen Schemel zum Tisch und verspeiste ihr Abendessen. Sie konnte sich beim besten Willen nicht daran erinnern, wann ihr eine Dosensuppe je so gut geschmeckt hatte.

Das benutzte Geschirr stellte sie ins Waschbecken und durchstöberte nochmals Spind und Schränkchen auf der Suche nach Kerzen. Leider Fehlanzeige. Ihre magere Ausbeute beschränkte sich auf einen Aktkalender, zerfledderte Comics und vier Arbeitshelme. Eine Taschenlampe wäre natürlich das Größte gewesen, aber Kristin musste sich zwischen Nahrungsmitteln und Luxusgütern entscheiden, denn das Geld war knapp.

Ein letztes Mal ging sie vor die Tür, um sich danach

schlafen zu legen. Sie schob den Riegel vor, zog die Fensterläden zu und tastete sich im Halbdunkeln zur Pritsche. Ihre Jacke benutzte sie abermals als Kopfkissen und legte sich eine der muffig riechenden Decken über die Beine.

Die frische Luft, die ungewohnte Bewegung und der fehlende Schlaf der letzten Nächte sorgten dafür, dass sich Kristin nur wenige Minuten später im Land der Träume wiederfand.

Ein monotones Kratzen weckte Kristin aus dem Tiefschlaf. Es war stockdunkel im Inneren der Hütte und sie konnte nicht einmal die Hand vor Augen sehen.

Erneut klapperten die Fensterläden und es hörte sich so an, als würde sich jemand von außen daran zu schaffen machen. Ein Marder vielleicht? Mit klopfendem Herzen lauschte sie dem gruseligen Geräusch, das sich in regelmäßigen Abständen wiederholte. Bloß gut, dass sie die Tür von innen verriegeln konnte, sonst wäre sie vor lauter Angst den Heldentod gestorben.

Fröstelnd griff sie nach ihrer Jacke und zog sie sich über. Obwohl die Luft in der Hütte stickig war, zitterte Kristin. Der gestrige Tag war so vielversprechend verlaufen und nun das. Hatten die Decken, die noch immer über den Ästen hingen, ihre Anwesenheit verraten?

Sie würde in Zukunft umsichtiger vorgehen müssen und nahm sich fest vor, die Fußspuren in der Nähe der Hütte mit einem Zweig zu verwischen.

Das angsteinflößende Geräusch war mittlerweile verstummt und Kristin sank auf die Pritsche zurück. Sie rollte sich wie ein Igel zusammen und war auf der Stelle wieder eingeschlafen.

Ihre erste Amtshandlung am nächsten Morgen bestand darin, die Fensterläden zu kontrollieren. Was ihr sofort ins Auge fiel, war ein Büschel heller Haare, das sich an der rauen Holzoberfläche verfangen hatte. Es musste von einem Reh stammen, das sich am Holz gescheuert hatte.

Ein befreites Lächeln huschte über ihr Gesicht, sie hatte sich völlig umsonst geängstigt. Nach einer Katzenwäsche und einem bescheidenen Frühstück machte sie sich auf den Weg zum Laden. Neben weiteren Dosen hatten Zahnpasta, Zahnbürste und Duschgel die Einkaufsliste vervollständigt. In die Plastikflaschen wollte sie Leitungswasser füllen, um Geld zu sparen.

Schon nach geraumer Zeit taten ihr die Füße weh, sie hatte die Strecke deutlich kürzer in Erinnerung gehabt. Immerhin gab es einen winzigen Lichtblick, sie hatte sich kein einziges Mal verlaufen.

„Guten Morgen", grüßte die Frau an der Kasse, als Kristin den Laden betrat. „Ist das Knäckebrot schon aufgebraucht?" Sie zwinkerte ihr fröhlich zu.

Kristin errötete und suchte nach einer möglichst witzigen Antwort, aber ihr fiel spontan nichts ein. Auch dieser Einkauf ähnelte einem Spießrutenlauf.

„Unser Hund hat sich die Packungen einverleibt, während wir baden waren", antwortete sie letztlich.

„Dann müsst ihr ihn das nächste Mal mitnehmen", lachte die Kassiererin.

Kristin drehte sich wortlos um und arbeitete ihre imaginäre Einkaufsliste ab. Immer wieder rechnete sie im Kopf die Preise zusammen, um beim Bezahlen der Waren nichts zurückgeben zu müssen. Ihr Korb war zum Bersten gefüllt, als sie die Kasse ansteuerte.

„Ihr macht euch wohl gern einen lauschigen Abend?",

fragte die Frau und deutete mit einem Nicken auf die Kerzen.

„Ja, und außerdem vertreibt es die Mücken", antwortete Kristin wie aus der Pistole geschossen und war stolz auf ihre Schlagfertigkeit. Allmählich wuchs sie über sich hinaus, denn nicht selten fing sie in Gegenwart anderer zu stottern an.

Sie legte die Scheine auf die Schale und griff nach dem Wechselgeld. Ihr *Vermögen* war nach diesem Einkauf stark geschrumpft, aber ein paar Tage könnte sie sich noch damit über Wasser halten. Sie verstaute ihre Einkäufe in den Tüten und verließ den Laden. Auch heute versprach der wolkenlose Himmel einen warmen Sommertag und Kristin wollte dieses wunderschöne Wetter genießen.

Was sie allerdings völlig unterschätzt hatte, war die Last ihrer Einkäufe. Die Tragegriffe der vollgepackten Tüten schnitten ihr schmerzhaft ins Fleisch. Sie setzte sich auf einen Baumstumpf und wischte sich mit dem Handrücken den Schweiß von der Stirn. Wie sie die Strecke bis zur Hütte bewältigen sollte, war ihr ein Rätsel. Dennoch konnte sie nicht ewig hier sitzen bleiben.

Ächzend erhob sie sich und setzte ihren Weg fort. Sie schaffte immer nur wenige Meter, bis sie die schweren Tüten wieder absetzen musste. Wenn sie sich weiter in diesem Tempo fortbewegte, wäre sie erst nach Mitternacht zurück.

Kristin war völlig verschwitzt und außer Atem, als sie die Hütte endlich erreicht hatte. Das Shirt klebte am Rücken und sie roch ihren eigenen Schweiß. Sobald sie die Einkäufe verstaut hatte, würde sie sich ein Bad im See gönnen.

Zuerst löschte sie ihren Durst mit Leitungswasser und säuberte danach einen Spind, um die Lebensmittel darin zu verstauen. Die Decken waren mittlerweile getrocknet und rochen jetzt nach Algen und Sonne. Es tat Kristin ausgesprochen gut, für sich selbst zu sorgen. Das stärkte ihr Selbstvertrauen.

Das Papier raschelte verheißungsvoll, als sie die Tafel Schokolade öffnete, die sie sich ausnahmsweise gegönnt hatte. Genüsslich schob sie sich ein Stück nach dem anderen in den Mund. Der Geschmack der Lebensmittel war bedeutend intensiver, seit sie nicht mehr alles wahllos in sich hineinstopfte. Nicht einmal im Traum käme es ihr in den Sinn, den Finger in den Hals zu stecken. Außerdem gab es hier kein Klo und sie musste bei diesem Gedanken albern kichern. Zum Glück hatte sie an zwei Rollen Toilettenpapier gedacht und gluckste erneut.

Mit einem zufriedenen Gesichtsausdruck zog sie die Tür der Hütte hinter sich zu und lief zum See. Die Wasseroberfläche schimmerte silbern und in der warmen Uferzone tummelte sich ein Schwarm winziger Fische. Kristin kickte die Turnschuhe von ihren Füßen und stürzte sich samt Kleidung in die Fluten. Ihre Sachen waren komplett durchgeschwitzt und sie verspürte nicht die geringste Lust, sie einzeln zu waschen.

Wie ein kleines Kind planschte sie ausgelassen im Wasser herum und bemerkte nicht das Boot, das sich ihr näherte. Die Leute winkten ihr fröhlich zu, doch Kristin spürte die Panik aufsteigen. Niemand sollte wissen, dass sie hier war.

Beinahe fluchtartig verließ sie das Wasser und rannte zur Hütte zurück. Keuchend lehnte sie sich an das raue Holz, um zu verschnaufen. Das war verdammt knapp gewesen. Sie ging zu sorglos mit der Situation um, dass hier war schließlich kein Kinderspiel.

Mühsam schälte sie sich aus der nassen Kleidung und behielt nur die Unterwäsche an. Jeans und Shirt hingen nun wie Fahnen an den Ästen einer Birke und bewegten sich sacht mit dem Wind.

Bis ihre Kleidungsstücke getrocknet wären, legte sie sich auf die Pritsche und schlug ein Comicheft auf. Sie las ein paar Seiten und gähnte hinter vorgehaltener Hand. Als Kind hatte sie Mittagsschlaf immer gehasst, aber jetzt gab sie sich der süßen Schwere hin, die sich langsam über ihr Gemüt legte. Die Tür war von innen verriegelt, nur das Fenster stand einen Spalt breit offen. Kristin konnte also getrost in die Traumwelt abtauchen.

17

Liv erwachte allmählich aus ihrer Bewusstlosigkeit. Blinzelnd öffnete sie die Augen und ihr Blick irrte suchend umher. Sie befand sich noch immer im Wald, gefesselt an ein Kreuz, das aus jungen Baumstämmen errichtet worden war.

Mit dem Wachsein kehrte auch der wahnsinnige Schmerz zurück, der ihr die Tränen in die Augen trieb.

„Wasser …“, krächzte sie und leckte sich mit der Zunge über die rissigen Lippen. Doch sie war allein, niemand würde ihr diesen Wunsch erfüllen.

„Hallo?“

Das Sprechen fiel ihr unglaublich schwer und sie war

kurz davor, wieder in eine Ohnmacht abzudriften. Seit vierundzwanzig Stunden hing sie nun schon an diesem Kreuz und hatte unendliche Qualen über sich ergehen lassen müssen. Zwei Finger der linken Hand waren gebrochen und der Rücken mit Brandmalen übersät.

„Steig nie zu einem Fremden in den Wagen“, hörte sie die eindringliche Stimme ihrer Mutter.

Doch Liv hatte alle Warnungen in den Wind geschlagen und war ihrem Peiniger hilflos ausgeliefert. Sie zitterte unkontrolliert, litt unter unerträglichen Schmerzen und quälendem Durst. Der bohrende Gedanke, dass die dunkel gekleidete Gestalt wiederkommen könnte, um sie erneut zu quälen, löste eine Panikattacke aus.

Ich will nach Hause, einfach nur nach Hause, flehte sie in stiller Verzweiflung und warf sich gegen die Seile. Sie zerrte und riss daran, doch die Fesseln schnitten nur noch tiefer in ihr Fleisch. Resigniert gab sie auf.

Zuerst hatte sie angenommen, dass es sich um eine Lösegelderpressung handeln würde, weil sie tagelang in einem Kellerloch festgehalten worden war. Ein fataler Irrtum.

Der schweigsame Typ, so stark und kräftig wie ein Bär, hatte sie schließlich ins Freie gezerrt und ans Kreuz gefesselt. Kurz darauf war ein vermummter Typ auf der Bildfläche erschienen und hatte damit begonnen, verschiedene Eisen im Feuer zu erhitzen.

Während dieser höllischen Tortur hatte sich Liv die Seele aus dem Leib geschrien und noch immer hing der Geruch von verbranntem Fleisch in ihrer Nase. Das Brechen der Finger und Zehen war jedoch der Höhepunkt ihrer Folter gewesen, bei dem sie das Bewusstsein verloren hatte.

Erst jetzt war sie wieder zu sich gekommen und versuchte, die Situation zu erfassen. Sie wollte nicht sterben, und schon gar nicht an diesem Ort. Fieberhaft dachte sie darüber nach, wie sie sich befreien könnte.

Moment mal …

Sie erinnerte sich an einen Filmausschnitt, bei dem sich die Darstellerin mit einem gebrochenen Daumen aus den Handschellen befreit hatte. Würde das auch bei ihr funktionieren? Bis jetzt hatte sie es vermieden, einen prüfenden Blick auf die Wunden zu werfen, denn sie befürchtete, sofort wieder in einer Ohnmacht zu versinken.

Ganz behutsam zog sie den Arm Stück für Stück zurück, als ein rasender Schmerz durch ihren Körper jagte. Leise wimmernd besah sie sich das Übel. Ihre Hand war bereits stark angeschwollen und bläulich verfärbt. Es schien ewig zu dauern, bis dieser höllische Schmerz endlich verebbte. Sie würde hier zugrunde gehen, das war so sicher wie das Amen in der Kirche.

Für einen Moment wurde es ganz still im Wald, nichts regte sich mehr. Warum verirrte sich keine Menschenseele an diesen Ort? Und wie lange sollte sie noch in dieser qualvollen Position verharren?

Ihre Blase war zum Bersten gefüllt, auch wenn sie die letzten Tage kaum etwas getrunken hatte. Irgendwann würde sie es laufen lassen müssen und damit unweigerlich Fliegen und anderes Getier anlocken. Schon jetzt hatten sich die ersten Exemplare auf ihren Rücken gesetzt, um sich an den frischen Verletzungen zu laben.

Du darfst die Hoffnung nicht verlieren, ermahnte sie sich, nur die wirklich Starken überleben.

Ganz in der Nähe raschelte das Laub vom Vorjahr und sie spürte ein unangenehmes Kribbeln in ihrem Bauch. Angestrengt starrte sie in den Wald hinein, doch sie konnte nichts erkennen.

Als sie plötzlich hörte, wie ein Streichholz entzündet wurde, entleerte sich ihre Blase mit einem Schlag.

18

Endlich Wochenende. Ben streckte sich und schlug dann die Bettdecke zurück. Die Sonne strahlte von einem wolkenlosen Himmel und eine warme Brise wehte zum Fenster herein. Das perfekte Wetter, um endlich das Grundstück wieder auf Vordermann zu bringen. Brombeersträucher und Brennnesseln hatten sich inzwischen auf Mannshöhe hochgeschraubt und den hinteren Teil völlig zugewuchert. Ben würde Nils auf Trab halten, damit dieser erst gar nicht auf dumme Gedanken kam.

In Shirt und Boxershorts bekleidet lief er in die Küche, stellte den Wasserkocher an und steckte zwei Scheiben

Weißbrot in den Toaster. Dann schlug er die Eier am Pfannenrand auf, um das Rührei zuzubereiten.

Als er an die Tür seines Bruders klopfte, zog der Duft von Kaffee und geröstetem Brot durch das Haus.

„Aufstehen Schlafmütze, das Frühstück ist fertig."

Nur wenige Minuten später saß Nils frisch geduscht am Küchentisch und Ben schenkte den Kaffee in die Tassen.

„Hast du schlecht geschlafen?", fragte er Nils, der mit einem mürrischen Gesichtsausdruck auf seinem Teller herumstocherte.

„Lass mich in Ruhe", brummte Nils.

„Ich dachte, das hätten wir längst ausdiskutiert?"

Nils biss von seinem Toast ab und blieb ihm eine Antwort schuldig.

„Willst du den Ernst der Lage nicht begreifen? Wenn herauskommt, was du getan hast, dann stecken sie dich in ein Heim."

„Ist vielleicht besser so", antwortete Nils trotzig.

„Rede doch nicht so einen Blödsinn, nur weil du sauer auf mich bist."

Nils hob seinen Blick. „Ich hasse es, hier zu sein."

Ben wäre beinahe die Gabel aus der Hand gefallen. Warum hatte er nicht längst bemerkt, wie es tatsächlich um seinen Bruder stand? Sollte Inga Larsen, diese hochnäsige Kuh, am Ende recht behalten?

„Du hättest mit mir reden müssen. Wenn du schweigst, kann ich dir nicht helfen." Ben atmete tief durch. „Ich habe über alles nachgedacht und folgende Entscheidung getroffen: Wir werden das Waldgrundstück verkaufen und von hier wegziehen. Ich liebe das Meer und nichts wird uns dort an unsere beschissene Kindheit erinnern. Ein Neuanfang, nur du und ich. Na, was hältst du davon?"

„… wird mich finden …", murmelte Nils zwischen zwei Bissen.

„Was hast du gesagt?" Ben verstand die Welt nicht mehr. „Hey, alles klar?"

Nils sprang so unvermittelt auf, dass das Geschirr klirrte und Bens Kaffeetasse überschwappte. Er hastete die Stufen hinauf und seine Zimmertür flog krachend ins Schloss.

Ben blieb ratlos zurück. Was war nur in ihn gefahren? Zum ersten Mal in all den Jahren musste er einsehen, dass er seinem Bruder nicht angemessen helfen konnte. Ihm zerriss es das Herz, wenn er an eine Trennung dachte, denn Nils war sein Fels in der Brandung und nur für ihn hielt er durch. Dabei hatte er immer angenommen, dass es genau andersherum wäre.

Er trank einen Schluck, aber der Kaffee schmeckte plötzlich fade. Zornig warf er die Tasse gegen die Wand. Sie zersprang klirrend und hinterließ eine hässliche Delle in der Wandverkleidung aus Holz.

„Ich hasse dich, du hast unser Leben kaputt gemacht!", brüllte er. „Du warst ein Monster und der lausigste Vater aller Zeiten. Blut klebt an unseren Händen und das alles nur wegen dir. Wir hatten nie wirklich eine Chance."

Hinter seiner Stirn wirbelten die Gedanken. Sollte er die Polizei informieren und dafür sorgen, dass dieser Spuk endlich ein Ende hatte?

Er fühlte sich um Jahre gealtert, als er aufstand und sich die Treppe hinaufschleppte. Ohne anzuklopfen, trat er in das Zimmer seines Bruders ein. Nils lag auf dem Bett, hatte die Arme hinter seinem Kopf verschränkt und starrte an die Decke.

„Was soll ich machen?", fragte Ben.

„Ich habe Angst", flüsterte Nils.

„Wovor?"

„Vor allem."

„Bitte sag mir endlich, was los ist", flehte Ben. „Sollen wir das Haus verkaufen und weggehen? Es muss ja nicht das Meer sein …“

„Das Böse holt uns immer wieder ein“, sagte Nils mit tonloser Stimme.

Ben war erstaunt über die Worte, die sein Bruder so klar formuliert hatte.

„Ist es wegen Vater?“, fragte er.

„Ach, der ist doch schon lange tot. Das Grauen wohnt in diesem Wald und nimmt von jedem Besitz.“

„Seit wann kannst du dich so gewählt ausdrücken?“, wunderte sich Ben, der wusste, dass sein Bruder kein Freund großer Worte war.

„Du kennst mich nicht“, antwortete Nils und setzte sich auf.

„Das habe ich bemerkt, und es ist ein verdammt hässliches Gefühl.“ Ben sah ihm fest in die Augen, doch Nils senkte seinen Blick. „Du bist derjenige, der sich weigert, mit mir zu reden.“

Nils hüllte sich in Schweigen und starrte durch ihn hindurch an die gegenüberliegende Wand.

„Also gut, bringen wir das Grundstück auf Vordermann. Mein Entschluss, es zu verkaufen, steht fest.“ Ben hoffte auf eine Reaktion seines Bruders, doch die blieb aus. „Zieh dir was über, ich warte am Schuppen auf dich.“

Ben lief nach unten. Die braune Lache auf dem Boden begann bereits einzutrocknen und er hockte sich hin, um die Scherben aufzusammeln. Genau wie im richtigen Leben, dachte er und lachte bitter auf.

Nachdem er das Malheur beseitigt hatte, ging er nach draußen und holte die Motorsense aus dem Schuppen. Er füllte den Tank auf und startete einen Probedurchlauf. Der Motor knatterte und Ben wechselte zur Rückseite des Hauses, um mit der Arbeit zu beginnen.

„Was soll ich machen?“, brüllte Nils ihm ins Ohr und Ben zuckte erschrocken zusammen.

„Verdammt, hast du mich erschreckt“, antwortete er. „Zieh dir Arbeitshandschuhe über und sammele mit der Schubkarre den Schnitt ein. Den kannst du dann an der Grundstücksgrenze auf den großen Haufen kippen.“

„Geht klar.“

Nils verschwand im Schuppen und tauchte nur wenige Minuten später wieder neben ihm auf. Er hatte eine von Vaters Latzhosen angezogen und wirkte wie ein tapsiger Bär. Normalerweise wäre ein breites Grinsen über Bens Gesicht gehuscht. Aber seitdem er wusste, was sein Bruder im Wald so trieb, war ihm das Lachen gründlich vergangen.

Der Schweiß tropfte ihm von der Stirn, als er sich durch den hüfthohen Wildwuchs kämpfte. Nachdem er die Hälfte geschafft hatte, legte er eine Pause ein. Erst jetzt bemerkte er, dass Nils nicht mehr an seiner Seite war.

„Nils, wo steckst du?“, rief er ungeduldig.

Er ließ die Motorsense fallen und lief zur Grundstücksgrenze. Die Schubkarre stand verlassen neben dem Komposthaufen und von seinem Bruder fehlte jede Spur. Mit einem Satz sprang er über den Zaun und rannte in den Wald. Nils musste einen enormen Vorsprung haben und wahrscheinlich würde es ihm diesmal nicht gelingen, seinen Bruder aufzuhalten. Deshalb entschied er sich für eine unwegsame Abkürzung und nur Sekunden später hallte sein schmerzerfüllter Schrei durch den Wald.

Stöhnend sackte er zu Boden und betrachtete die blutende Wunde an seinem Knöchel. Sein Fuß steckte in einem Tellereisen, das früher seinem Vater gehört hatte. Zum Glück hatten sich die rostigen Zähne ineinander verhakt, sonst wäre die Verletzung noch schwerwiegender gewesen.

„Nils, wo bist du?“, schrie er wutentbrannt.

Ein Schwarm Krähen flatterte erschrocken auf und

Zweige knackten, aber Nils kehrte nicht zurück. Ohne die Hilfe seines Bruders war er aufgeschmissen.

Ben legte sich flach auf den Boden und angelte mit seinem ausgestreckten Arm nach einem starken Ast. Er biss die Zähne fest zusammen und schob den Ast zwischen die Eisen, um den Druck auf seinem Fuß zu entlasten. Jetzt konnte er den Riegel lösen und die Feder verlor an Spannung. Mit schmerzverzerrtem Gesicht zog er sein verletztes Bein aus der Falle.

Der verletzte Knöchel glich einem lodernden Höllenfeuer und Ben schnappte nach Luft. Warum hatte er die Fallen nicht schon längst entsorgt? In Sammlerkreisen waren diese Totschläger heiß begehrt und Nils wäre wahrscheinlich nie auf diese kranke Idee gekommen.

Keuchend richtete Ben sich auf. Er konnte stehen, sein Knöchel war demnach nicht gebrochen. Aber es könnten sich Knochensplitter gelöst haben, er musste dringend ins Krankenhaus.

„Nils!“

Ein letztes Mal rief er den Namen seines Bruders, vergebens. Er griff nach dem blutverschmierten Ast, um sich abzustützen, und trat den Rückweg an. Hier draußen hatte er keinen Empfang, er musste es allein zum Haus schaffen.

Mühsam schleppte er sich durchs Dickicht und war mehr als einmal kurz davor, das Bewusstsein zu verlieren. Die Strecke zog sich quälend in die Länge, bis er endlich das heimische Terrain erreicht hatte. Er kroch förmlich die Stufen zum Eingang hinauf und ließ sich mit einem Ächzen auf den Stuhl fallen. Fahrig wählte er die Nummer des Notarztes. Jetzt war er zum Warten verdammt.

Der Arzt stand vor dem Leuchtkasten und unterrichtete Ben

über den Grad seiner Verletzungen. Sein Bein war inzwischen bandagiert und hochdosierte Tabletten hatten den flammenden Schmerz gestoppt. Doch Ben war mit seinen Gedanken ganz woanders und folgte kaum den Ausführungen des Arztes. Er machte sich große Sorgen, wo Nils stecken könnte.

„Wir werden Sie sicherheitshalber zwei Tage zur Beobachtung hier behalten …"

„Auf gar keinen Fall", schaltete Ben sich dazwischen. „Ich muss mich um meinen Bruder kümmern."

Der Arzt lupfte fragend die Brauen.

„Ich bin sein Vormund, er ist geistig behindert auf die Welt gekommen." Ben hasste diesen Satz. Er war es leid, sich immer rechtfertigen zu müssen.

„Aber der Verband muss regelmäßig gewechselt werden und es gibt doch sicherlich einen Verwandten, der sich um Ihren Bruder kümmern kann."

„Nein, wir leben allein", widersprach Ben. „Könnten Sie bitte die Entlassungspapiere ausstellen? Den Verband wird mein Hausarzt wechseln."

Der Arzt willigte schließlich nach kurzem Zögern ein. Er händigte Ben einen Streifen mit Schmerztabletten aus und ließ ihn ziehen.

Auf Krücken verließ Ben das Krankenhaus und setzte sich auf eine Bank. Er tippte die Nummer eines Kumpels ein, den er von früher kannte.

„Hej, du lebst noch?", rief Thure am anderen Ende der Leitung überrascht. „Lass mich raten, du hast ein Problem?"

„Haha, sehr witzig. Ich brauche jemanden, der mich nach Hause fährt."

„Wohnst du immer noch in diesem alten Schuppen im Wald?", fragte Thure.

„Stört's dich?", knurrte Ben. „Also was ist? Kannst du mich fahren, Ja oder Nein?"

„Wo steckst du überhaupt?"

„Vor dem Krankenhaus."

„Okay, bin in einer Viertelstunde da."

Thure hatte Wort gehalten und sein knallroter Volvo bog auf den Parkplatz des Krankenhauses.

„Du und Krücken", lachte er und zückte sein Handy, um ein Foto von Ben zu schießen. „Das muss schließlich für die Nachwelt festgehalten werden."

„Bist du immer so ein Ausbund an Freude? Ich hatte dich irgendwie ernsthafter in Erinnerung", brummte Ben und nahm umständlich auf dem Beifahrersitz Platz. Dabei bemerkte er den pinkfarbenen Kindersitz auf der Rückbank. Dieser Anblick versetzte ihm einen Stich.

„Ich habe keinen Grund zum Klagen", antwortete Thure und deutete mit dem Daumen nach hinten. „Bin vor Kurzem zum zweiten Mal Vater geworden. Ziemlich anstrengend, aber auch unglaublich bereichernd."

„Glückwunsch", murmelte Ben, der nicht wusste, wie er auf diese Nachricht reagieren sollte.

„Wie schaut's bei dir aus? Auch in festen Händen?"

Ben verneinte. „Ich kümmere mich um Nils."

„Schade, ich hätte es dir gegönnt."

„Ich weiß." Ihm entging nicht Thures mitleidiger Seitenblick.

„Was hast du überhaupt mit deinem Bein angestellt?"

„Bin gestürzt", log Ben.

„Gebrochen ist aber nichts?"

„Nein, zum Glück", erwiderte Ben einsilbig und das Gespräch geriet ins Stocken. Die restliche Wegstrecke legten sie schweigend zurück.

„Da hast du dir eine Menge aufgeladen, wenn du das

Haus auf Vordermann bringen willst", sagte Thure, als er in der Einfahrt hielt.

„Ich will es sowieso verkaufen", antwortete Ben.

„Gute Entscheidung", stimmte Thure ihm zu. „Halt die Ohren steif und lass mal wieder was von dir hören."

Er winkte ihm zu, wendete seinen Volvo und rauschte davon. Ben hatte nicht einmal mehr die Möglichkeit, sich bei ihm zu bedanken. Thures Reaktion war deutlich gewesen, er hatte die letzten Worte nicht wirklich ernst gemeint. Abermals hatte Ben das Gefühl, auf dem Abstellgleis zu stehen.

Vergiss es, dachte er, du sitzt auf ewig hier fest. Er war mit einigen Frauen liiert gewesen, aber die Beziehungen hatten nie lange gehalten. Er sei zu stur, zu eigenwillig, nicht kompromissbereit, ein Eigenbrötler und, und, und. Er konnte die vielen Gründe schon nicht mehr zählen.

Auf Krücken humpelte er zum Haus und drückte die Klinke hinunter.

„Nils, bist du da?"

Stille.

Ben spürte einen beinahe schmerzhaften Druck in seiner Brust und die Sorge um seinen Bruder wuchs. Die Situation geriet allmählich außer Kontrolle. In der Küche schenkte er sich ein Glas Wasser ein und stellte sich ans Fenster. Genau in diesem Augenblick sah er seinen Bruder. Zornig riss Ben den Fensterflügel auf.

„Komm sofort ins Haus", zischte er.

Nils drehte sich erschrocken um und zog den Kopf zwischen seine Schultern.

„Na wird's bald?" Bens Stimme hatte einen drohenden Unterton angenommen.

Mit zögerlichen Schritten näherte sich Nils dem Haus und trat ein.

„Setz dich", forderte Ben seinen Bruder auf.

„Was ist passiert?“, fragte Nils und deutete auf das bandagierte Bein.

„Darüber wollte ich gerade mit dir reden.“

Still setzte sich Nils an den Tisch und wippte nervös mit dem Knie.

„Hör endlich auf mit dem Gezappel“, knurrte Ben und Nils wagte kaum zu atmen. „Zuerst will ich wissen, warum du dich klammheimlich davongestohlen hast?“

Nils senkte schuldbewusst seinen Blick und eine flammende Röte schoss in seine Wangen.

„Wie wäre es mit einer Antwort?“, drängte Ben.

„Ich musste weg“, antwortete Nils leise.

„Und wohin?“

Schweigen.

„Wo sind Vaters Fallen?“

Ruckartig riss Nils seinen Kopf hoch und starrte ihn an. „Ich habe sie genommen“, flüsterte er.

„Verdammt, jetzt lass dir doch nicht jedes Wort aus der Nase ziehen. Was hast du mit den Fallen gemacht?“

„Verkauft“, gestand Nils kleinlaut.

„Aha. Und an wen, wenn ich fragen darf?“

„Weiß nicht mehr.“

„Allmählich verliere ich die Geduld.“ Ben griff nach den Krücken und humpelte zum Tisch. Drohend fixierte er seinen Bruder. „Du machst alles kaputt, wirklich alles. Ich bin mit meinem Fuß in einem Tellereisen stecken geblieben und musste ins Krankenhaus, damit die Ärzte mein zerfleischtes Bein wieder zusammenflicken.“

„Oh nein …“ Nils wirkte ernsthaft bestürzt.

„Warum hast du die Fallen überhaupt aufgestellt? Das ist seit Jahren verboten und wird als Straftat geahndet. Wenn herauskommt, dass die uns gehören, dann sind wir geliefert.“ Seine Stimme überschlug sich regelrecht, so hatte er sich in Rage geredet.

Zitternd erhob sich Nils. „Ich sammele sie sofort ein."

„In einer Stunde will ich dich wieder hier sehen. Hast du das verstanden?"

Nils nickte und lief zur Tür. Ben humpelte zum Fenster und sah, wie sein Bruder im dichten Blätterdschungel verschwand. Hoffentlich hielt er Wort.

Er drehte sich zur Küchentheke, drückte zwei Schmerztabletten aus dem Blister und spülte sie mit einem Glas Wasser hinunter. Ein leichtes Schwindelgefühl machte sich bemerkbar und er fühlte sich schwach. Kein Wunder bei diesem Stress.

Er humpelte zum Sofa, dessen zerschlissene Polster er mit einer einfachen Wolldecke kaschiert hatte, und streckte sich leise stöhnend aus. Es kam einer Wohltat gleich, das Bein nicht mehr belasten zu müssen. Die Uhr behielt er fest im Blick, weil er befürchtete, dass Nils wieder stundenlang wegbleiben könnte. Als er nach vierzig Minuten Schritte im Hof und ein Poltern im Schuppen hörte, atmete er erleichtert auf.

„Ich bin wieder da", rief Nils, nachdem er eingetreten war.

„Hast du alle Fallen mitgebracht?", fragte Ben sicherheitshalber.

„Ja." Nils knetete nervös seine Hände. „Aber da waren noch Tiere drin."

Ben stieß geräuschvoll die Luft aus. „Hast du sie wieder aufgehängt?"

„Nein. Ich habe sie mit Blättern zugedeckt."

„Warum machst du das? Früher konntest du keiner Fliege etwas zuleide tun."

„Ich wollte das nicht", stammelte Nils entschuldigend.

„Was hat sich verändert? Ich erkenne dich kaum wieder."

„Weiß nicht."

Ben schaute zornig zu ihm auf. „Du lügst mir dreist ins

Gesicht und ich will wissen, was dich dazu veranlasst hat. Wenn du es nicht mehr ertragen kannst, in diesem Haus zu wohnen, dann sprich mit mir."

„Du würdest es nicht verstehen", sagte Nils.

„Das musst du mir genauer erklären." Eine steile Zornesfalte bildete sich auf seiner Stirn.

„Weil du keine Freunde hast", antwortete Nils.

„Du willst mich verarschen, oder?", brauste Ben auf. „Ich lebe hier mitten im Nirgendwo, um dir ein Zuhause zu geben, und jetzt hältst du mir den Verzicht auf Freundschaften vor? Bist du eigentlich noch zu retten?" Er beugte sich drohend nach vorn. „Ein Wort von dir, nur ein einziges Wort, und ich hätte meinen Krempel zusammengepackt und wäre mit dir fortgegangen. Also schieb die Schuld jetzt nicht auf mich, okay?"

„Ich weiß, dass du mit einem der toten Mädchen rumgemacht hast", brach es aus Nils heraus.

„Ach ja? Erstens hat Tilda noch gelebt, und zweitens ist das keine Rechtfertigung für dein krankes Verhalten. Ich hänge keine toten Tiere in irgendwelchen Hütten auf."

Nils trat zornig mit dem Fuß gegen die Anrichte und lief dann in die Küche, wo er sich einen Stuhl packte und wutentbrannt in den Flur schleuderte.

„Ich war das nicht, ich war das nicht, ich war das nicht …", schrie er ununterbrochen und tobte wie ein wild gewordener Grizzlybär.

„Hör sofort auf damit!", brüllte Ben und humpelte in die Küche, um seinen Bruder aufzuhalten. Nils war gerade dabei, das Geschirr aus den Schränken zu reißen und auf dem Dielenboden zu zertrümmern.

Mit einem Aufschrei klammerte er sich an seinem Bruder fest. Ein rasender Schmerz jagte durch seinen Fuß, als er versuchte, die rudernden Arme von Nils zu fixieren. Das ungleiche Paar rang noch einige Sekunden miteinander, bis

Nils schließlich aufgab und Ben ihn in seinen Armen hielt. Er legte seinen Kopf auf Bens Schulter und begann hemmungslos zu schluchzen.

„Bring mich hier weg", flüsterte er gequält.

„Das werde ich", versprach Ben mit fester Stimme. Das gemeinsame Zusammenleben war zu einer Tortur geworden und er fragte sich, wie die Situation hatte derart eskalieren können. Das war nicht mehr sein Bruder, den er kannte und liebte.

„Du wirst mir jetzt beim Aufräumen helfen und dann setzen wir uns zusammen und schmieden einen Plan, wie es in Zukunft weitergehen soll."

„Ja."

Nils holte den Besen und begann damit, die Scherben zusammenzufegen.

„Ich werde die Fallen zum Verkauf einstellen, denn wir brauchen jede Krone", sagte Ben.

„Mhm."

„Die nächsten Tage wirst du allerdings hierbleiben müssen, weil ich dich nicht zur Arbeit fahren kann. Es wäre das Beste, wenn du morgen den Bus nimmst und dich vom Arzt krankschreiben lässt. Dann haben wir jede Menge Zeit, um uns eine neue Bleibe zu suchen."

Nils erstarrte in seinen Bewegungen und drehte sich um. „Du musst die Polizei rufen", sagte er und schlug die Augen nieder.

19

Nachdem Kristin aufgewacht war, blieb sie noch einen Moment lang liegen. Sie hatte von ihren Eltern geträumt, die ihre tränenüberströmten Gesichter einer Kamera zugewandt hatten und sie darum baten, endlich nach Hause zurückzukehren.

Seit sie weggelaufen war, hatte sie selten einen Gedanken an ihre Eltern verschwendet. Aber jetzt holte die Vergangenheit sie wieder ein.

Sie stand auf, kleidete sich an und putzte sich über dem Waschbecken die Zähne. Zum Frühstück dippte sie das Knäckebrot wieder in den Frischkäse und las nebenbei ein Comicheft. Danach beschloss sie, sich die Gegend ein wenig genauer anschauen und einen Fluchtplan für den Notfall auszuarbeiten. Mit großer Wahrscheinlichkeit suchte die Polizei schon nach ihr und falls es einen öffentlichen Fahndungsaufruf gegeben hatte, könnte sich jemand an sie erinnern. Sie durfte nicht zu lange an einem Ort verweilen und würde ihr Domizil in einigen Tagen wieder aufgeben müssen.

Kristin schlüpfte in ihre Schuhe und zog die Tür hinter sich zu. Während sie durch das Dickicht streifte, blieb sie immer in Ufernähe. Zu groß war die Angst, sich zu verlaufen und nicht mehr zurückzufinden.

Der Wald wirkte wie ausgestorben und erinnerte Kristin an ein Endzeitszenario. Auf der einen Seite ein sicheres Gefühl, aber auf der anderen auch sehr beängstigend. Niemand, wirklich niemand würde ihre Schreie hören, wenn …

Schluss jetzt, ermahnte sie sich. Sie wollte diesen wunderschönen Sommertag genießen und schüttelte die lästigen Gedanken mit einem Schulterzucken ab.

Vor ihr tauchte ein Bootshaus auf und sie schlich sich näher an das eingezäunte, aber verwahrlost wirkende Grundstück heran. Das Gras war kniehoch und schon seit Längerem nicht mehr gemäht worden.

Sie schlüpfte durch eine fehlende Latte am Zaun und lief zum Bootshaus. Die Tür war mit einem Vorhängeschloss gesichert, aber diesmal würde sie sich nicht gewaltsam Zutritt verschaffen.

Stattdessen ging sie den Steg entlang und entdeckte mehrere Reusen, die geschützt unter dem Vordach hingen. Das wäre doch gar keine schlechte Idee, wenn sie die Reuse im Schilf auslegte, um Fische zu fangen. Die Winzlinge, die sich in der wärmeren Uferzone aufhielten, könnten durch das grobmaschige Netz wieder in ihre Freiheit schwimmen.

Mit einem längeren Zweig, den sie von einem der Büsche

abgebrochen hatte, angelte sie sich eine Reuse herunter und warf sie über den Zaun. Dann erkundete sie die Rückseite des Bootshauses und schaute unter dem breiten Flügeltor hindurch. Im Inneren gab es jede Menge Zeug, das ihre Neugier geweckt hatte.

Sie stützte sich mit den Händen auf den Planken ab und ließ sich langsam hinuntergleiten, bis ihre Füße auf einem schmalen Querbalken Halt gefunden hatten. Geübt hangelte sie sich unter dem Tor hindurch und kletterte wieder nach oben auf die Holzbohlen. Geschafft.

Sie war erstaunt, wie einfach das ging. Beim Schulsport versagte sie jedes Mal aufs Neue. Sie blieb immer auf der Bank sitzen, weil keiner sie in der Mannschaft haben wollte, und wurde regelmäßig ausgelacht, wenn sie als Letzte keuchend ins Ziel kam.

Doch hier, in dieser Wildnis war das etwas ganz anderes, sie wuchs täglich über sich hinaus. Ihr Hosenbund saß inzwischen locker und selbst die Heißhungerattacken waren ausgeblieben.

Neugierig inspizierte sie das Innere des Bootshauses und ihr Blick blieb an einem alten Rucksack hängen. Der Besitzer würde den Verlust sicherlich verschmerzen. Keine Einkaufstüten mehr schleppen zu müssen, war ein riesiger Fortschritt.

Kristin wühlte in einer Kiste und fand eine löchrige Jeans. Ohne lange darüber nachzudenken, probierte sie diese an. Die Hose war ein wenig zu groß, hatte aber einen Gürtel. Hastig stopfte sie die Jeans in den Rucksack und ein alter Wollpullover mit traditionellem Strickmuster folgte. Besonders die Nächte am See konnten sehr kühl werden.

Auf dem Fensterbrett lag eine Schere, die schon etwas Rost angesetzt hatte, ihr aber gute Dienste leisten würde. Kristin war zufrieden mit der Ausbeute und öffnete das Fenster, um nach draußen zu klettern. Gewissenhaft drückte sie den Fensterflügel wieder zu, damit nicht sofort auffiel, dass er offen war.

Dann schulterte sie den Rucksack und zwängte sich durch den Zaun. Sie bückte sich nach der Reuse und trat den Rückweg an. Es wehte eine sanfte Brise, die den Geruch von Sommer mit sich trug, und Kristin wünschte sich, dass die Zeit stehenblieb. Sie fühlte sich frei und unbeschwert und konnte diesen magischen Augenblick kaum in Worte fassen.

Ihr Herz klopfte in einem schnellen Rhythmus, weil sie endlich begriff, dass es noch so viel zu entdecken gab. Nur sie allein konnte den Weg für eine glücklichere Zukunft ebnen und sie durfte sich nicht länger in diese bemitleidenswerte Opferrolle drängen lassen. Sie musste raus aus dem Hamsterrad, so einfach war das.

Diese Gedanken waren wie eine Erleuchtung und Tränen schimmerten in ihren Augen. Sobald sie sich stark genug fühlte, würde sie nach Hause zurückkehren. Sie könnte Nachhilfeunterricht nehmen, um ihre Noten zu verbessern, und das Abitur in der Abendschule absolvieren. Alles war möglich und sie erkannte endlich das Potenzial, das in ihr steckte.

Sie hatte sich noch nie so geerdet gefühlt wie in diesem Augenblick. Mit hocherhobenem Haupt und einem strahlenden Lächeln auf den Lippen marschierte sie zur Hütte zurück.

Der stramme Fußmarsch hatte Kristin gutgetan und sie stieß die Tür zur Hütte auf. Auf den ersten Blick schien alles unverändert und sie ließ den Rucksack erleichtert von ihren Schultern gleiten. Sie hätte sich gern ein Vorhängeschloss zugelegt, aber bei ihrem schmalen Budget war das einfach nicht möglich.

Sie stellte den Rucksack neben die Pritsche und lief mit der Reuse hinunter zum See. Türkisfarbene Libellen schwirrten wie winzige Helikopter durch die Luft und eine Entenmutter führte stolz ihren Nachwuchs aus. Kristin blieb stehen, um die Entenfamilie nicht zu verschrecken und wartete, bis diese weitergeschwommen war.

Erst dann zog sie die Schuhe aus und watete ins knietiefe Wasser, um die Reuse auszulegen. Ob sich größere Fische überhaupt so nah am Ufer aufhielten? Sie klemmte die Reuse zwischen das Schilf, damit sie nicht weggetrieben werden konnte. In ein paar Stunden würde sie wissen, ob es funktioniert hatte oder nicht.

Anschließend sammelte sie Zweige und Äste, damit sie den Fang über dem Feuer grillen konnte. Zumindest war das ihr Plan. Sie stapelte das Holz hinter der Hütte, damit es nicht gleich ins Auge fiel und suchte einige Steine, um einen Schutzkreis zu bilden. Die Flammen sollten sich schließlich nicht ausbreiten.

Mit einer Portion Knäckebrot stillte sie ihren Hunger und ging dann wieder zum See, um die Reuse zu kontrollieren. Sie rechnete nicht damit, dass sich ein Fisch darin verfangen haben könnte. Umso größer war ihr Erstaunen, als sie den Fang begutachtete – zwei silbrig schimmernde Fische, deren Rücken dunkle Sprenkel aufwiesen. Kristin hatte keine Ahnung, zu welcher Gattung sie gehörten, und zog die Reuse an Land.

Die Fische zappelten und sie griff vorsichtig nach einem von ihnen. Er fühlte sich gar nicht so glitschig an, wie sie immer gedacht hatte. In einem Buch hatte sie einmal gelesen, dass man Fische mit einem Schlag auf den Kopf tötete.

Also fixierte sie mit ihrer linken Hand den Fisch am Boden, griff mit der rechten nach einem Stein und holte aus. Mitten in der fließenden Bewegung hielt sie jedoch inne. Geschmeidig sprang sie auf und setzte den Fisch zurück ins seichte Wasser. So schnell konnte sie gar nicht sehen, wie er im Schilf verschwunden war. Sie holte auch noch den zweiten Fisch aus der Reuse und trug ihn zum Ufer, um ihm die Freiheit zu schenken. Es war ein himmelweiter Unterschied, ob man eine Dose Thunfisch öffnete oder ein lebendiges Tier vor sich hatte.

Eine Tüte Chips hätte sie zum Trost gut vertragen können. Zum Glück war der Laden weit genug entfernt und so begnügte sie sich mit einer Dosensuppe, die sie auf dem Campingkocher aufwärmte. Anschließend lief sie wieder zum Ufer des Sees, um sich zu sonnen. Sie breitete die Decke aus und träumte davon, für immer in dieser Hütte bleiben zu können.

Der Himmel war mit flauschig weißen Schäfchenwolken bedeckt und ein Bussard zog einsam seine Kreise. Doch die Idylle trog. Kristin wusste von ihrem Großvater, dass diese Wolken nur die Vorboten eines aufziehenden Gewitters waren und ein Wetterwechsel bevorstand. Schade, denn bei Regenwetter würde sie in der Hütte festsitzen.

Es dauerte auch nicht lange, bis der Wind auffrischte und die Wolken die Sonne verdunkelten. Kristin faltete die Decke zusammen und lief zurück. Sie hatte die Hütte fast erreicht, als sie plötzlich ihre Schritte stoppte. Die Tür stand offen und bewegte sich leise knarrend im Wind. Wie konnte das sein?

Kristins Puls schnellte in die Höhe und das Blut rauschte in ihren Ohren. Es vergingen einige Sekunden, bis sie sich aus ihrer Starre löste und die Hütte betrat. Suchend schaute sie sich um. Der Rucksack lag flach auf dem Boden, aber er könnte auch umgekippt sein. Ein Schauer jagte über ihren Rücken und sie schlang die Arme fröstelnd um ihren Oberkörper

Hatte vielleicht ein Urlauber die Hütte entdeckt und in ihren Sachen geschnüffelt?

Sie drückte die Tür ins Schloss und rüttelte kraftvoll an der Klinke. Jetzt hatte sie ihre Antwort, die Tür sprang nicht von allein auf. Hastig schob sie den Riegel vor und schlug den Fensterflügel zu. Trotzdem fühlte sie sich nicht mehr sicher. Sie würde sich morgen nach einer neuen Bleibe umsehen müssen. Dabei hatte sie sich hier so wohl gefühlt.

Enttäuscht ließ sie sich auf die Pritsche sinken. Es wären doch nur noch drei oder vier Tage gewesen, bis sie ihre Sachen gepackt hätte, um freiwillig nach Hause zurückzukehren. Sie brauchte diese Zeit für sich, um zu wachsen und zu ergründen, wie es in Zukunft für sie weitergehen sollte.

Schweren Herzens stopfte sie die wenigen Habseligkeiten in den zerschlissenen Rucksack. Sie trauerte um ihr kleines Domizil, in dem sie sich vom ersten Augenblick an heimisch gefühlt hatte.

Mittlerweile war es dunkler geworden und die ersten Blitze zuckten grell am Horizont. Das Rauschen der Wipfel nahm diesem Ort die Stille und die ersten schweren Tropfen fielen klatschend gegen die Fensterscheibe. Innerhalb weniger Augenblicke öffnete der Himmel seine Schleusen und der Regen trommelte auf das Dach.

Kristin stand auf und ging zum Fenster. Der starke Regen schränkte die Sicht ein und über dem See hallte das Gewitter besonders laut. Der orkanartige Wind rüttelte an der Tür und den Fensterläden und Kristin wartete sehnsüchtig darauf, dass das Gewitter endlich weiterzog. Ein Gutes hatte das Unwetter allerdings. Jetzt würde sich niemand im Wald herumtreiben und sie konnte die letzte Nacht ungestört in *ihrer* Hütte verbringen.

Das Grollen der Donner verstummte allmählich. Kristin hatte sich in zwei Decken gehüllt, denn die Temperaturen waren schlagartig gesunken. Noch immer heulte der Wind durch die Ritzen und am undichten Fenster hatte sich ein schmales Rinnsal gebildet. Das monotone Geräusch des

Regens ließ sie schläfrig werden und sie gab diesem Gefühl nach. Sie musste ihre Kräfte schonen, solange sie nicht wusste, wo sie die nächste Nacht verbringen würde.

Ein lautes Krachen riss Kristin aus dem Schlaf und die Tür zur Hütte flog auf. Eine dunkel gekleidete Gestalt füllte den Türrahmen aus und nur mit Mühe unterdrückte Kristin einen panischen Schrei. Sie hielt die Decke schützend vor ihren Oberkörper, während die Gestalt reglos verharrte. Kristin rieb sich über die Augen, doch das war definitiv kein Traum.

„Was willst du?“, fragte sie im Flüsterton.

„Dich mitnehmen.“

Die kräftige Stimme gehörte einem jungen Mann, aber irgendetwas schien nicht mit ihm zu stimmen.

Kristin nahm all ihren Mut zusammen. „Das kannst du vergessen“, erklärte sie selbstbewusst.

Der junge Mann machte unbeirrt einen Schritt nach vorn.

„Aufstehen und mitkommen“, diktierte er ihr.

„Nein!“, entgegnete Kristin und hatte Angst vor dem, was nun unweigerlich folgen würde. Sie war noch Jungfrau und in diesen Dingen völlig unerfahren.

„Los jetzt!“, drängte der junge Mann, doch Kristin rührte sich nicht.

Der Stoß traf sie völlig unvorbereitet und ihr Hinterkopf prallte gegen die Wand. Blut tropfte aus ihrer Nase, das sie sich mit dem Ärmel des Pullovers wegwischte.

„Du hast sie doch nicht mehr alle …“, schrie sie erbost und stürzte sich todesmutig auf ihn. Sie würde sich nie wieder herumschubsen lassen und schlug mit ihren Fäusten wild auf ihn ein.

Doch ihr Gegenüber war stark wie ein Bär, packte sie am Handgelenk und stieß sie von sich. Kristin verlor das Gleichgewicht und fiel nach hinten. Der Aufprall war hart und sie stöhnte leise. Er packte in ihre rote Mähne und zerrte sie wieder auf die Beine.

„Zieh dir deine Schuhe an", befahl er barsch.

Sie zitterte und kam seiner Aufforderung nach.

„Los jetzt, mitkommen!"

Seine Stimme duldete keinen Widerspruch und Kristin gehorchte widerstandslos, während er ihre Handgelenke auf dem Rücken verschnürte.

„Geh." Er deutete mit einer unbeholfenen Geste nach draußen.

Wie eine willenlose Marionette taumelte Kristin zur Tür hinaus. Draußen huschte ihr Blick vom Wald zum See und wieder zurück. Wie fremdgesteuert machte sie einen Satz nach vorn und rannte einfach drauflos. Panisch stürmte sie davon und hörte, dass er die Verfolgung bereits aufgenommen hatte. Doch sie lief unbeirrt weiter, immer tiefer in den angrenzenden Wald hinein.

Trotz der gefesselten Hände konnte sie ihren Vorsprung ausbauen. Adrenalin flutete ihren Körper und trieb sie zu Höchstleistungen an. Wie ein verschrecktes Reh hetzte sie durch das Dickicht und hoffte, dass ihr die Flucht gelingen würde. Doch ihr linker Fuß verfing sich in einem bizarren Wurzelgeflecht und sie schlug der Länge lang hin.

Nur einen Atemzug später war der Typ über ihr und riss sie hoch.

„Nein, bitte nicht …", stammelte sie verstört und versuchte, sich seinem kräftigen Griff zu entziehen.

„Hör auf damit!", zischte er und schlang einen weiteren Strick um ihre Handgelenke. Das lose Ende hielt er fest und Kristin fühlte sich wie ein Hund an der Leine.

„Da entlang."

„Wo willst du mich hinbringen?“, fragte sie ängstlich und konnte das Grauen, das sie in diesem Moment empfand, kaum in Worte fassen. Sie sah sich bereits vergewaltigt und zerstückelt in einem tiefen Loch verscharrt im Wald liegen.

„Jetzt geh endlich“, murrte er.

„Bitte, lass mich gehen“, flehte sie. „Mein Vater wird mich gleich abholen und wenn er dich erwischt, bist du dran.“

Er schnaubte wie ein alter Gaul und ignorierte ihre Worte. Sie zerrte erneut an ihren Fesseln, was er mit einem leichten Stoß zwischen ihre Schulterblätter quittierte.

„Hör auf damit.“

Kristin fügte sich ihrem Schicksal und befolgte still seine Anweisung. Vorerst jedenfalls. Sobald sich eine Möglichkeit zur Flucht ergab, so würde sie diese nutzen. Sie wartete jeden Moment darauf, dass er sich auf sie stürzen und niederringen würde, aber nichts dergleichen geschah. Stoisch trottete sie voraus und ihre Kleidung war inzwischen völlig vom Regen durchnässt.

Was hatte er vor? Wollte er sie nur quälen und anschließend töten? Und warum musste das ausgerechnet jetzt passieren, wo sie endlich mit sich im Reinen war?

„Jetzt nach rechts“, unterbrach er ihre Gedankengänge.

Sie bogen auf einen breiteren Waldweg ab, in dessen tiefen Furchen sich das Regenwasser gesammelt hatte. Ihre Schuhe waren von der Feuchtigkeit durchtränkt und gaben bei jedem Schritt ein schmatzendes Geräusch von sich.

Der Typ hinter ihr machte sie völlig nervös. Sie konnte nicht genau benennen, was ihr so eine Furcht einflößte. Waren es seine breiten Schultern oder die kräftigen Arme? Sie verlangsamte ihre Schritte, um einen Blick auf sein Gesicht zu erhaschen, doch er stieß sie weiter.

„Bleib nicht stehen.“

Er klang wie ein Roboter, der nur über ein sehr begrenztes Repertoire einzelner Wörter verfügte. Und grobmotorisch war er obendrein. Dennoch hatte er etwas in ihr zum Schwingen gebracht und die Erinnerung flackerte auf wie ein fernes Wetterleuchten.

Natürlich, die Stimme im Keller!

Nur dass sie jetzt nicht so dumpf klang, wie in diesem verlassenen Gemäuer. Aber im Großen und Ganzen stimmte das Timbre überein. War er ihr etwa bis hierher gefolgt und hatte sie die ganze Zeit über beobachtet? Was für ein krankes Spiel trieb er mit ihr?

„Wohin gehen wir?", fragte sie abermals.

„Sei still", lautete seine mürrische Antwort.

Ja, die Stimme klang ähnlich, sie hatte sich nicht getäuscht.

Nicht weit von ihnen entfernt schimmerte etwas Helles zwischen den Bäumen hindurch. Kurz darauf erkannte sie die Silhouette eines Kastenwagens und hörte sogar den laufenden Motor. Was würde nun folgen?

„Wir sind da", brummte der Typ.

Kristin bäumte sich ein letztes Mal auf und zerrte wie verrückt am Seil. Doch er riss sie so heftig zurück, dass sie zu Boden ging. Sie hatte unzählige Blessuren davongetragen, aber das war ihr egal. Sie musste unbedingt verhindern, dass der kranke Kerl sie in den Kastenwagen sperrte, denn darauf lief es ja hinaus.

„Hör auf damit."

Doch Kristin dachte nicht daran. Sie rempelte ihn mit der Schulter an und trat nach ihm.

„Schluss jetzt!"

Er bog ihre Arme schmerzhaft nach oben und bugsierte sie zum Wagen. Die Türen am Heck standen bereits offen und er stieß Kristin hinein.

„Das wirst du büßen, du dreckiger Bastard", schrie sie lauthals und spuckte ihm ins Gesicht.

Er wischte sich mit den Handrücken einmal quer über die

Wange und schlug die Autotüren zu. Der Motor heulte auf und das Fahrzeug setzte sich in Bewegung. Kristin wurde unsanft nach hinten geschleudert und stöhnte leise auf. Sie hatte verloren, auf ganzer Linie.

Auf allen vieren kroch sie wieder nach vorn und presste ihr Ohr an die dünne Trennwand zur Fahrerkabine. Sie hörte gedämpftes Stimmengemurmel. Leider übertönte das Motorengeräusch das Gespräch und sie konnte nur einzelne Wortfetzen verstehen.

„Sie ist ein unkalkulierbares Risiko ... dass sie so einen Mist baut, hätte ich nie gedacht ... sie bringt uns in Gefahr ... wir müssen eine Lösung für sie finden ..."

Das klang ziemlich deprimierend.

Der Kastenwagen fuhr plötzlich eine scharfe Kurve und Kristin wurde nach links geschleudert. Ihr Kopf prallte gegen den Radkasten und sie verlor auf der Stelle das Bewusstsein.

20

Ben fuhr schweißgebadet aus dem Schlaf. Die Luft im Zimmer war stickig und durch das geöffnete Fenster hörte er das Zirpen der Grillen.

Einer dieser hässlichen Albträume, die ihn in letzter Zeit vermehrt heimsuchten, hatte ihn aus dem Schlaf geschreckt. Immer wieder sah er Liv, Karoline und Tilda blutüberströmt auf dem Waldbogen liegen.

Er fuhr sich mit beiden Händen übers Gesicht und stöhnte leise. Sein verletzter Knöchel pochte höllisch, obwohl er vor dem Schlafengehen zwei hoch dosierte Schmerztabletten eingenommen hatte. Aber die Wunde begann zu heilen und er wollte sich nicht beklagen.

Seine Gedanken wanderten zu Nils, wie so oft in letzter Zeit. Er hatte mit Engelszungen auf seinen Bruder eingeredet und ihn erst im letzten Moment davon überzeugen können, nicht die Polizei zu rufen. Den Grund für sein Ansinnen hatte er bis heute nicht erfahren.

Er griff nach den Krücken, um das Badezimmer aufzusuchen. Im Haus herrschte eine merkwürdige Stille, so als wäre er ganz allein. Er humpelte ein paar Schritte über den Flur und drückte die Klinke zu Nils' Zimmer hinunter. Die Tür schwang leise knarrend auf und er lauschte. Er konnte die Konturen eines Körpers erkennen, aber er vermisste die regelmäßigen Atemzüge. Seine Hand tastete nach dem Schalter und das Licht flammte auf. Die Bettdecke war nur zusammengerafft und von seinem Bruder fehlte jede Spur.

„Shit!", rief er überrascht.

So schnell er konnte, kämpfte er sich die Treppe hinunter und riss die Haustür auf.

„Nils ..."

Sein verzweifelter Ruf hallte durch die pechschwarze Nacht. Einen Moment lang blieb er wie angewurzelt stehen und wartete vergeblich auf eine Reaktion. Das war das Ende. Mit hängenden Schultern ging er ins Haus zurück.

Er braute sich einen starken Kaffee und setzte sich an den Tisch. Nachdenklich drehte er die Tasse zwischen seinen Händen. Er hatte die Situation völlig unterschätzt, und das war die Strafe dafür. Den Termin beim Therapeuten hatte er wegen seiner Fußverletzung absagen müssen und ausgerechnet jetzt kam eines zum anderen. Es wurde Zeit für Plan B.

Ben humpelte die Treppe hinauf, zerrte den Koffer vom Schrank und warf wahllos einige Kleidungsstücke hinein. Er besaß nicht viel, wozu auch. Als Paketbote trug er tagsüber eine Uniform und für privat reichten Jeans, Hoodies und

Turnschuhe. Zum Glück besaß der Schalenkoffer Rollen und er konnte ihn bequem in Nils' Zimmer bugsieren.

Die Zeit drängte, sie konnten keinen Tag länger hierbleiben. Nils würde wahrscheinlich bis zum Morgengrauen zurückgekehrt sein, und bis dahin wollte Ben die wenigen Habseligkeiten zusammengepackt haben.

Er zog hastig einen Stapel Shirts aus dem Schrank und ein Blatt Papier segelte zu Boden. Ben musste sich umständlich bücken, damit er den Zettel zu fassen bekam. Neugierig faltete er ihn auseinander.

Er hatte einen unscharfen Computerausdruck vor sich, der das Gesicht einer bildhübschen jungen Frau in Nahaufnahme zeigte. Woher hatte Nils dieses Bild? Er musste es heimlich geschossen und genauso heimlich in der Behindertenwerkstatt ausgedruckt haben.

Aber wer war diese junge Frau, die mit ernstem Blick in die Kamera schaute? Sie hatte dunkles kurzes Haar und er glaubte, sie von irgendwoher zu kennen.

Ben humpelte nach nebenan, wo sein Smartphone auf dem Nachtschränkchen lag. Er suchte im Internet nach Bildern der vermissten Mädchen, aber die junge Frau war nicht unter ihnen.

Hatte sich sein Bruder Hals über Kopf verliebt und tickte deshalb so aus, weil seine Gefühle nicht erwidert wurden? Liebe konnte das Innerste nach außen kehren und sich in blanken Hass verwandeln. Ben wusste genau, wovon er sprach. Beunruhigt faltete er das Blatt Papier wieder zusammen und schob es in seine Hosentasche.

Er legte die restlichen Kleidungsstücke von Nils in den Koffer und zurrte den Reißverschluss zu. Anschließend suchte er im Wohnzimmer die wichtigsten Dokumente zusammen. Dazu gehörte auch die Eigentumsurkunde des Grundstücks, da er das Anwesen nach wie vor verkaufen wollte. Sollten die neuen Besitzer doch zusehen, was sie damit anstellten, ihm war das inzwischen total egal.

Sein Fuß brauchte dringend eine Pause und Ben humpelte hinunter in die Küche. Er löste einige Eiswürfel aus der Form, wickelte sie in ein Geschirrtuch und kühlte damit den geschwollenen Knöchel. Es würden hässliche Narben zurückbleiben, aber das störte ihn nicht. Hauptsache, er konnte den Fuß bald wieder belasten.

Langsam verebbte der Schmerz und Ben setzte sich an den Rechner, um eine Anzeige in einem der vielen Immobilienportale zu schalten. Er lud ein paar Fotos von seinem Smartphone auf den Rechner, formulierte einen kurzen Text und gab seine Adressdaten an. Jetzt mussten sich nur noch mögliche Interessenten melden.

Zufrieden loggte er sich aus und machte sich auf die Suche nach einem Ferienhaus. Es war gar nicht so leicht, wie er anfangs gedacht hatte, aber letzten Endes konnte er ein hübsches Häuschen mieten.

Aus den Augenwinkeln heraus bemerkte er einen Schatten, der vor dem Fenster vorbeihuschte. Der Ausreißer war also zurückgekehrt. Kurz darauf knarrte auch schon die Eingangstür.

„Du bist schon wach?“, fragte Nils verwundert und zupfte nervös am Saum seines Shirts.

„Ja, ich habe die Koffer gepackt. Wir fahren nach dem Frühstück gleich los.“

„Wohin?“

„Ans Meer. Hauptsache weg von diesem Wald und seinen tödlichen Geheimnissen“, antwortete Ben. „Aber zuerst will ich wissen, wo du gewesen bist.“

Betreten starrte Nils auf seine Schuhspitzen und schwieg beharrlich.

„Bitte, mach es mir doch nicht so schwer“, bat Ben.

„Ich darf es dir nicht sagen“, flüsterte Nils.

Ben zog den Zettel aus seiner Hosentasche und schob ihn über den Tisch in Nils' Richtung.

„Wer ist sie?"

Nils nahm das Blatt Papier und presste es an seine Brust. „Du hast in meinen Sachen gewühlt?", rief er entsetzt.

„Du warst schließlich nicht da und hast beim Kofferpacken durch Abwesenheit geglänzt."

Er musterte seinen Bruder mit einem triumphierenden Blick. Nils ließ sich auf den Stuhl sinken und wirkte völlig verzweifelt. Wäre Ben nicht so wütend auf ihn gewesen, dann hätte er ein tröstendes Wort übrig gehabt.

„Bist du wegen ihr so durch den Wind."

Nils nickte kaum merklich.

„Du musst dich mir anvertrauen, sonst kann ich dir nicht helfen", insistierte Ben. „Liebst du sie?"

„Nicht mehr ...", murmelte Nils.

„Warst du mit ihr zusammen? Ich meine, so wie ein Mann und eine Frau, na, du weißt schon ..."

Der Adamsapfel von Nils hüpfte nervös auf und ab, doch er blieb stumm. Ben ergriff seine Hand.

„Hat sie dich abgewiesen und verletzt?"

Schweigen.

„Sie ist es nicht wert, glaube mir", sagte Ben. „Wir fangen ganz von vorne an und lassen alles, was uns belastet, zurück an diesem verhassten Ort. Einverstanden?"

Wieder nickte Nils.

„Gut. Willst du noch ein anständiges Frühstück? Wir müssen den Kühlschrank plündern, bevor wir aufbrechen."

„Ja."

„Okay, du kannst in der Zwischenzeit den Tisch decken", schlug Ben vor und stellte die Kaffeemaschine an. „Wie heißt deine Flamme eigentlich? Hast du sie in der Werkstatt kennengelernt?"

„Ich darf ihren Namen nicht nennen", antwortete Nils und schluckte. „Sie arbeitet nicht bei uns."

„Was hast du gemacht, dass sie so sauer auf dich ist? Ich meine, du bist doch ein netter Kerl." Wenn man einmal von den unzähligen verstümmelten toten Tieren absieht, die du an der Decke aufgehängt hast, fügte Ben im Stillen hinzu.

„Sie ist nicht sauer auf mich", erwiderte er. „Sie sagt, dass sie mich mag und ich ihr eine große Hilfe bin."

Verblüfft drehte sich Ben zu ihm um.

„Echt jetzt?" Er musterte Nils verwundert. „Dann erkläre mir bitte, was es mit den toten Tieren auf sich hat. Wenn man verliebt ist, schwebt man doch auf Wolke sieben."

Seinem Bruder war das Gespräch unangenehm, er schien sich seiner Gefühle zu schämen.

„Bitte rede mit mir", bat Ben abermals. „Was hat es mit den Fallen und den verstümmelten Tieren auf sich?"

Nils schüttelte seinen Kopf, eine Geste, die Ben in all den Jahren so vertraut geworden war.

„Du willst also weiterhin schweigen?", fragte Ben ein letztes Mal.

Nils senkte seinen Blick, ohne zu antworten.

„Ich möchte, dass du mir eines versprichst." Ben suchte Blickkontakt. „Wir beladen jetzt unsere alte Klapperkiste und fahren gemeinsam in ein neues Leben. Aber wenn ich noch einmal erleben muss, dass du einfach abhaust oder weiterhin Tiere quälst, dann gehen wir getrennte Wege. Ist das klar?"

„Ja", erwiderte Nils gequält.

„Na wunderbar, dann hilf mir beim Koffertragen."

Ben dachte jedoch nicht ans Aufgeben. Er würde so lange nachforschen, bis Nils ihm sein Geheimnis gebeichtet hätte. Aber jetzt wurde es Zeit für den Aufbruch. Er humpelte zur Haustür, drückte die Klinke herunter und wich erschrocken zurück.

21

Linda sah in das erschrockene Gesicht des jungen Mannes.

„Was gibt es?“, fragte er überrascht.

„Wir hätten da noch ein paar Fragen an Sie“, entgegnete sie. „Dürfen wir reinkommen?“

Ohne seine Antwort abzuwarten, schob sie sich an ihm vorbei und betrat den Flur.

„Oh, Sie wollen verreisen?“ Sie deutete auf den Koffer und die Reisetasche.

„Ich kann mich nicht erinnern, Ihnen gestattet zu haben, mein Haus zu betreten.“ Ben Hansson warf ihr einen vernichtenden Blick zu. „Es wäre besser, wenn Sie sich wieder zu Ihrem Kollegen vor der Tür gesellen. Oder haben Sie einen richterlichen Beschluss dabei?"

„Nein, den haben wir nicht. Aber wir können Sie auch gern in die Behörde zitieren."

Sie drehte sich um und ging nach draußen. Ben folgte ihr. Dieser junge Mann war eine harte Nuss und noch nicht von der Liste der Verdächtigen gestrichen.

„Also, worum geht es?", fragte er und musterte sie mit zusammengekniffenen Augen.

Er spielte den großen Macker, aber sie ließ sich nicht von seinem Auftreten täuschen. Tief in seinem Inneren war er ein verunsicherter junger Mann, der mit der Pflege seines Bruders völlig überfordert war. Allein schon der Anblick des Grundstückes, dessen verwahrloster Eindruck sich auch im Inneren des Hauses fortsetzte. Vergilbte Tapete an den Wänden, abgenutztes Mobiliar aus den Siebzigern und ein fleckiger Holzfußboden. Wie konnte man hier nur freiwillig hausen?

„Hallo? Ich würde gern wissen, warum Sie hier sind?", riss Ben sie aus ihren Gedanken.

„Es geht um die Fallen, die Sie im Internet zum Verkauf annonciert haben."

„Ja und? Der Handel ist schließlich nicht verboten", erwiderte er.

„Dürften wir trotzdem einen Blick darauf werfen?"

Ben deutete mit seiner Krücke auf den Schuppen. „Tun Sie sich keinen Zwang an."

„Vielen Dank."

Linda wandte sich ab, während Alex Berg neben Ben Hansson stehen blieb. Sie hatten vereinbart, dass er den jungen Mann in ein Gespräch verwickeln sollte, damit Linda sich ungestört umsehen konnte. Aber Ben verfolgte mit Argusaugen jede ihrer Bewegungen und war auf der Hut.

Das bestätigte zumindest ihren Verdacht, dass er mehr wusste, als er zugab.

Sie untersuchte die rostigen Fallen und lugte durch einen Spalt zwischen den Brettern zum Haus hinüber. Ben hatte nach wie vor den Schuppen fest im Blick. Ihr blieb also nichts anderes übrig, als das Innere des Schuppens zu durchforsten. Doch bis auf einen Stapel Holz und das Werkzeug gab es nichts zu entdecken. Was hatte sie auch erwartet? Dass blutbesudeltes Folterwerkzeug ordentlich aufgereiht an Haken hing?

Enttäuscht ging sie zum Haus zurück.

„Zwei der Eisen fehlen", sagte sie.

„Die habe ich vorgestern an einen Sammler verkauft."

„Aha. An einem Tellereisen ist frisches Blut. Woher stammt das?"

„Keine Ahnung", erwiderte Ben kurz angebunden.

„Was ist mit Ihrem Bein passiert?", wollte Linda wissen.

„Motorsense. Wir haben den hinteren Bereich des Grundstücks gerodet."

Diese Aussage schien immerhin zu stimmen. Plötzlich erschien Ben Hanssons jüngerer Bruder in der Tür. Linda entging nicht, dass Alex Berg die Reaktionen der jungen Männer genau verfolgte und sich bewusst im Hintergrund hielt.

„Alles klar?" Ben berührte seinen Bruder kurz am Arm.

„Kann ich jetzt endlich die Koffer einladen?", fragte Nils ungeduldig.

„Sie wissen doch genau, dass Sie während der laufenden Ermittlungen nicht einfach Ihre Sachen packen und wegfahren können", sagte Linda.

„Warum nicht?" Ben musterte sie verwundert.

„Weil Sie noch immer zum Kreis der Verdächtigen gehören."

Er schluckte, diese Worte musste er anscheinend erst

einmal verdauen. „Wie kommen Sie überhaupt darauf, dass ich für den Tod dieser jungen Frauen verantwortlich sein könnte?"

„Weil die Fundorte zum Beispiel in unmittelbarer Umgebung zu Ihrem Grundstück liegen."

„Das ist doch völlig absurd", widersprach er aufgebracht. „Mein Bruder und ich sind immer zusammen gewesen. Sag es ihnen, Nils."

„Äh … ja." Nils nickte zögerlich.

Er schien verwirrt zu sein und konnte dem Gespräch kaum folgen. Dennoch hatte Linda das Gefühl, dass er ihnen etwas mitteilen wollte.

„Sagen Sie auch wirklich die Wahrheit?", hakte sie nach.

„Ich … ich", stammelte Nils hilflos.

„Lassen Sie das", verlangte Ben und stellte sich schützend vor seinen Bruder. „Sie sehen doch, dass er völlig eingeschüchtert ist."

„Eingeschüchtert? Ich hatte eher das Gefühl, dass er etwas sagen möchte."

„Wissen Sie was?" Ben zog sein Smartphone aus der Hosentasche. „Ich werde jetzt meinen Anwalt über Ihren unangemeldeten Besuch informieren und dann können wir in seinem Beisein unser Gespräch fortsetzen."

„Schon gut, schon gut, ich habe verstanden." Linda hob beschwichtigend ihre Hände. Sie wusste, dass Ben wieder pokerte, aber sie wollte es keinesfalls auf die Spitze treiben. Sie hatten kein Recht, hier zu sein. „Aber wir werden wiederkommen, verlassen Sie sich darauf", sagte sie. „Und vergessen Sie nicht, Ihre Koffer wieder auszupacken."

Sie machte auf dem Absatz kehrt und ging zum Wagen zurück. Alex Berg folgte ihr.

„Und, was hatten Sie für einen Eindruck?", fragte Linda, als sie in den Wagen stieg.

„Dass Ben Hansson etwas verschweigt, wissen wir ja

bereits. Allerdings hatte ich für einen Moment das Gefühl, dass der jüngere Bruder bereit war, mit uns zu reden. Dann hat Ben ihn kurz berührt und diesen Augenblick zunichtegemacht."

„Das ist mir auch aufgefallen", bestätigte Linda. „Der Umgang mit diesen Brüdern, die wie Eremiten mitten im Wald wohnen, gestaltet sich ziemlich schwierig."

„Gibt es jemanden, mit dem ich über die Vergangenheit dieser zwei jungen Männer sprechen könnte?"

„Die Jugendhilfe bewahrt die Unterlagen auf. Wobei wir die wichtigsten Eckdaten bereits übernommen haben."

„Ich bin eher an den Einzelheiten interessiert, die nicht in Ihrem Bericht erwähnt wurden", sagte Berg.

„Aha." Linda fühlte sich erneut vor den Kopf gestoßen. „Sie denken also, dass wir unseren Job nicht richtig erledigen?"

„Sie reagieren immer sehr empfindlich und es wird allmählich Zeit, dass Sie mich nicht als Konkurrenten sehen. Ich bin hier, um mit Ihnen gemeinsam den Fall zu lösen. Sie haben die wichtigsten Punkte aus den Unterlagen herausgepickt und gute Arbeit geleistet. Das verdient meinen Respekt. Aber Sie müssen auch mich verstehen. Ich gehe methodisch vor, will mich in den Täter einfühlen, wie er denkt, wie er handelt …"

„Ist ja schon gut, ich habe verstanden", stoppte Linda seinen Redefluss.

„Das freut mich."

„Sie machen es einem wirklich nicht leicht, Sie zu mögen." Ein schüchternes Lächeln huschte über ihr Gesicht.

„Schade."

Sie schaute ihn von der Seite an und bemerkte das spitzbübische Grinsen, das ihm außerordentlich gut stand.

„Um auf den Fall zurückzukommen, Ben Hansson hat gelogen, was seine Verletzung betrifft."

„Ach ja? Woran haben Sie das erkannt?“, fragte sie nach.

„An seiner Körpersprache. Wahrscheinlich verschweigt er uns die Wahrheit aus Angst vor weiteren Anschuldigungen. Ich hatte das Gefühl, dass er seinen Bruder schützen möchte, aber ich weiß nicht wovor. Welcher Arzt hat damals die geistige Behinderung von Nils Hansson diagnostiziert?“

„Warum fragen Sie das?“ Sie startete den Motor und fuhr den Waldweg entlang.

„Was, wenn die Brüder uns nur etwas vorspielen?“

Linda trat ruckartig auf die Bremse. „Das ist nicht Ihr Ernst.“

„Aber sicher. Und genau aus diesem Grund möchte ich mit jemandem von der Jugendhilfe sprechen. Die Familie hat sehr zurückgezogen gelebt und die Jungen haben nie eine Kindertagesstätte besucht. Kein Mensch konnte die Entwicklung von Ben und Nils Hansson dokumentieren.“

„Ich bin sprachlos“, und das meinte Linda wörtlich.

„Das ist man von Ihnen gar nicht gewöhnt.“ Alex Berg hüstelte.

„An Ihren Komplimenten müssen Sie aber noch arbeiten. Sie können das weibliche Geschlecht nur wenig begeistern“, merkte Linda trocken an.

„Immerhin kenne ich dank Ihnen jetzt den Grund dafür“, erwiderte Berg höflich.

„Sie sind schon ein komischer Kauz“, lachte Linda und steuerte den Wagen in Richtung Stadt.

Linda hatte selten den Dienstschluss so herbeigesehnt wie an diesem Tag. Kraftlos schleppte sie sich die Stufen nach oben, schloss die Wohnungstür auf und ließ sich mit einem Seufzen auf die Couch fallen.

„Elina? Lillemor?“

Der melodische Klingelton ließ sie zusammenzucken.

„Hallo?“ Mit einem fragenden Blick öffnete sie die Tür. „Elina, was machst du denn hier?“

„Lillemor hat doch den Schlüssel“, erklärte die Nachbarin, die eine Etage unter ihr wohnte. „Elina hat eine halbe Stunde vergebens Sturm geklingelt und ich habe sie dann zu mir genommen.“

„Vielen Dank, das ist sehr nett von Ihnen“, erwiderte Linda.

„Kein Problem, Ihre Tochter ist ja ein sehr liebes Mädchen.“ Die Nachbarin zwinkerte Elina zu und stieg die Treppe wieder nach unten.

„Warum ist Lillemor nicht zu Hause?“, fragte Linda.

„Woher soll ich das wissen?“, antwortete Elina schulterzuckend.

„Du hast vor verschlossener Tür gestanden? Bist du etwa allein nach Hause gelaufen?“

„Ja, Mama.“

„Ich werde mir Lillemor vorknöpfen, sobald sie nach Hause gekommen ist. Und du gehst jetzt in dein Zimmer und machst deine Hausaufgaben.“

„Okay.“

In Linda brodelte es gewaltig, so konnte es auf keinen Fall weitergehen. Lillemor war für Elina verantwortlich und sie konnte ihre jüngere Schwester nicht einfach sich selbst überlassen.

Linda setzte sich mit dem Telefon auf die Couch und rief nacheinander die Freundinnen von Lillemor an. Entweder ließ sich ihre Tochter verleugnen oder sie war allein unterwegs. Sie konnte nachvollziehen, dass Lillemor ihr eins auswischen wollte, aber nicht auf Kosten von Elina. Damit hatte sie eindeutig eine Grenze überschritten.

Aufgewühlt ging sie in die Küche, um das Abendessen vorzubereiten. Während sie in den Töpfen rührte, wanderte ihr Blick immer wieder beunruhigt zur Uhr. Wo zum Teufel blieb Lillemor? Fürchtete sie sich vor der Standpauke und kam deshalb nicht zurück?

Eine halbe Stunde später saß Linda mit Elina am Tisch und bekam kaum einen Bissen herunter.

„Hast du vielleicht eine Ahnung, wo deine Schwester stecken könnte?"

„Tut mir leid, Mama, aber ich weiß es wirklich nicht", antwortete Elina. „Was sagen ihre Freundinnen?"

„Dass sie nicht bei ihnen ist."

„Versuche es doch noch einmal", schlug Elina vor und Linda strich ihr zärtlich durchs Haar.

Sie zog sich mit dem Telefon erneut ins Wohnzimmer zurück und wählte die Nummern mit dem gleichen niederschmetternden Ergebnis – Lillemor war wie vom Erdboden verschluckt.

Allmählich wurde Linda nervös und telefonierte mit den Krankenhäusern der Stadt. Aber auch dort war Lillemor nicht eingeliefert worden. Linda wollte noch zwei Stunden warten, bevor sie aktiv werden würde.

Wie fremdgesteuert räumte sie den Tisch ab, spülte das Geschirr und lernte mit Elina für die anstehende Mathematik-Klausur. Kurz vor neun brachte sie Elina ins Bett.

„Spätzchen, ich werde jetzt Oma anrufen, damit sie herkommt und auf dich aufpasst."

„Und wo willst du hin?"

„Ich muss Lillemor suchen."

„Denkst du, dass ihr etwas zugestoßen ist?", fragte Elina ängstlich.

„Ich hoffe nicht, meine Kleine. Du wirst lieb zu Oma sein, versprichst du mir das?"

„Das bin ich doch immer", lächelte Elina.

„Ich weiß, Spätzchen. Aber man kann es nicht oft genug erwähnen."

Sie küsste Elina auf die Stirn und ging nach unten, um zu telefonieren. Nur eine Viertelstunde später stand ihre Mutter Alma vor der Tür.

„Könnte es an euren Differenzen liegen, dass sie weggelaufen ist?", fragte Alma. „Soweit ich mich erinnern kann, warst du in diesem Alter auch nicht gerade pflegeleicht."

„Danke für deine aufbauenden Worte", seufzte Linda.

„Kopf hoch, Mädchen. Vielleicht ist sie nur mit einem Jungen unterwegs. In diesem Alter wollen die Teenies Erfahrungen sammeln, wenn du verstehst, was ich meine."

„Ist es dafür nicht noch ein wenig zu früh?" Linda musterte ihre Mutter skeptisch.

„Das ist von Kind zu Kind verschieden."

„Egal, ich mache mich jetzt auf die Suche", antwortete Linda.

„Ich drücke die Daumen, dass du sie rasch findest. Aber geh nicht zu hart mit ihr ins Gericht."

„Diese Worte ausgerechnet aus deinem Mund." Linda schüttelte den Kopf.

Im Flur zog sie sich ihre Jacke über, nahm den Autoschlüssel an sich und eilte die Stufen hinunter. Der Motor ihres Wagens heulte gequält auf, als sie aus der Einfahrt schoss.

Sie fuhr zur Schule und wieder zurück, hielt unterwegs bei einer Freundin an, um sie zu fragen, ob Lillemor einen Freund hatte. Natürlich nicht, aber das half ihr auch nicht weiter.

Ziellos irrte sie durch die Straßen, bis sie mit dem Wagen vor Jörgens Haus zum Stehen kam. Es lag im Dunkeln und sie zögerte einen Moment, bevor sie auf die Klingel drückte. Nur Sekunden später ging das Licht an und Jörgen stand verschlafen in der Tür.

„Linda?", murmelte er überrascht. „Was ist passiert?"

„Lillemor ist nicht nach Hause gekommen." Tapfer kämpfte sie gegen die aufsteigenden Tränen an.

„Hey, du zitterst ja", sagte er leise und zog sie ins Haus. „Setz dich, ich hole dir ein Glas Wasser."

Jörgen verschwand in der Küche.

„Alles in Ordnung?", rief eine Frauenstimme aus dem Schlafzimmer.

„Ja, Liebes, schlaf einfach weiter. Eine Kollegin ist hier und braucht meine Hilfe."

Kurz darauf kehrte Jörgen mit einem Glas Wasser zurück und drückte es Linda in die Hand.

„Hattet ihr wieder Streit?", fragte er besorgt.

„Wann hatten wir den nicht?" Sie blies geräuschvoll die Luft aus. „Ich frage mich die ganze Zeit, ob Lillemor mir eins auswischen will oder ob ihr etwas zugestoßen ist. Ich werde noch verrückt dabei."

„Wie war deine Tochter drauf, als sie am Morgen die Wohnung verlassen hat?"

„Wortkarg wie immer, aber nicht schlecht gelaunt, falls du das meinst."

„Was hat sie mitgenommen?"

„Ihren Schulrucksack."

„War der schwerer als sonst?"

„Nein", antwortete sie. „In Gedanken bin ich schon alles durchgegangen und habe sogar ihren Kleiderschrank kontrolliert. Aber da fehlt nichts. Ich weiß, für eine Vermisstenanzeige ist es noch zu früh, aber ich halte diese Ungewissheit nicht länger aus."

„Vor dem nächsten Morgen können wir sowieso nicht aktiv werden und vielleicht ist sie bis dahin längst zurück."

„Danke Jörgen, es hat gutgetan, mit dir darüber zu reden. Wir sehen uns im Büro." Linda stand auf.

„Dann hoffe ich, dass Lillemor wohlbehalten zu euch zurückkehrt."

„Das hoffen wir auch."

Sie nickte ihm noch einmal zu und lief zum Wagen. Ein letztes Mal fuhr sie durch die leer gefegten Straßen der Stadt, bis sie nach Hause zurückkehrte.

Alma eilte ihr entgegen, als sie die Tür aufschloss.

„Und, hast du sie gefunden?", fragte sie aufgeregt.

„Nach was sieht es denn aus?", erwiderte Linda resigniert.

„Jetzt mache ich mir aber wirklich Sorgen", sagte Alma und rieb sich fröstelnd über die Arme.

„Fahr nach Hause, Mama. Und danke, dass du dich um Elina gekümmert hast."

„Bitte ruf mich sofort an, falls es Neuigkeiten gibt", bat Alma. „Keine Ahnung, wie ich zur Ruhe kommen soll."

„Dann frag mich mal", erwiderte Linda. „Gute Nacht, Mama."

„Gute Nacht, Kleines."

Nach einer kurzen Dusche suchte Linda das Schlafzimmer auf. Unruhig wälzte sie sich von einer Seite auf die andere und schreckte mehrmals aus dem Schlaf. Als der Wecker klingelte, quälte sie sich aus dem Bett und lief sofort nach oben. Vielleicht war Lillemor ja zurückgekommen, ohne dass sie es gehört hatte.

Zögernd drückte sie die Klinke hinunter und öffnete die Tür, doch das Zimmer war leer.

22

Lillemors Fingerspitzen berührten eine raue Steinoberfläche. Sie war gerade erst zu sich gekommen und hatte, umgeben von völliger Dunkelheit, die Orientierung verloren. Wo war sie hier?

„Hallo?“

Ihre Stimme hallte dumpf von den Wänden wider. Ihr Kopf dröhnte und sie ertastete eine klaffende Wunde am Hinterkopf. Leise stöhnend richtete sie sich auf und versuchte, sich zu erinnern.

Sie war mit ihren Freundinnen in das Wäldchen gegangen, um dort die Pause zu verbringen. Im Schulflur hatte sie dann bemerkt, dass ihr Schlüsselbund fehlte, und war allein zurückgelaufen. Ein heftiger Schlag aus dem Hinterhalt musste sie schachmatt gesetzt haben.

Wankend erkundete sie den Raum und streckte dabei immer eine Hand nach vorn, um nicht irgendwo dagegenzustoßen. Ihr Verlies war winzig, höchstens zwei mal drei Meter und in der linken Ecke stand ein Zinkeimer. Es war kalt und feucht und sie fror erbärmlich. Sie kroch zurück auf die Matratze und hängte sich die zerschlissene Decke über ihre schmalen Schultern.

Ununterbrochen dachte sie darüber nach, wer sie entführt haben könnte, und vor allen Dingen, warum? War ihre Mutter dem Mörder zu nahe gekommen oder hatten sich ihre Freundinnen einen dummen Scherz erlaubt?

„Bitte Mama, hol mich hier raus", flüsterte sie und zermarterte sich das Hirn, ob ihre Mutter überhaupt erwähnt hatte, wie weit sie mit den Ermittlungen im aktuellen Fall gekommen waren.

Sie drehte sich auf die andere Seite und spürte plötzlich einen harten Gegenstand, der gegen ihren Oberschenkel drückte. Neugierig tastete sie diesen Bereich ab. Ein längliches Stück Metall steckte direkt unter dem Bezug, wo sie nicht so leicht herankam.

Lillemor hockte sich neben die Matratze, um nach einem Reißverschluss zu suchen. Vielleicht war es ja ein Gegenstand, mit dem sie sich notfalls auch verteidigen könnte. Mit fliegenden Fingern zurrte sie den Reißverschluss auf und konnte die filigranen Glieder einer Kette fühlen.

Es handelte sich um ein Armband, auf dessen Schild ein Name eingraviert worden war. Allerdings fiel es ihr schwer, die geschwungenen Buchstaben zu einem Wort zusammenzufügen. Mit ihrem Fingernagel fuhr sie wieder und wieder die eingravierten Linien nach, bis sich endlich ein Wort in ihrem Kopf zusammenfügte – Livia.

Für eine Millisekunde setzte ihr Herzschlag aus. Das hier

war kein dummer Mädchenstreich, das hier war todernst. Lillemor spürte bittere Galle aufsteigen und stolperte in Richtung Eimer, wo sie sich erbrach. Keuchend lehnte sie sich mit dem Rücken an die Wand und rang nach Luft.

„Nein, nein, nein …", schluchzte sie.

Livia Michelsen war das dritte Mädchen, nach dem die Polizei fahndete, und Lillemor dämmerte allmählich, was ihr bevorstehen würde.

Livia hatte das Armband absichtlich hinterlassen und Lillemor dachte darüber nach, was sie mit dieser Botschaft anfangen könnte. Sie brauchte einen Plan, aber zuerst musste sie ein Versteck für das Armband finden. Das Geräusch von scharrenden Schritten riss sie aus ihren Gedanken und sie versteckte das Armband hastig im Schuh.

Die Tür wurde geräuschvoll aufgestoßen und für den Bruchteil einer Sekunde fiel ein Streifen Licht in den Raum. Sie konnte die Umrisse einer hochgewachsenen Gestalt mit breiten Schultern erkennen, die ihr einen Becher und einen Teller auf den Boden stellte. Dann flog die Tür wieder zu und der Schlüssel wurde im Schloss herumgedreht.

Erst jetzt erwachte Lillemor aus ihrer Starre, sprang auf und trommelte mit den Fäusten gegen die Tür.

„Lass mich sofort raus!", brüllte sie aus Leibeskräften. „Meine Mutter ist Kommissarin. Sie wird dich finden und kurzen Prozess mit dir machen und dann verrottest du im Knast."

Sie tobte wie eine Wahnsinnige, bis sie endlich realisierte, dass der Kerl schon längst gegangen war. Erschöpft taumelte sie zurück und sank auf die Matratze. Ihr Hals fühlte sich wie ein Reibeisen an und die Handflächen schmerzten. Sie hatte sich total verausgabt.

Das Armband im Schuh drückte unangenehm. Sie nahm es heraus, legte es um den Knöchel und zog die Jeans darüber. So würde es diesem Mistkerl nicht gleich ins Auge fallen. Und sollte sie obduziert werden, dann …

Lillemor schluckte. Es war grauenvoll, über den eigenen Tod nachzudenken, und ihr wurde bewusst, wie unfair sie sich ihrer Mutter gegenüber verhalten hatte.

Es war ihr stets wie ein Fluch vorgekommen, sich seit dem Tod ihres Vaters um die jüngere Schwester kümmern zu müssen, und zum ersten Mal überhaupt begriff sie, was ihre Mutter da eigentlich leistete. Tag für Tag wurde sie mit diesem Elend konfrontiert und machte unzählige Überstunden auf Kosten der Familie, um die Täter zu überführen.

Lillemor schlug beschämt die Hände vor das Gesicht und unterdrückte ein Schluchzen. Wie schnell sich das Blatt doch wendete. Sie hatte nur an sich und ihre eigenen Bedürfnisse gedacht und hasste sich jetzt für diesen gelebten Egoismus. Wenn es ihr gelingen würde, sich zu befreien, dann könnte sie ihre Versäumnisse wiedergutmachen.

Aber dafür musste sie überlegt handeln und sich ihre Ressourcen genau einteilen. Auf allen vieren kroch sie über den Boden, um den Becher und den Teller zu suchen. Hoffentlich hatte sie die Mahlzeit bei ihrem Wutanfall nicht umgerissen. Zum Glück stand alles noch an seinem Platz und Lillemor leerte den Becher mit einem Zug. Auf dem Teller befanden sich nur zwei Brote, die mit Käsescheiben belegt worden waren.

Lillemor musste sich regelrecht zum Essen überwinden und kaute ewig auf dem trockenen Brot herum. Der Becher mit dem Wasser hatte nicht einmal annähernd ausgereicht, um den größten Durst zu stillen. Außerdem war ihr übel und die Wunde am Hinterkopf pochte.

Ein Königreich für eine Kopfschmerztablette, dachte sie betrübt und wickelte sich wieder in die zerschlissene Decke ein. Trotz der sommerlichen Temperaturen war es hier drinnen so kalt wie in einem Eisschrank und unter diesen

Bedingungen würde sie nicht lange durchhalten. Sie konnte ja nicht einmal unterscheiden, ob sie vor Kälte oder Todesangst zitterte.

„Bitte Mama, hol mich hier raus“, flehte sie erneut.

Ein markerschütternder Schrei ließ sie auffahren. Was war das? Ihr Herz klopfte ein wildes Stakkato, während sie aufstand und zur Tür taumelte. Sie presste das Ohr an den kühlen Stahl und horchte. Erneut durchbrach ein Schrei die Stille, dem ein qualvolles Wimmern folgte.

War das Livia, die gefoltert wurde?

Lillemors Knie gaben nach und sie konnte sich kaum mehr auf den Beinen halten. Die Schreie schwollen immer wieder an, um dann abrupt zu verstummen. Der Angstschweiß brach ihr aus allen Poren und sie glaubte sogar, den Geruch von verbranntem Fleisch wahrzunehmen. Aber das konnte auch Einbildung sein.

Sie musste hier raus, und zwar schnell.

In ihrer Panik tastete sie sich an der Wand entlang, immer auf der Suche nach einem Fenster oder einen Lüftungsschacht. Aber bis auf ein altes Rohr war da nichts. Es gab nur diesen schmalen Spalt unter der Tür, durch den ein wenig Frischluft zirkulierte. Im hinteren Bereich war die Decke niedrig und abgerundet und die Bauweise erinnerte Lillemor an ein Gewölbe. Aber was nützte ihr diese Erkenntnis? Dadurch wusste sie immer noch nicht, wo sie eingesperrt worden war.

Die gellenden Schreie hatten inzwischen an Intensität verloren und seit ein paar Minuten herrschte eine unheilvolle Stille. War Livia jetzt tot?

23

Alex stellte seinen Wagen auf dem Parkplatz ab und stieg aus. Er betrachtete das dreistöckige Gebäude mit den hohen stuckverzierten Fenstern und war gespannt darauf, was ihm die Frau von der Jugendhilfe zu sagen hatte.

Er öffnete die zweiflügelige Tür und trat ein. Eine Holztreppe mit ziervoll gedrechselten Geländersprossen führte in die erste Etage. Die Stufen knarzten leise unter seinem Gewicht und er fühlte sich sofort in seine Kindheit zurückversetzt. Seine Großmutter hatte in Stockholm in einem ähnlichen Gebäude gewohnt und die Besuche bei ihr waren immer ein Highlight für ihn gewesen.

Svea Karsten, eine schlanke Frau Ende vierzig, erwartete ihn bereits.

„Hallo Herr Berg, schön, Sie kennenzulernen." Sie streckte ihm beflissen die Hand entgegen und errötete leicht. „Entschuldigen Sie bitte, ich bin ein wenig nervös. Man hat ja nicht jeden Tag mit einer Persönlichkeit wie Ihnen zu tun."

„Mein Ruf eilt mir also voraus", antwortete er lächelnd.

„Wenn Sie so wollen. Bitte folgen Sie mir, ich habe die Akte schon herausgesucht."

Sie führte ihn in ein schmales, aber sehr helles Büro. Schulterhohe Aktenschränke säumten die Wände und darauf stand ein Sammelsurium verschiedenster Zimmerpflanzen.

„Bitte nehmen Sie doch Platz. Möchten Sie vielleicht einen Kaffee? Ich habe gerade frischen aufgesetzt."

„Vielen Dank für das Angebot, da sage ich nicht Nein."

Svea Karsten schenkte den Kaffee in die Tassen und stellte einen Teller mit Gebäck auf den Tisch. „Langen Sie zu", forderte sie ihn höflich auf und setzte sich ihm gegenüber.

„Können Sie mir kurz schildern, warum dem Vater die Kinder weggenommen wurden?", eröffnete Alex das Gespräch.

„Nachdem der jüngste Sohn eingeschult worden war, hat die Klassenlehrerin gewisse Defizite bemerkt. Der Junge hatte selten ein Pausenbrot dabei, trug schmutzige Kleidung und konnte sich kaum vernünftig artikulieren."

„Ist er auf die gleiche Schule wie sein Bruder gegangen?"

„Nein, er hat eine Sonderschule besucht", erwiderte sie.

„Jedenfalls sind ihr etliche blaue Flecke am Arm und weitere kleinere Verletzungen aufgefallen. Das ernste Gespräch, das daraufhin mit dem Vater geführt wurde, schien nicht gefruchtet zu haben, denn nur wenige Tage später war der Pullover von Nils Hansson am Rücken mit rotbraunen Flecken bedeckt. Die Lehrerin hat sofort einen

Arzt verständigt und der Junge wurde in einer Klinik stationär aufgenommen."

„Was war passiert?"

„Ole Hansson hat seinen Jungen mit dem Gürtel ziemlich hart rangenommen, wie er später erklärte. Das war Grund genug für uns, um endlich einzuschreiten und ihm die Kinder wegzunehmen."

„Wie haben das die Jungen verkraftet?"

„Merkwürdigerweise wollten sie ständig zu ihrem Vater zurück, das hat uns schon sehr verwundert."

„Konnten Ben und Nils zusammenbleiben?"

„Nein, wir mussten sie getrennt unterbringen. Anfangs wollten wir eine Trennung unbedingt vermeiden, aber sie haben sich von den anderen Kindern im Heim regelrecht abgeschottet. Sie waren ja kaum sozialisiert."

„Wie haben sich die Brüder weiterentwickelt?" Alex trank einen Schluck. Svea Karsten verstand etwas vom Kaffeekochen.

„Ben ist ein wirklich helles Köpfchen und handwerklich sehr begabt. Wir hatten gehofft, dass er es weit bringen würde, aber am Ende lief alles ganz anders."

„Warum?"

„Nachdem sein Bruder volljährig geworden war, hat er kurz vor dem Ende das Abitur geschmissen und sie sind zurück in das Haus im Wald gezogen. Jetzt arbeitet er ohne Ausbildung als Paketbote, dabei steckt in ihm so viel Potenzial." Sie seufzte leise.

„Ich habe noch eine Frage zu Nils. Wann ist seine geistige Behinderung diagnostiziert worden?"

„Bei einer Vorsorgeuntersuchung. Nils Hansson wies in physischen als auch in psychischen Bereichen eine Entwicklungsverzögerung auf."

„Dürfte ich einen Blick in die Unterlagen werfen?", fragte Alex.

„Aber sicher." Svea Karsten schob ihm die Akte über den Tisch.

„Vielen Dank", sagte Alex abwesend, der sich bereits in die Dokumente vertieft hatte.

Ben verfügte über die Intelligenz und das Know-how, um die Morde im Alleingang zu planen und auch auszuführen. Aber war dieser junge Mann tatsächlich abgebrüht genug, um das gesamte Team wochenlang an der Nase herumzuführen? Zumal er sich aufopferungsvoll um seinen jüngeren Bruder kümmerte.

„Haben die Jungen je über das Leben im Wald gesprochen?", fragte er.

„So gut wie nie. Nur ein einziges Mal hat sich Nils uns gegenüber geöffnet."

„Was war der Grund dafür?", hakte er nach.

„Bei einem Schulausflug hatte die Klasse von Nils das Naturkundemuseum besucht. Dort werden auch Vitrinen mit ausgestopften Tieren gezeigt und der Junge lag plötzlich schreiend auf dem Boden."

„Warum?"

„Er musste seinem Vater beim Zerlegen des Wildes helfen und sprach von blutbesudelten Händen, mit denen er die Haut von dem noch warmen Tier gelöst hatte." Svea Karsten konnte ihren Ekel kaum verbergen. „Entschuldigen Sie, aber das nimmt mich immer noch mit. Der Vater hat meist neben den Brüdern gestanden und sie angebrüllt. Die Felle der Tiere waren heiß begehrt und Nils durfte beim Häuten kein Fehler unterlaufen. Es war grausam, wie dieser alkoholisierte Mann mit den Kindern umgesprungen ist."

„Ein tragisches Schicksal", bestätigte Alex.

„Ja, aber am meisten hat mir die Tatsache zu schaffen gemacht, dass es Bens Aufgabe war, seinen Bruder zu bestrafen. Der Vater hatte seinen Spaß daran, dabei zuzusehen, wie der ältere Bruder den jüngeren mit Schlägen traktierte, um ihn zur Räson zu bringen."

„Wie muss ich mir das vorstellen?"

„Am Kühlschrank hing eine Liste von Vergehen, die mit abgezählten Hieben bestraft werden mussten, und die Gerte stand direkt neben der Eingangstür. Nils war durch seine Behinderung ein sehr ungeschickter Junge und ich glaube, dass der Vater seinen jüngeren Sohn deshalb unbewusst abgelehnt und auch gequält hat. Ben hat sich schuldig gefühlt und wollte es wahrscheinlich auf seine eigene Art und Weise wiedergutmachen. Ich hätte es allerdings lieber gesehen, wenn Nils in einer Einrichtung für betreutes Wohnen untergekommen wäre. Dann hätten beide Brüder ein unabhängiges Leben führen und die Vergangenheit hinter sich lassen können."

Alex war schockiert, wie schlimm es die Jungen tatsächlich getroffen hatte. Schwere psychische Probleme waren vorprogrammiert, was ihn in der Annahme bestärkte, dass Ben doch ins Täterprofil passte. Der junge Mann konnte sehr überzeugend auftreten und bei seinem Aussehen war es ihm sicher ein Leichtes, die Mädchen in seinen Wagen zu locken.

„Gibt es sonst noch etwas, das ich wissen müsste?", fragte er und leerte seine Tasse.

„Nein. Dieser Fall hat uns lange beschäftigt, und wenn ich ehrlich bin, dann kann ich mir nicht vorstellen, dass Ben …" Sie stockte.

„Ich kann nachvollziehen, welche Gefühle Ben Hansson in Ihnen ausgelöst hat", erwiderte Alex.

„Er ist sehr eigenwillig und stur." Sie lächelte versonnen, bevor sie weitersprach. „Aber ich bin ihm nicht auf den Leim gegangen, falls Sie das meinen. Beide Jungen sind Konflikten aus dem Weg gegangen und wenn es hart auf hart kam, haben sie sich zurückgezogen. Das Leben im Jugendheim ist eine Herausforderung und alles andere als leicht, aber Ben hat seine Fäuste nur zur Verteidigung seines Bruders eingesetzt."

„Soweit ich weiß, ist Nils in letzter Zeit durch aggressives Verhalten aufgefallen und der Zeitpunkt dieser Veränderung überschneidet sich mit dem ersten Mord", merkte Alex an.

„Sicher, aber Nils wäre zu so einer Tat niemals fähig. Er kann weder Auto fahren noch gescheit die Zukunft planen."

„Und Ben?" Er wartete auf Svea Karstens Reaktion.

„Ich kann mir denken, worauf sie hinauswollen. Das mordende Duo." Sie schaute eine Weile aus dem Fenster, um über eine mögliche Antwort nachzudenken. „Es gibt leider keine Garantie, dass es Ben nicht doch gewesen ist. Aber tief in meinem Herzen bin ich von seiner Unschuld überzeugt."

„Ich bin Ihnen sehr dankbar für diese ehrliche Einschätzung", sagte Alex.

„Wird Ben verhaftet?"

„Über die laufenden Ermittlungen darf ich leider nicht sprechen."

„Natürlich, das verstehe ich", antwortete sie. „Wenn Sie weitere Fragen haben, dann können Sie mich jederzeit telefonisch kontaktieren."

„Danke, das ist sehr freundlich von Ihnen."

Alex stand auf und reichte ihr die Hand, um sich zu verabschieden.

„Warten Sie, ich begleite Sie zur Tür", sagte Svea Karsten.

„Kein Problem, ich finde schon allein hinaus."

Er trat auf den Flur und zog die Tür hinter sich zu. Die Kindheit der Jungen war um einiges verstörender gewesen, als er angenommen hatte. Gewalt und Hass steckte niemand so einfach weg. Das Team musste den Showdown einläuten, wenn sie das Mädchen rechtzeitig retten wollten.

24

Kristin drehte sich mit einem Schmerzlaut auf die andere Seite. In ihrem Kopf tobte ein Orkan und es bereitete ihr Schwierigkeiten, sich im diffusen Dämmerlicht zurechtzufinden. Wo war sie hier?

Erst nach und nach sackte die Erkenntnis, dass sie verschleppt worden war. Unter ihren Fingerspitzen spürte sie eine raue Wand aus Natursteinen, die sich an einigen Stellen feucht anfühlte. Es roch muffig und sie war kurz davor, dem Würgereiz nachzugeben. Sie rang keuchend nach Luft und wartete darauf, dass die Welle der Übelkeit, die über sie hinwegrollte, endlich verebbte.

Ruhig Kristin, ganz ruhig, es gibt für alles eine Lösung, dachte sie benommen.

Durch ihre Bewusstlosigkeit fehlte ein Teil der Erinnerungen. Sie war zwar schnell wieder zu sich gekommen, aber dieser wahnsinnige Schmerz hatte ihre Sinne getrübt. Da waren kräftige Arme, die sie gepackt und in diesen Raum gestoßen hatten. Eine vermummte, nebulöse Gestalt hatte zu ihr gesprochen, aber sie konnte sich beim besten Willen nicht mehr an die Worte erinnern.

Wahrscheinlich war ihr Tod so gut wie beschlossen. Weshalb war sie sonst gekidnappt worden? Dabei passte sie überhaupt nicht in das Beuteschema des Täters, denn die anderen Opfer waren bildhübsche junge Frauen gewesen. Dennoch bereute sie keine Sekunde, sich von zu Hause davongestohlen zu haben.

Sie war vor der Lieblosigkeit ihrer Eltern geflohen und hatte in den wenigen Tagen ihrer Freiheit das alte Leben abgestreift wie eine Schlange ihre Haut. Diese Verwandlung war der einzige Schritt in die richtige Richtung gewesen, auch wenn sie diesen nun bitter bezahlen würde.

Ein leises Geräusch stoppte ihre Gedankengänge.

„Hallo? Ist da jemand?“ Ihre Stimme klang seltsam dumpf.

„Ja.“

„Wo steckst du?“

Kristin schloss die Augen und leckte sich über die spröden Lippen. Das Sprechen strengte sie unglaublich an und ihr Kopf drohte zu zerplatzen.

„Ich bin direkt nebenan. Oben in der Wand ist ein kaputtes Rohr eingelassen, deshalb kannst du mich so gut hören.“

„Okay. Wie heißt du? Und bist du auch gekidnappt worden?“

„Ich bin Lillemor, Lillemor Sventon. Und ja, ich teile dein Schicksal.“

„Hej, ich bin Kristin." Sie lehnte leise stöhnend den Kopf an die Wand.

„Wie haben sie dich erwischt?", fragte Lillemor.

„Ich bin von zu Hause weggelaufen. Keine Ahnung, wie sie mich aufgespürt haben."

„Du bist nicht aus Ludvika?"

„Doch, doch, aber ich habe mich am Södra Hyn aufgehalten", antwortete Kristin.

„Dann muss der Mörder also die weite Strecke gefahren sein."

„Heißt das, ich bin wieder zurück in Ludvika?", fragte Kristin erstaunt.

„Ich denke schon. Außerdem habe ich das Armband von Livia Michelsen in der Matratze gefunden", sagte Lillemor.

„Das gibt es doch nicht. Wo ist sie?", fragte Kristin.

„Keine Ahnung, aber ich glaube, ich habe sie schreien hören …" Lillemors Stimme war kaum mehr als ein Flüstern.

„Was haben sie mit ihr gemacht?" Kristin wagte kaum zu fragen.

„Schlimme Dinge, ihren Schreien nach zu urteilen", hauchte Lillemor.

„Wir müssen sofort von hier verschwinden", insistierte Kristin.

Lillemor schnaubte. „Die Türen sind aus Metall."

„Wo haben sie uns überhaupt eingesperrt?", wollte Kristin wissen.

„Ich glaube, dass diese Räume früher als Eiskeller genutzt wurden, um Lebensmittel frisch zu halten."

„Schöner Schlamassel", murmelte Kristin. „Ich habe wahnsinnigen Durst. Gibt es hier etwas zu trinken?"

„Nur wenn er dir etwas neben die Matratze gestellt hat."

Kristin beugte sich behutsam nach vorn, denn jede ihrer Bewegungen tat höllisch weh. Mit ihren Fingerspitzen tastete sie den Bereich ab, um das mögliche Glas Wasser nicht umzustoßen. Aber da war nichts. Enttäuscht sank sie auf die Matratze zurück.

„Schade …", seufzte sie. „Werden wir die gesamte Zeit uns selbst überlassen?"

„Ab und zu erscheint der Typ, um nach dem Rechten zu schauen. Ich habe zwei Scheiben Brot und ein Glas Wasser bekommen."

„Das ist alles?" Kristin war fassungslos.

„Wozu sich die Mühe machen, wenn wir doch nicht überleben. Ich hoffe nur, dass meine Mutter uns rechtzeitig findet", sagte Lillemor.

„Warum sollte sie? Ich bin meinen Eltern total egal."

„Sag doch so etwas nicht, Kristin. Meine Mutter ist die leitende Ermittlerin in diesem Fall und sie wird alles tun, um mich zu finden", beschwor Lillemor.

„Wirklich?" Hoffnung schwang in Kristins Stimme mit.

„Wenn ich es dir doch sage …"

Genau in diesem Moment wurde die Tür geräuschvoll aufgerissen. Kristin war so in das Gespräch vertieft gewesen, dass sie den Typen nicht hatte kommen hören. Obwohl ein wenig Licht in den Raum fiel, konnte sie das Gesicht des jungen Mannes auch diesmal nicht erkennen. Er stellte einen Becher und einen Teller neben das Bett und verschwand wortlos zur Tür hinaus. Der Schlüssel wurde im Schloss herumgedreht und sie saß wieder im Dunkeln.

„Es ist nur eine Frage der Zeit, wann meine Mutter euch hochgehen lässt", rief Lillemor und kurz darauf erklang ein dumpfes Poltern. „Du bist ein elender Mistkerl", tobte sie, dann flog die Tür krachend ins Schloss.

„Tut es sehr weh?", fragte Kristin nach einigen Minuten besorgt.

„Geht schon, er hat mich nur gestoßen", lautete Lillemors knappe Antwort.

Kristin griff nach dem Becher mit Wasser und stürzte ihn

in einem Zug hinunter. Der Teller war ebenfalls aus Plastik und zwei zusammengeklappte Brote lagen darauf. Sie zögerte nicht lange und stopfte trotz der Übelkeit alles in sich hinein. Sie hatte seit Stunden nichts mehr gegessen und hoffte, dass dadurch das Schwindelgefühl endlich abflaute.

Hinterher ärgerte sie sich jedoch über ihre Maßlosigkeit. Sie hätte sich ein Brot bis zum Abend aufheben sollen.

Nach einigen Minuten spürte sie, wie ihre Kräfte allmählich zurückkehrten. Mit ausgestreckten Armen erkundete sie den Raum, der bis auf die Matratze und einem Plastikkasten in der Ecke leer war. Neugierig untersuchte sie den Kasten. Als sie den Deckel anhob, war sofort klar, worum es sich handelte – eine Campingtoilette. Angewidert ließ sie ihn fallen.

Sie war in der Hölle gelandet, aus der es kein Entrinnen gab.

25

Jetzt beeil dich und trage die Koffer zum Wagen“, fuhr Ben seinen Bruder an.

„Aber die Frau hat doch gesagt, dass wir nicht wegfahren dürfen“, widersprach Nils.

„Das ist mir egal, ich bleibe keine Minute länger hier.“

„Ich will aber nicht weg.“ Nils verschränkte die Arme trotzig vor seiner Brust.

„Warum machst du es mir nur so schwer? Begreifst du denn nicht, dass ich dich retten will? Sie sperren dich weg, wenn sie das mit den Tieren herausfinden.“

„Dann bin ich wenigstens in Sicherheit“, antwortete Nils.

„Sag das noch mal …“ Ben musterte ihn irritiert.

Nils schaute durch ihn hindurch und schwieg.

„Ich halte das alles nicht mehr aus“, brüllte Ben und ließ die Krücken zu Boden fallen. Er umfasste die Schultern seines Bruders, um ihn zu schütteln. „Du sagst mir jetzt auf der Stelle, was los ist.“

Nils starrte ihn mit weit aufgerissenen Augen an und war völlig überrascht von Bens Gefühlsausbruch.

„Ist es wegen der Tiere? Weiß jemand davon?“

„Ja“, murmelte Nils.

„Oh Gott. Wer ist es?“

„Kennst du nicht.“

„Ich will sofort wissen, wer das ist“, drängte Ben.

„Dann wirst du sterben!“, kreischte Nils und riss sich los. Ben stolperte und konnte erst im letzten Moment den Sturz abfangen.

„Bist du jetzt total übergeschnappt?“, stieß er fluchend aus. Gleichzeitig bemerkte er aber, wie ernst Nils die Sache war. „Wer ist es, verdammt? Raus mit der Sprache.“

„Lass uns fahren“, lenkte Nils ein und hob den Koffer an, um ihn zum Wagen zu tragen.

Ben war völlig verwirrt, beließ es aber dabei. Bald hätten sie genügend Zeit für tief greifende Gespräche und vielleicht brach Nils in fremder Umgebung endlich sein Schweigen.

Während Nils das Fahrzeug belud, schloss Ben die Haustür ab und steckte den Schlüssel in seine Hosentasche. Er hatte nur die Fotos aus glücklicheren Tagen mitgenommen, alle anderen Erinnerungen konnten getrost im Haus verrotten. Sollte sich der neue Eigentümer, sofern es je einen geben würde, um den Krempel kümmern.

Ben verstaute die Krücken auf dem Rücksitz und warf einen letzten Blick zum Haus. Dann stieg er ein, startete den Motor und fuhr in Richtung Schnellstraße. In ein paar Stunden hätten sie Grisslehamm erreicht. Dort hatte er ein paar Kilometer von der Stadt entfernt eine winzige Ferienhütte in Wassernähe gemietet. Seine gesamten Ersparnisse waren dafür draufgegangen, aber das war es ihm wert gewesen.

Die gemeinsame Zeit, die ihnen noch bleiben würde, wollte er in guter Erinnerung behalten und vielleicht konnte er Nils sogar das Lachen zurückgeben, das er in jungen Jahren verloren hatte.

„Wir sind da!", rief Ben freudig und stoppte den Wagen vor einem in die Jahre gekommenen Ferienhaus. In seinem Knöchel loderte zwar ein Höllenfeuer, aber dafür hatten sie ihr altes Leben hinter sich gelassen und waren frei wie der Wind.

„Hier werden wir wohnen?" Nils schien von ihrem neuen Domizil wenig überzeugt.

„Warte ab, bis du das Wasser siehst", frohlockte Ben.

„Wir sind so richtig am Meer?", fragte Nils ungläubig.

„Nein, nicht direkt, das nennt man Meerenge. Aber wir können einen Ausflug zur Ostsee machen, wenn du magst."

Nils nickte. „Hier ist es einsam", sagte er.

„Genau, damit uns niemand finden kann", antwortete Ben.

„Das ist schön."

Ben bemerkte, wie Nils sich zusehends entspannte. Sie waren noch nie in den Urlaub gefahren, kannten das Meer nur von Ansichtskarten. Er wollte, dass Nils Hoffnung schöpfte und diese gemeinsame Zeit für den Rest seines Lebens im Herzen trug.

Ben humpelte auf Krücken zum Haus, schloss umständlich die Tür auf und trat ein. Zwei Doppelstockbetten, ein Tisch mit vier Stühlen, eine schmale Küchenzeile und ein winziges Bad. Der Strom wurde von einem Solarmodul eingespeist und sie mussten sehr sparsam damit umgehen. Aber der Blick aufs Wasser war nicht zu bezahlen.

„Na, wie findest du es?“ Ben sah seinen Bruder erwartungsvoll an.

„Klein“, antwortete Nils ehrlich.

„Wir machen uns eine schöne Woche und dann kehren wir wieder nach Hause zurück. Einverstanden?“

„Okay. Kann ich zum Wasser?“

„Klar, wenn du mir beim Ausladen hilfst.“

Nils trug Koffer und Reisetasche ins Ferienhaus, während Ben den Wagen einparkte.

„Ich bin fertig“, rief Nils voller Vorfreude.

„Na dann, los geht's.“

Nils konnte es kaum erwarten und lief voraus. Nach ein paar Metern drehte er sich um und fragte: „Müssen wir hier entlang?“

„Ich denke schon“, antwortete Ben, der mit seinen Krücken ordentlich zu kämpfen hatte.

Es gab nur einen schmalen sandigen Abschnitt. Der Rest des Ufers war mit Steinformationen bedeckt, welche die Wellen in weiche runde Formen geschliffen hatten.

Nils rannte zum Wasser und warf seine Arme jauchzend in den Himmel. „Das Meer ist so schön!“, rief er begeistert. Dann drehte er sich um und lief zu Ben zurück, um ihn zu umarmen. Er drückte ihn ganz fest an seine Brust. „Danke, ich will für immer hierbleiben.“

Ben klopfte gerührt auf den Rücken seines Bruders. „Ja, das wäre ein wunderbarer Gedanke.“

Nils wurde zappelig und löste sich aus der Umarmung. „Darf ich ins Wasser? Darf ich?“

„Ohne Badehose?“

„Hier ist doch niemand“, antwortete er.

„Auch wieder wahr. Aber denke bitte daran, dass du nicht schwimmen kannst. Geh nicht zu tief rein.“

Nils entkleidete sich bis auf die Boxershorts und hechtete ins Wasser, dass es nur so spritzte.

„Das ist toll“, rief er lachend und planschte vergnügt im Wasser.

Ben hätte nie gedacht, dass es so einfach sein würde, seinen Bruder glücklich zu machen. Sie sollten diese kostbare Zeit nutzen, bevor die Polizei ihren Rückzugsort aufspüren würde. Die Handys hatte er gut versteckt im Keller des Hauses zurückgelassen, damit sie nicht geortet werden konnten. Selbst die Nummernschilder hatte er getauscht, auf eine Straftat mehr oder weniger kam es jetzt auch nicht mehr an.

Nils genoss das Bad im seichten Wasser. Er lachte und kreischte fröhlich und manchmal auch beides gleichzeitig. Ben hatte es sich am Ufer bequem gemacht und reckte sein Gesicht der Sonne entgegen. Zufrieden schloss er die Augen und genoss den Moment. Ja, so könnte es für immer bleiben.

„Nils, komm endlich raus aus dem Wasser“, rief er nach einer halben Stunde.

„Warum denn?“

„Weil deine Lippen schon ganz blau sind.“

„Ich will aber nicht“, weigerte sich Nils.

„Wenn du dich unterkühlst und anschließend krank wirst, ist der Urlaub zu Ende.“

„Na gut, ich komme …“, gab Nils widerstrebend nach und pflügte mit schnellen Schritten durch das Wasser. „Hast du ein Handtuch dabei?“

„Tut mir leid. Ich hätte nicht gedacht, dass du dich gleich in die Fluten stürzt. Setz dich zu mir und lass dich von der Sonne trocken, dann gehen wir zurück. Wir müssen schließlich noch einkaufen.“

Nils hockte sich auf einen von der Sonne gewärmten Stein. „Ich will nie wieder zurück“, sagte er mit einem entrückten Gesichtsausdruck und schaute aufs Wasser.

„Geht mir ganz genauso. Aber ich verspreche dir, dass wir jeden Tag so verbringen werden, als wenn es unser letzter wäre."

„Danke, Ben, für meinen ersten Urlaub."

Ben irrte mit dem Wagen auf der Suche nach einem Supermarkt durch die Ortschaften.

„Ohne Smartphone und Navi ist man ganz schön am Arsch", brummte er und fuhr auf den Parkplatz.

„Kann ich ein Eis haben?", bettelte Nils, als er das bunte Fahrzeug des Eisverkäufers am Rande stehen sah.

„Aber nur ausnahmsweise, ich habe nämlich nicht mehr so viel Kohle. Welche Sorten möchtest du?"

„Zitrone, Schokolade und Erdbeere."

Nils strahlte über beide Ohren, als er die Waffel in den Händen hielt. „Hmmm, das ist lecker."

„Du kannst dich dort drüben auf eine Bank setzen, während ich den Einkauf erledige", schlug Ben vor. „Aber bitte keine Alleingänge."

„Nein, nein, ich bleibe hier."

„Prima, dann bis gleich."

Die Glastüren glitten geräuschlos auf, als Ben den Supermarkt betrat. Er schob den Einkaufswagen durch die Gänge und rechnete im Kopf zusammen, wie viel er ausgeben durfte. Möglichst lange haltbar sollten die Lebensmittel ebenfalls sein, denn er wollte den langen Weg nicht noch einmal fahren. Sein Knöchel fing wieder an zu pochen.

Auf dem Weg zur Kasse hörte er plötzlich die verschreckte Stimme seines Bruders durch die Gänge hallen.

„Ben, wo bist du? Die Polizei ist hier!"

Er ließ den Einkaufswagen stehen und humpelte in die Richtung, aus der die Rufe gekommen waren.

„Sei still, verdammt, sei still!“, zischte er.

Das Eis tropfte Nils auf die Hand und auch sein Shirt war bekleckert. Ben nahm ihm die Eistüte ab und reichte ihm ein Taschentuch.

„Was zum Teufel ist passiert?“, raunte er ihm zu und zerrte ihn in einen anderen Gang. Die Leute warfen ihnen bereits neugierige Blicke zu.

„Zwei Polizisten sind in den Laden gegangen und ich dachte, sie wollen dich verhaften, weil wir abgehauen sind.“

Genau in diesem Augenblick bogen die Uniformierten um die Ecke und Bens Herzschlag setzte für eine Schrecksekunde aus. Sollte der Urlaub wirklich schon zu Ende sein?

Doch die zwei Polizisten deckten sich nur mit Snacks ein und schlenderten dann gemächlich zur Kasse.

„Nils, iss dein Eis und dann raus hier“, brummte Ben, der es nicht erwarten konnte, wieder im Auto zu sitzen. Ein Hoch auf die falschen Nummernschilder.

Der Schrecken saß ihnen noch im Nacken, als sie den Rückweg antraten. Schweigend legten sie die Strecke zurück und erst am Ferienhaus fanden sie ihre Sprache wieder.

„Junge, Junge, hast du mich erschreckt“, grinste Ben. „Zur Strafe trägst du die Einkäufe ins Haus.“

Ohne zu murren, griff Nils nach den Tüten und verschwand im Haus. Ben schaute sich aufmerksam um, ob ihnen auch wirklich niemand gefolgt war. Aber es war weit und breit keine Menschenseele zu sehen. Gut so.

„Was meinst du, Nils? Sollen wir uns zur Feier des Tages die Steaks in die Pfanne hauen?“

„Au ja“, sein Bruder klatschte freudig in die Hände. „Ich habe einen Bärenhunger.“

„Aber du belegst die Brote. Ich habe übrigens die extra scharfe Chilisauce gekauft, die du so magst.“

Das glückliche Lächeln auf dem Gesicht seines Bruders war zurückgekehrt. Nils zog die Schublade auf und nahm das Besteck heraus. Dann schmierte er die Brote mit Kräuterbutter und garnierte diese mit Salatblättern und Tomatenscheiben.

„Du hättest Koch werden sollen.“ Ben nickte anerkennend.

„Stimmt, das macht viel mehr Spaß, als diese blöden Gehäuse zusammenzuschrauben. Außerdem kann man immer naschen.“

„Ich glaube allerdings nicht, dass du mit dieser Einstellung einen Job findest“, lachte Ben. „Du darfst den Gästen doch nicht das Essen wegfuttern.“

Nils grinste breit und Ben fiel eine zentnerschwere Last von seinen Schultern. Er hatte genau das Richtige getan.

„Nein … nicht …“ Nils wälzte sich leise stöhnend von einer Seite auf die andere. „Lass sie gehen … du darfst sie nicht töten.“

Der durchdringende Schrei, der daraufhin folgte, ließ Ben in die Höhe schnellen. Mit einem Satz war er bei Nils und strich ihm über die verschwitzte Stirn.

„Bitte beruhige dich, du bist in Sicherheit.“

Nils schlug die Augen auf und hob seinen Kopf. „Wo bin ich?“, fragte er irritiert.

„Urlaub, Meer, Freiheit“, antwortete Ben.

Erleichtert ließ Nils sich wieder auf das Kissen sinken. „Es war ein schrecklicher Traum“, murmelte er.

„Möchtest du mir davon erzählen?“, fragte Ben vorsichtig.

„Ich … ich.“ Nils fiel es schwer, seine Gefühle in Worte zu fassen.

„Ist schon gut, ich kann warten“, sagte Ben verständnisvoll. „Aber bevor wir zurückfahren, wirst du mir alles erzählen. Abgemacht?“

„Mhm."

Die Sonne war inzwischen aufgegangen und Ben ging zum Fenster, um das gewaltige Farbenspiel zu betrachten.

„Nils, komm her", forderte er seinen Bruder auf. „Hast du je so etwas Faszinierendes gesehen?"

Mit offenem Mund stand Nils neben ihm und staunte.

„Unglaublich, oder?" Ben hätte gern ein Erinnerungsfoto geschossen, aber er besaß keinen Fotoapparat. Schade.

Die Sonne hatte sich mittlerweile in einen glühenden Feuerball verwandelt, der sich in den Wellen spiegelte.

„Die Bäume haben uns immer die Sicht auf den Himmel versperrt", raunte Ben, und man konnte diesen Satz durchaus zweideutig verstehen.

„Können wir nicht hierbleiben? Für immer und ewig?", bettelte Nils. „Wir suchen uns Arbeit und kaufen das Ferienhaus."

„Wenn das nur so einfach wäre", seufzte Ben, der ähnlich darüber dachte. „Die Polizei wird uns finden und danach werden sie uns trennen. Das weißt du doch genauso gut wie ich."

Nils klammerte sich an ihn. „Ich will aber bei dir bleiben", jammerte er mit angsterfüllter Stimme.

„Ach Brüderchen." Ben strich Nils durch das vom Schlaf verstrubbelte Haar. „Ich bin dir diesen Urlaub schuldig und ich möchte, dass du diese Zeit in guter Erinnerung behältst."

Nils schniefte leise.

„Sieh es doch einfach positiv", fuhr Ben fort. „Du wirst nie wieder in den Wald und in dieses verfluchte Haus zurückkehren müssen. Ich habe einen unverzeihlichen Fehler begangen – wir hätten wegziehen sollen, als wir noch die Chance dazu hatten. Jetzt ist es dafür zu spät."

Nils' Magen knurrte. „Ich habe Hunger", sagte er.

„Dann bleiben wir wach. Es hat sowieso keinen Sinn, sich noch einmal hinzulegen."

Ben suchte sich die Utensilien aus der Küchenzeile zusammen, um das Frühstück vorzubereiten. Nachdem er den Kaffee in die Tassen geschenkt hatte, zog ein aromatischer Duft durchs Haus. Nils biss in seinen zweiten Toast, er hatte es wie immer nicht abwarten können.

„Heute fühle ich mich erstaunlich fit", sagte Ben. „Was hältst du davon, wenn wir nachher den Ausflug ans Meer machen? Das Wetter soll bombastisch werden."

„Wirklich?"

Ben nickte. „Aber diesmal packen wir Badehosen und Handtücher ein."

Nils strahlte und dieser Anblick war mit Geld nicht zu bezahlen. Er stopfte in Rekordgeschwindigkeit zwei weitere Toasts in sich hinein und begann sofort damit, das Lunchpaket vorzubereiten.

„Bin fertig", sagte er nur wenige Minuten später.

„Super, dann können wir starten."

Ben zog die Tür hinter sich zu, rüttelte an der Klinke und warf den Rucksack in den Kofferraum.

„Ready?", fragte er Nils, der gerade seinen Gurt festzurrte.

„Ja."

Ben spürte eine Art inneren Frieden, als er den Motor startete und losfuhr. Durch das geöffnete Seitenfenster wehte die kühle Morgenluft hinein und die Straßen waren wie leer gefegt. Es hatte durchaus seine Vorteile, morgens um vier Uhr aufzustehen.

„Ich kann schon das Meer riechen", freute sich Nils und rutschte nervös auf dem Sitz hin und her.

Auch Ben nahm den verstärkten Geruch von Seetang wahr. „Wir haben es gleich geschafft. Dort, wo es einen richtigen Sandstrand gibt, halten wir an."

Nach zwei Stunden Fahrzeit hatten sie ihr Ziel erreicht.

„Los, beeil dich", drängte Nils, der es kaum erwarten konnte.

„Immer mit der Ruhe, wir haben den ganzen Tag Zeit", erwiderte Ben. „Du trägst den Rucksack, in Ordnung?"

Jetzt gab es für Nils kein Halten mehr und er rannte durch die Dünen in Richtung Strand. Ben hingegen biss die Zähne fest zusammen. Das Laufen im weichen Sand war anstrengender, als er angenommen hatte.

„Darf ich ins Wasser?", bettelte Nils. „Darf ich?"

„Aber du ziehst dir vorher die Badehose an."

„Hier?"

„Aber ja. Der Strand ist menschenleer, niemand sieht dich."

Hastig wechselte Nils die Kleidungsstücke und stürzte sich dann in die Fluten.

„Puh, ist das kalt", rief er lachend.

„Was dachtest du denn? Das Wasser in der Meerenge wärmt sich bedeutend schneller auf", antwortete Ben und ließ sich in den weichen, noch kühlen Sand fallen. Nachdenklich ließ er die feinen Körner durch seine Finger rieseln. Das gleichförmige Rauschen der Wellen und diese endlose Weite lösten Wehmut in ihm aus. Es zerrte und zog in seiner Brust und er atmete dagegen an, bis dieses Gefühl wieder verebbte.

Dann streckte er sich aus und schaute in den Himmel. Hoffentlich waren Nils und ihm noch ein paar glückliche Tage vergönnt.

26

Linda und Jörgen stiegen aus dem Wagen.

„Hoffentlich jagen wir keinem Phantom hinterher?“, sagte sie skeptisch.

„Jetzt fange nicht schon wieder an zu zweifeln. Bald wissen wir mehr.“

Eine Zeugin hatte sich bei ihnen gemeldet und behauptet, Kristin gesehen zu haben. Es bestand also noch Hoffnung. Leider fehlte von Lillemor weiterhin jede Spur. Bis jetzt konnte noch nicht geklärt werden, ob ihre Tochter nach dem heftigen Streit einfach nur weggelaufen oder entführt worden war.

Linda und Jörgen betraten das Geschäft und schauten sich suchend um.

„Guten Tag, Rita Jensson mein Name", stellte sich eine Frau vor. „Wir hatten miteinander telefoniert."

„Ach, Sie sind das. Ich bin Linda Sventon, die leitende Ermittlerin und das ist mein Kollege Jörgen Persson." Linda reichte ihr das Foto von Kristin. „Ist das die junge Frau, die Sie gesehen haben?"

„Und ob, ich erinnere mich ganz genau an sie. Sie hat Unmengen von Knäckebrot gekauft und ich habe deshalb angenommen, dass sie mit ihrer Familie hier ist. Bis ich dann das Bild in der Zeitung gesehen habe."

„Wie oft war sie hier?"

„Zwei Mal."

„Wann genau?", fragte Linda.

„Vorgestern habe ich sie zum letzten Mal gesehen."

„Wissen Sie, wo sich Kristin aufhält?"

„Wahrscheinlich in einem dieser Ferienhäuser, die sich rund um die Seen verteilen. Gestern hat übrigens schon jemand nach dem Mädchen gefragt."

„Tatsächlich?", sagte Linda erstaunt. „Wer hat sich denn nach ihr erkundigt?"

„Eine junge Frau, sie war nur wenig älter als Kristin Johansson."

„Wie hat sie ausgesehen?"

„Sehr schlank und dunkles, kurzes Haar."

„Jörgen, hast du das notiert?", fragte Linda.

Er kommentierte es mit einem Nicken.

„War sie mit einem Fahrzeug unterwegs?"

„Darauf habe ich leider nicht geachtet. Alles, was ich weiß, habe ich Ihnen bereits gesagt", erwiderte Rita Jensson.

„Es wird immer mysteriöser", brummte Jörgen, der sich bis jetzt im Hintergrund gehalten hatte.

Eine junge Frau gesellte sich zu ihnen, die ein bauchfreies Top, knappe Shorts und Flipflops trug.

„Entschuldigen Sie, dass ich Ihr Gespräch belauscht habe, aber geht es um das vermisste Mädchen aus der Zeitung?"

„Ja. Warum wollen Sie das wissen?" Linda ärgerte sich über die Störung.

„Ich glaube, ich weiß, wo sie wohnt", antwortete die junge Frau.

„Sind Sie sich sicher?" Linda musterte sie skeptisch.

„Wir haben ein Boot gemietet und sind über den See geschippert. Dort hat das Mädchen in Ufernähe gebadet und sich anscheinend unbeobachtet gefühlt. Erst als wir ihr zugewinkt haben, ist sie panikartig aus dem Wasser geflüchtet."

„Wir sollten dem Hinweis nachgehen", schaltete sich Jörgen dazwischen. „Welcher der Seen war es?"

„Södra Hyn."

„Wie kommen wir dorthin?", fragte Linda.

„Mit dem Wagen. Sie können dann ein Boot mieten, um überzusetzen."

„Na wunderbar. Dann kommen Sie bitte mit uns", forderte Linda sie auf.

„Aber mein Einkauf ..."

„Der wird warten müssen", fiel Linda ihr ins Wort. „Es zählt jede Minute."

Schulterzuckend folgte ihnen die Frau zum Wagen und stieg ein.

„Würden Sie uns noch Ihren Namen fürs Protokoll verraten?", bat Linda, während Jörgen vom Parkplatz fuhr.

„Anne Brom."

„Gut. Wo müssen wir hin?"

Anne navigierte sie zum Bootsverleih, der um diese Uhrzeit natürlich noch geschlossen hatte. Zum Glück war eine Handynummer auf dem bunten Schild angegeben, die Linda sofort ins Display tippte.

„Guten Morgen, ich bin Linda Sventon von der Kriminalpolizei. Sie müssten uns eines Ihrer Boote zur Verfügung stellen." Linda lauschte ihrem Gesprächspartner und bedankte sich anschließend. „Er wird in fünf Minuten hier sein."

Sie hatte die Worte kaum ausgesprochen, als sich ihnen ein Wagen näherte.

„Er muss geflogen sein", sagte Jörgen.

„Hej, Herman mein Name. Wo soll es denn hingehen?", fragte der schnauzbärtige Rentner. „Ich habe ein kleines Motorboot, dort passen wir alle rein."

Er sprang auf den Steg und löste die Taue. Dann reichte er Linda die Hand. Sie staunte, wie rüstig der Mann noch war.

„So, immer schön der Reihe nach", sagte er.

Das Boot schwankte leicht und Anne Brom klammerte sich an der Reling fest.

„Keine Sorge, so schnell kippt der Kahn nicht um. Also, wohin geht die Fahrt?"

„Wir müssen auf die gegenüberliegende Seite", antwortete Anne und deutete in die Richtung.

„Na dann, bitte festhalten."

Herman steuerte das Motorboot über den See.

„Können Sie den schmalen Schilfgürtel erkennen? Dort war die Stelle, an der ich sie gesehen habe."

„Worum geht es überhaupt?", fragte Herman.

„Wir suchen ein vermisstes Mädchen", antwortete Linda und ihr wurde schwer ums Herz. Sie wusste, dass man sie in Kürze von diesem Fall abziehen würde. Deshalb war sie am Morgen auch so zeitig losgefahren, bevor ihr Chef sie zurückpfeifen konnte, um das Unvermeidliche auszusprechen.

„Wissen Sie vielleicht, wo Kristin Johansson wohnen könnte?", wandte sie sich an Herman.

„Leider nein. In diesem Bereich gibt es keine Ferienhäuser."

„Schade", bedauerte Linda. „Anne, Sie warten bitte im Boot, weil wir nachher noch Ihre vollständigen Personalien aufnehmen müssen."

Anne Brom schaute demonstrativ auf ihre Uhr „Ich hoffe, dass es nicht zu lange dauert."

Linda ignorierte ihre Worte, sie war mit ihren Gedanken bei Lillemor.

Herman hatte inzwischen die andere Seite erreicht und stoppte das Boot. „Ich kann wegen der Schiffsschraube nicht so nah an das Ufer heranfahren. Sie werden sich leider nasse Füße holen."

„Es gibt Schlimmeres", erwiderte Linda, zog sich die Schuhe aus und sprang über Bord.

„Oha", rief Jörgen überrascht, als er Linda hinterherwatete. „Ganz schön kalt das Wasser."

Am Ufer zogen sie sich die Schuhe wieder über.

„Wir folgen dem schmalen Trampelpfad. Mal schauen, wo der hinführt", sagte Linda.

„Hätte ich auch vorgeschlagen", erwiderte Jörgen ganz pragmatisch.

Nach nur wenigen Metern entdeckte Linda eine Holzhütte und das Herz klopfte ihr bis zum Hals. „Das muss es sein", rief sie aufgeregt und beschleunigte ihre Schritte.

Die Tür stand allerdings offen und die Hütte wirkte verlassen. Es sah ganz danach aus, als ob Kristin vor ihnen geflohen wäre.

„Ich fürchte, wir waren zu laut", murmelte Linda enttäuscht.

„Wir wissen doch gar nicht, ob sie überhaupt hier gewesen ist."

„Nach was sieht es denn aus?" Linda hob den Rucksack

hoch. „Er ist voller Lebensmittel, Kristin muss sich in Eile davongestohlen haben."

Linda erkundete jeden Quadratzentimeter der Hütte und stieß dabei auf Blutspuren. Sie tippte Jörgen auf die Schulter.

„Sieh dir das einmal an. Es wird langsam Zeit, die Kriminaltechniker und Verstärkung anzufordern. Der gesamte Wald muss nach dem Mädchen abgesucht werden."

Sie konnten sich keinen Fehler mehr leisten, denn die Zeit lief ihnen davon.

„Linda, ich kann verstehen, was du gerade durchmachst. Aber ich bezweifle, dass wir grünes Licht für diese Aktion bekommen. Erst wenn die Kriminaltechniker ihre Arbeit erledigt haben, werden die Mannschaften mit der Suche beginnen."

„Ich kann nicht glauben, dass ausgerechnet du mir so in den Rücken fällst." Sie musterte Jörgen herausfordernd. „Ich will nicht warten, bis ein Spaziergänger das Mädchen im Wald findet."

„Bitte beruhige dich, ich werde umgehend Verstärkung anfordern. Aber ob der Chef sie sofort genehmigt, steht auf einem ganz anderen Blatt."

„Danke", hauchte Linda und wankte nach draußen. Der Anblick der Blutstropfen hatte eine Panikattacke in ihr ausgelöst. Sie war immer noch sehr aufgewühlt, als Jörgen sich neben sie stellte.

„Mir ist klar, dass du deine Tochter finden willst. Aber du musst auch einsehen, dass du mit der momentanen Situation völlig überfordert bist."

„Was erzählst du da für einen Schwachsinn." Ihre Stimme vibrierte leicht.

„Linda, du weißt genau, wovon ich spreche. Kümmere dich um Elina, sie braucht dich jetzt mehr denn je. Du kannst sie nicht weiterhin in die Schule schicken und die Ermittlungen an dich reißen. Es ist so gut wie beschlossene Sache, dass du von diesem Fall abgezogen wirst."

„Ja, mach nur, tu dir keinen Zwang an", fauchte sie.

Er berührte sacht ihre Schulter. „Wie lange sind wir jetzt schon Kollegen?"

„Mir doch egal."

„Ich hätte dich heute Morgen gar nicht erst ans Steuer lassen dürfen, aber ich habe es dennoch getan", fuhr er fort. „Sieh dich doch nur einmal an, du bist nur noch ein Schatten deiner selbst. Wie lange willst du in diesem Zustand durchhalten?"

„Ich muss Lillemor finden, verstehst du das denn nicht?" Sie suchte Blickkontakt. „Ich würde mir nie verzeihen, wenn ich diese Entscheidung einfach so hinnehme. Bitte Jörgen, ihr könnt mich doch nicht aufs Abstellgleis abschieben."

„Ich verstehe deinen Kummer, sogar mehr als du denkst. Ich kenne Lillemor schon so lange und werde alles daransetzen, um sie wohlbehalten zu dir zurückzubringen."

„Dann rede mit dem Chef, er darf mich nicht aus dem Team kicken", flehte sie.

„Das habe ich bereits gestern getan."

„Danke." Sie malte mit ihrer Schuhspitze kleine Kreise in den sandigen Boden. „Was hat er gesagt?"

„Du kennst die Antwort."

„Bist du wirklich der Meinung, dass ich die Ermittlungen behindere?", brauste sie zornig auf. „Ich kann Lillemor doch nicht im Stich lassen."

„Linda, ich kann nicht mehr für dich tun", antwortete Jörgen leise.

Zutiefst enttäuscht wandte sie sich ab und trocknete die Tränen mit einem Taschentuch. Sie würde die wichtigsten Daten entgegen der Dienstvorschriften an ihre Cloud senden und auf eigene Faust weiterermitteln. Jede Minute, die sinnlos verstrich, war eine Minute zu viel.

27

Kristin streckte ihre steifen Glieder. Hunger, Kälte und Dunkelheit hatten ihr stark zugesetzt und sie konnte sich kaum auf den Beinen halten. Ihr Magen war mit Luft gefüllt und zog sich immer wieder krampfartig zusammen.

„Lillemor, bist du wach?“

„Ja, jetzt schon“, antwortete sie schlaftrunken.

„Ob der Typ uns heute etwas zu essen bringt? Ich halte das nicht länger aus“, jammerte Kristin. „Warum ist er gestern nicht aufgetaucht?“

„Wahrscheinlich, weil unser Tod so gut wie beschlossen ist. Aber wir sollten weiter nach einer Möglichkeit suchen, um ihm zuvorzukommen.“

„Das haben wir doch schon getan", antwortete Kristin resigniert.

„Stimmt, aber die Zeit drängt."

„Es ist alles so sinnlos geworden und ich glaube auch nicht mehr daran, dass uns deine Mutter rechtzeitig finden wird." Kristins Stimme klang matt, sie fühlte sich elend und krank.

„Wir dürfen nicht aufgeben, verstehst du?", insistierte Lillemor. „Wir müssen bis zu unserem letzten Atemzug kämpfen."

„Du hast ja recht, aber meine Stirn glüht und ich fühle mich schlapp. Am liebsten möchte ich einschlafen und nie wieder aufwachen."

„Ach Kristin, warum lässt du dich immer so hängen?", fragte Lillemor

„Seit meine Schwester in einem Badesee ertrunken ist, behandeln mich meine Eltern wie Luft. Yva sah nicht nur gut aus, nein, sie war auch bei allen beliebt. Die Vorzeigetochter und Musterschülerin schlechthin."

„Das tut mir leid, Kristin. Aber das ist noch lange kein Grund, um sich selbst aufzugeben."

„Ich bin nicht gerade der Liebling der Nation." Ein Hustenanfall schüttelte Kristin.

„Alles gut?", fragte Lillemor besorgt.

„Es geht schon wieder", keuchte Kristin. „In Anbetracht unserer Lage sind meine Probleme wirklich nicht das Ende der Welt."

„Genauso ist es, aber kommen wir jetzt zu meinem Plan. Wenn wir versuchen, das rostige Verbindungsrohr zu entfernen, gelingt es uns vielleicht, einige Steine aus dem Mauerwerk zu lösen. Dann können wir uns wenigstens verteidigen. Haben wir einen Deal?"

„Haben wir", antwortete Kristin und schleppte sich zu der Wand, an der das Rohr aus der Mauer herausragte.

„Folgendes: Ich werde mein Ende nach oben drücken, während du das andere nach unten ziehst. Ein, zwei, drei …"

Kristin umfasste mit beiden Händen das Rohr und hängte sich mit ihrem gesamten Körpergewicht daran. Zuerst tat sich nichts, aber dann hörte sie ein leises Knirschen.

„Du hattest recht, es löst sich." Kristin war sofort Feuer und Flamme.

„Sag ich doch. Vielleicht können wir die Öffnung so vergrößern, dass ich mich hindurchzwängen kann. Zu zweit haben wir eine größere Chance, um ihn zu überwältigen."

Obwohl es dunkel war, glänzten Kristins fiebrige Augen. Es war doch nicht so hoffnungslos, wie sie angenommen hatte. Mit Lillemor an ihrer Seite entstanden ganz andere Möglichkeiten.

Noch einmal umfasste sie das Rohr und Mörtel rieselte auf sie herab. Ein hässliches Knirschen ertönte, dann schlug Kristin ungebremst auf dem Boden auf. Das Rohr hatte schneller nachgegeben als erwartet.

„Alles okay bei dir?"

„Es geht schon …", murmelte Kristin und rieb sich das Steißbein.

Lillemor war bereits dabei, den ersten Stein zu lösen.

„Ich hatte es mir nicht so einfach vorgestellt", frohlockte sie.

Doch ihr Enthusiasmus wurde rasch gebremst. Die Steine waren nur an jenen Stellen leicht zu entfernen, an denen die Salze den Mörtel porös gemacht hatten. Immerhin, drei Steine hatten Kristin und Lillemor mittlerweile aus dem Mauerwerk gebrochen und sie reichten sich unter Tränen die Hände.

„Es hat etwas Tröstliches, deine Hand zu halten", sagte Lillemor.

„Geht mir ganz genauso. Trotzdem brauche ich für ein

paar Minuten eine Pause, mir geht es wirklich nicht gut. Ich muss mich in diesem Drecksloch erkältet haben."

„Kein Problem, ich werde allein weitermachen."

Kristin hörte das gleichmäßige Kratzen und Schaben und schloss für einen Moment die Augen. Ihr Kopf fühlte sich schwer an und die Glieder schmerzten. Sie bewunderte Lillemor, die über sich hinauswuchs. Plötzlich hörte sie Schritte.

„Lillemor, hör sofort auf, es kommt jemand", wisperte sie.

Jemand ging vor der Tür hastig auf und ab. War es jetzt so weit? Würde der Typ eine von ihnen holen?

Kristin kroch in die hinterste Ecke und tastete nach dem Rohr, um damit ihr Leben zu verteidigen. Doch die Schritte entfernten sich wieder. Es verging eine halbe Ewigkeit, ehe sie es wagte, ihre Stimme zu heben.

„Das muss der andere Typ gewesen sein, und er war ziemlich nervös", flüsterte sie „Ob er uns jetzt töten will?"

„Ich weiß es nicht. Wir müssen auf jeden Fall Gas geben, sonst sind wir verloren", antwortete Lillemor.

„Machen wir einfach da weiter, wo wir aufgehört haben", flüsterte Kristin und kratzte mit ihren Fingernägeln den Mörtel aus der Fuge. Sie hatten nur diese eine Chance, und die durfte nicht ungenutzt verstreichen.

28

Alex saß im Hotelzimmer und brütete über den Akten. Das gesamte Täterprofil, welches er penibel ausgearbeitet hatte, fühlte sich nicht mehr stimmig an. Er musste etwas übersehen haben. Noch einmal ging er Schritt für Schritt die Untersuchungsergebnisse durch und blieb bei den Anzeigen von Tierquälerei hängen. Erst jetzt bemerkte er, dass sich die Delikte im näheren Umfeld von Kristins Elternhaus ereignet hatten. Kannte das Mädchen den Täter?

Er wählte die Nummer von Linda, die sofort das Gespräch entgegennahm.

„Guten Abend, Linda. Entschuldigen Sie bitte die

Störung, aber mir ist da etwas aufgefallen. Es geht um den Tatbestand der Tierquälerei."

„Was ist damit?" Sie klang gereizt, aber er konnte es ihr nicht verdenken. Sie war vom Fall abgezogen und damit zur Tatenlosigkeit verdammt worden.

„Die Tiere sind allesamt im näheren Umkreis der Johanssons verschwunden, und ich wollte nachfragen, ob es nicht doch möglich wäre, dass Kristin und Ben Hansson sich kennen?"

„Natürlich sind wir der Sache nachgegangen, aber laut Aussage der Eltern gab es keinen Kontakt."

„Aber es muss eine Verbindung existieren, denn Nils Hansson war schließlich mit Yva Johansson am See", beharrte Alex.

„Ich habe den tödlichen Badeunfall nicht vergessen", antwortete Linda distanziert.

„Was halten Sie davon, wenn wir uns in der Hotelbar zu einem gemeinsamen Brainstorming verabreden?", fragte Alex. „Ich lade Sie selbstverständlich ein", fügte er hinzu.

Hoffentlich habe ich nicht zu gönnerhaft geklungen, dachte er. Doch Linda sagte überraschenderweise zu.

„Mir fällt hier sowieso die Decke auf Kopf. Ich rufe nur schnell meine Mutter an, damit sie auf Elina aufpasst. In einer halben Stunde bin ich da."

Linda tauchte nach einer zehnminütigen Verspätung auf und setzte sich neben Alex an die Bar. Ihr Lippenstift war verwischt und selbst die dicke Schicht Make-up konnte die dunklen Augenringe nicht verbergen. Er fühlte sich Linda verbunden, litt mit ihr und ärgerte sich maßlos, dass sie bei den Ermittlungen noch immer auf der Stelle traten.

„Schön, dass Sie kommen konnten", sagte er.

Im Berufsleben hatte er keinerlei Probleme damit, autoritär aufzutreten, aber in diesem Augenblick fühlte er eine gewisse Befangenheit.

„Entschuldigen Sie die Verspätung, der Wagen meiner Mutter wollte nicht anspringen."

„Kein Problem. Was möchten Sie trinken?"

„Irgendeinen alkoholfreien Cocktail mit Früchten", erwiderte sie. „Ich brauche einen klaren Kopf."

Alex gab die Bestellung auf und wandte sich Linda wieder zu.

„Wissen Sie, zum ersten Mal in meiner Karriere habe ich das Gefühl, mich beim Täterprofil geirrt zu haben. Normalerweise kann ich in etwa abschätzen, wie sich der Täter verhalten wird, wo seine Schwächen liegen. Aber in diesem Fall beiße ich auf Granit."

„Sie machen mir nicht gerade Mut", erwiderte sie.

„Wir haben einen wichtigen Punkt übersehen und ich bin mir ganz sicher, dass Sie mir auf die Sprünge helfen werden." Alex nippte an seinem Glas Weißwein.

„Aber sicher, und ich habe auch schon eine Theorie."

„Dann lassen Sie mal hören."

„Yva Johansson hat die Hansson-Brüder gekannt, Punkt. Allerdings frage ich mich, wie es Ben gelungen sein könnte, das Heim für einige Stunden zu verlassen, ohne dass es jemandem aufgefallen ist."

„Sie sind also der Meinung, dass Ben Hansson für die Tierquälerei verantwortlich ist?"

„Selbstverständlich, und ich gehe sogar noch einen Schritt weiter. Er war von Yva besessen und die Tiere waren nur Mittel zum Zweck, um seine Tötungsabsichten kurzzeitig zu befriedigen. Irgendwann hat ihm das nicht mehr gereicht und er hat Yva umgebracht."

„Und ihre Leiche?", hakte Alex interessiert nach.

„Die hat er anschließend im See versenkt."

„Aber wie passt dann die Aussage seines Bruders ins Bild?“

„Er hat ihn schlichtweg manipuliert“, erwiderte sie.

„Ich habe Ben Hansson genau beobachtet, die Sorge um seinen Bruder ist echt und nicht gespielt. Etwas in mir sträubt sich, dort eine Verbindung zu sehen, obwohl ich ganz genau weiß, dass er ins Täterprofil passt. Allein die Tatsache, dass wir schon an der Beweislast scheitern, sollte uns stutzig machen.“

„Aber alles passt perfekt zusammen. Ben Hansson muss Kristin entführt haben, denn das Blut in der Hütte stammt eindeutig von ihr. Vielleicht war das der Grund für ihre Flucht, weil sie wusste, dass ihr Leben auf dem Spiel stand.“

„Sie sind wirklich gut.“ Alex nickte anerkennend. „Aber es war eine junge Frau, die nach Kristin gefragt hat.“

„Er wird sie dafür bezahlt haben, denke ich.“

„Ich kann nur hoffen, dass es uns recht bald gelingt, die losen Enden zu verknüpfen“, sagte Alex.

„Wenn ich an Lillemor denke, dann weiß ich, dass meine Theorien lückenhaft sind. Wurde sie von Hansson entführt oder ist sie einfach nur weggelaufen? Diese Ungewissheit raubt mir noch den Verstand.“

„Wir sind auf einem guten Weg, diesen diffizilen Fall zu lösen. Ich werde mir Ihre Anregungen notieren und noch einmal gewissenhaft überarbeiten.“

Linda unterdrückte ein Gähnen. „Ich muss mich leider verabschieden. Vielleicht wäre es gar nicht so schlecht, wenn Sie die Eltern von Kristin noch einmal aufsuchen“, schlug sie vor.

„Einen Versuch ist es wert. Vielen Dank, dass Sie sich die Zeit genommen haben.“

„Kein Problem. Wenn ich eines habe, dann ist es Zeit im Überfluss.“ Der Sarkasmus in ihrer Stimme war nicht zu überhören.

„Sie sollten sich ein Mittel zur Entspannung verschreiben lassen", schlug Alex vor. „So kann es auf Dauer nicht weitergehen."

„Ich glaube nicht, dass ein paar Tabletten ausreichen werden, um meine Probleme zu lösen", entgegnete sie und reichte ihm die Hand.

„Versprechen Sie mir, dass Sie auf sich aufpassen und keine Dummheiten machen." Alex schaute ihr fest in die Augen.

„Keine Sorge, ich komme schon klar."

Sie entzog ihm ihre Hand und steuerte in Richtung Ausgang. Alex ahnte, dass sie auf eigene Faust weiterermitteln würde, und er konnte es ihr nicht verdenken.

Alex saß Elva und Per Johansson im Wohnzimmer gegenüber und es herrschte eine seltsame Stimmung.

„Haben Sie Kristin endlich gefunden?", fragte Elva aufgeregt.

„Nein, tut mir leid. Ich bin wegen Ihrer Tochter Yva hier", antwortete Alex.

„Aber Sie haben doch eine Spur verfolgt, die zu Kristin führen sollte?" Nervös knetete sie ihre Hände.

„Das stimmt, aber Kristin war nicht mehr an diesem Ort."

„Wo ist sie dann? Ich will nicht noch ein Kind verlieren", sagte sie aufgewühlt und Per legte seine Hand beruhigend auf ihr Knie.

„Die Kollegen geben ihr Bestes."

„Das sind doch nichts als hohle Phrasen", erwiderte Per. „Sagen Sie einfach, warum Sie hier sind, und dann gehen Sie."

„Ich möchte mehr über die Beziehung von Yva zu den Hansson-Brüdern erfahren."

„Von einer Beziehung kann hier keine Rede sein", widersprach Elva heftig. „Dieser verdammte Bengel hat ihr beim Sterben zugesehen, anstatt Hilfe zu holen", zischte sie.

„Aber Yva muss den jungen Mann doch näher gekannt haben, schließlich war sie mit Nils Hansson gemeinsam am See."

„Das bezweifle ich. Sie hat nie ein Wort über diese Brüder verloren."

„Aber Ihre Tochter wurde von Zeugen mit den jungen Männern gesehen, das ist nun einmal eine Tatsache", erwiderte Alex.

„Die meisten Teenager sind im Sommer am See und laufen sich dort zwangsläufig über den Weg", erklärte Per. „Soweit ich weiß, pflegte Yva keinen näheren Umgang mit den Hanssons."

„Bei unseren Ermittlungen sind wir auch auf Fälle von Tierquälerei gestoßen, die im näheren Umfeld Ihres Hauses stattgefunden haben."

„Was wollen Sie damit sagen?" Per Johansson war aufgesprungen und lief nervös auf und ab, ohne Alex dabei aus den Augen zu lassen.

„Wir vermuten, dass Yva das erste Opfer des Täters gewesen ist."

„Oh mein Gott, sie ist nicht ertrunken?" Elva presste sich entsetzt die Hand vor den Mund.

„Hat sich früher jemand auf Ihrem Grundstück herumgetrieben?"

Elva und Per tauschten ihre Blicke.

„Jetzt, wo Sie es sagen ...", ergriff Per das Wort. „Nachts wurde manchmal der Bewegungsmelder im Garten ausgelöst und wir haben am Morgen frische Fußspuren im Kiesbeet entdeckt. Ich wusste nicht, dass dieser Umstand mit Yvas Tod zusammenhängen könnte."

Alex bemerkte sofort, dass Per log. Aber warum?

„Sie leisten ein sehr hohes Arbeitspensum. Waren Ihre Töchter oft sich selbst überlassen?"

„Was soll das heißen?", reagierte Elva auf diesen plötzlichen Wechsel empört. „Wir haben uns immer um unsere Töchter gekümmert. Yva war begabt, sie wurde von uns gefördert und unterstützt, so lange sie das wollte. Kristin ist ein eher schwieriges Kind und verfügt nicht über die Talente ihrer Schwester. Aber auch das haben wir akzeptiert."

„Gibt es einen Grund, warum Ihre Töchter so unterschiedlich sind?"

„Ich verstehe Ihre Frage nicht ganz." Elva war sichtlich aus der Fassung geraten.

„Mich überkommt das Gefühl, dass Sie nur Yvas Potenzial gesehen haben und Kristin stets im Schatten ihrer Schwester gestanden hat."

„So können Sie das nicht sagen", mischte sich Per wieder ein. „Kristin war von jeher sehr in sich gekehrt, während Yva es genossen hat, im Mittelpunkt zu stehen. Seine Gene kann man sich nicht nach Belieben aussuchen."

Allem Anschein nach wollten die Johanssons kein tiefgreifendes Gespräch führen. Sie hielten lieber an ihrer festgefahrenen Meinung fest. Für die Suche nach ihrer jüngsten Tochter nicht gerade förderlich.

„Gibt es eine Freundin, die Yva besonders nahegestanden hat?", erkundigte er sich.

„Ja, Freja Lund. Sie wohnt nur zwei Straßen weiter", sagte Elva.

„Hätten Sie freundlicherweise die Adresse?"

„Einen Moment." Sie stand auf, ging zu dem Sekretär, der vor dem Fenster stand, und notierte die Anschrift auf einen Zettel. „Bitte schön."

„Vielen Dank." Alex erhob sich. „Sollten Sie sich an wichtige Details erinnern, dann melden Sie sich bitte umgehend."

„Das werden wir", antwortete Elva halbherzig und begleitete ihn zur Tür.

Alex drückte auf den Klingelknopf und wartete. Als sich hastige Schritte der Tür näherten, hellte sich seine Miene auf.

„Guten Tag, sind Sie Freja Lund?"

„Warum wollen Sie das wissen?" Die junge Frau taxierte ihn misstrauisch.

„Ich bin Fallanalytiker aus Stockholm und würde mich gern mit Ihnen über Yva Johansson unterhalten."

„Über Yva?", fragte sie verwundert. „Ich dachte, Kristin wäre verschwunden."

„Wir vermuten, dass alles miteinander zusammenhängt."

„Falls ich helfen kann, dann werde ich das natürlich gerne tun, schon Kristin zuliebe. Kommen Sie bitte herein."

Freja Lund führte ihn in die Küche.

„Möchten Sie einen Kaffee oder ein Wasser?"

Alex verneinte.

„Dann schießen Sie los, was wollen Sie wissen?"

„In erster Linie interessiert mich, wie Yva sich ihren Freunden gegenüber verhalten hat."

„Oh …" Freja atmete tief durch, bevor sie zu sprechen begann. „Yva war nicht immer der blonde Engel, für den sie alle gehalten haben. Sie manipulierte und intrigierte auch ganz gerne."

„Wie darf ich mir das vorstellen?", fragte Alex.

„Yva war eine starke Persönlichkeit und sie wusste ganz genau, wie man gezielt alle Hebel in Bewegung setzt, um sich einen Vorteil zu verschaffen. Das galt für die Noten in der Schule, aber auch für Freundschaften."

„Das sind ja ganz neue Töne", sagte Alex verwundert.

„Tja, auch bei mir hat es ein Weilchen gedauert, bis ich Yva durchschaut hatte. Sie war nett und unheimlich beliebt, aber es kam nicht von Herzen. Manchmal hat sie sogar ihre Freunde gegeneinander ausgespielt. Kristin war da ganz anders. Ehrlich, still, bescheiden. Aber sie ist im ständigen Trubel um Yva einfach untergegangen. Trotzdem hat sie ihre Schwester sehr gemocht."

„Ihre Beschreibung zeichnet ein völlig anderes Bild von Yva. Ich habe sie immer für eine sehr zielstrebige Persönlichkeit gehalten."

„Das kann ich nur bestätigen, Yva war vom Ehrgeiz regelrecht zerfressen. Sie wollte immer die Beste sein und da waren alle Mittel recht. Meist hat sie das so geschickt inszeniert, dass es niemandem aufgefallen ist."

„Haben Sie die Freundschaft zu Yva irgendwann beendet?"

„Nein. Bevor es dazu kommen konnte, ist sie im See ertrunken."

„Bin ich der Erste, mit dem Sie so offen darüber reden?"

Freja nickte. „Tote sollen in Frieden ruhen und ich wollte nichts Schlechtes über sie sagen."

„Ich hätte jetzt noch ein paar Fragen zu den Hansson-Brüdern. War Yva mit ihnen befreundet?"

„Ja."

„Hat sie sich regelmäßig mit ihnen getroffen?"

Freja zögerte. „Eher nicht. Sie hat mir erzählt, dass sie unsterblich in Ben verschossen war, er aber ihre Gefühle nicht erwiderte. Sie konnte nicht begreifen, warum er immun gegen ihre Avancen war."

„Wie ist der Kontakt zustande gekommen?"

„Wir waren den gesamten Sommer über am See und Yva hatte leichtes Spiel, Nils für sich zu gewinnen. Ben war das allerdings ein Dorn im Auge und er hat ihr sogar den Umgang mit seinem Bruder untersagt."

Wieder ein Punkt mehr, der nicht zum Täterprofil passt, dachte Alex frustriert. Anstatt sich dem Ziel zu nähern, entfernte sich das Team immer weiter.

„Wie ist die Sache mit Ben ausgegangen?“

„Das wissen Sie doch. Yva ist im See ertrunken.“

„Gut, das war auch schon alles, was ich wissen wollte.“

„Konnte ich Ihnen helfen?“, fragte Freja mit aufrichtigem Interesse. „Ich möchte so gern, dass Kristin unversehrt gefunden wird.“

„Ja, das haben Sie und ich bin Ihnen für diese Informationen sehr dankbar.“

„Das freut mich“, sagte Freja und verabschiedete sich von ihm.

Nachdenklich stieg Alex in seinen Wagen. Yva wollte eine Beziehung mit Ben, der sie jedoch zurückgewiesen hat. Was war also am See tatsächlich passiert? Hatte Yva absichtlich einen Unfall inszeniert, der letztlich schiefgegangen war? Oder hatte Ben Hansson in Yva Johansson sein erstes Opfer gefunden? War seine Ablehnung nur purer Schein gewesen?

Es musste das Knäuel an Informationen rasch entwirren, wenn er das Leben von Kristin und Lillemor retten wollte.

29

Linda war die halbe Nacht noch einmal sämtliche Unterlagen durchgegangen. Sie hatte Elina gestern Nachmittag zu ihrer Großmutter gebracht, und dort sollte das Mädchen auch die nächsten Tage bleiben. Solange das Leben von Lillemor auf dem Spiel stand, konnte sie nicht tatenlos herumsitzen. Sie wollte sich Ben, der mehr wusste, als er zugab, noch einmal vorknöpfen.

Vor dem Spiegel kämmte sie ihre blonden Haare zurück und band sie zu einem locker sitzenden Pferdeschwanz zusammen. Dann stieg sie in ihre alte ausgewaschene Jeans und zog sich ein schwarzes Shirt und bequeme Turnschuhe über. Der Akku ihres Smartphones war aufgeladen und der Tank ihres Wagens gefüllt. Nur die Dienstwaffe lag zu ihrem Bedauern im Waffenschrank der Polizeibehörde, aber es würde sicher nicht zum Äußersten kommen.

Sie scherte aus der Parklücke und trat aufs Gas. Ausgerechnet heute hing eine gewisse Gewitterstimmung in der Luft und am Himmel hatte sich eine dichte Wolkenfront zusammengeballt.

Nach einer halben Stunde hatte Linda ihr Ziel erreicht und parkte den Wagen an einer versteckten Stelle. Sie wollte den Hausherrn mit ihrem unangekündigten Besuch überraschen, denn sie wusste, dass er krankgeschrieben war. Zügig umrundete sie das Grundstück und näherte sich der Rückseite des Hauses. Nichts entging ihren Blicken. War es möglich, dass die jungen Männer Lillemor hier versteckt hielten?

Mit sportlichem Elan überwand sie den Zaun und lief zum Haus. Dort stand sie verblüfft vor einer offenen Eingangstür.

„Hallo? Jemand da?"

Beunruhigt trat sie ein.

„Ben, Nils, sind Sie im Haus?"

Stille.

Linda haderte mit ihren Gefühlen. Sie war nicht im Dienst und konnte jederzeit wegen Hausfriedensbruch angezeigt werden. Das würde unweigerlich das Ende ihrer Karriere als Kriminalhauptkommissarin bedeuten.

Sie wägte kurz das Für und Wider ab, drehte sich um und drückte die Tür ins Schloss. Die Entscheidung war gefallen. Wenn sie das Leben von Lillemor retten könnte, wäre sie sich auch nicht zu schade, später die Regale im Supermarkt aufzufüllen.

Sie wartete noch einen Moment und durchstreifte dann

die einzelnen Räume. Das gesamte Haus war in einem desolaten Zustand und schrie förmlich nach einer fachmännischen Renovierung. Der Dielenboden in der Küche klebte unter ihren Sohlen und das schmutzige Geschirr stapelte sich im Spülbecken. Die Essensreste waren festgetrocknet und boten einen unappetitlichen Anblick.

Sie beschloss, zuerst das Wohnzimmer einer genauen Musterung zu unterziehen, und zog sich die Einweghandschuhe über, um keine verräterischen Spuren zu hinterlassen. Das Mobiliar war lieblos zusammengewürfelt und zum ersten Mal regte sich in ihr so etwas wie Mitleid. Im Grunde genommen hatten diese Jungen, die ihr Leben lang sich selbst überlassen worden waren, nie wirklich eine Chance gehabt.

Neugierig öffnete sie die Schubladen und wühlte darin, ohne etwas zu entdecken, das ihr weiterhelfen könnte. Schließlich ging sie nach oben, um sich die Zimmer von Ben und Nils anzusehen. Eines der Zimmer war noch sehr kindlich eingerichtet, in diesem wohnte mit Sicherheit der jüngere Bruder. Die Wand hinter dem Bett war komplett mit bunten Postern tapeziert und im Regal daneben stand noch eine Sammlung bunter Spielzeugautos. Linda öffnete die Schranktüren und bemerkte an den Lücken, dass etliche Kleidungsstücke fehlten. So wie es aussah, waren die Jungs tatsächlich ausgeflogen.

Normalerweise hätte sie sofort die Kollegen verständigen müssen, aber sie war inkognito unterwegs. Nachdenklich trat sie ans Fenster. Hatte Ben Hansson ihre Tochter bereits getötet und war er deshalb mit seinem Bruder auf der Flucht? Hektisch riss sie den Fensterflügel auf und rang keuchend nach Luft. Dieser grauenvolle Gedanke war kaum zu ertragen.

Sie wechselte die Zimmer und durchwühlte Bens Sachen.

Zwei abgegriffene Pornohefte waren ihre gesamte Ausbeute und sie hätte vor lauter Frust heulen können.

„Lillemor, wo steckst du? Bitte schick mir ein Zeichen, damit ich dich retten kann", flüsterte sie mit tränenerstickter Stimme. Sie war eine toughe Kommissarin, aber bei der eigenen Tochter sah die Sache ganz anders aus.

Unten flog die Eingangstür ins Schloss und Linda zuckte erschrocken zusammen. Sie lief in den Flur und beugte sich über das Geländer.

„Ben, Nils, sind Sie zurück?"

Der Flur war leer. Dennoch stieg sie zögerlich die Treppe nach unten, weil sie das untrügliche Gefühl überkam, nicht mehr allein in Haus zu sein. Im hinteren Bereich des Flures führte eine schmale Treppe in den Keller hinunter. Linda stieß die Tür auf und muffig riechende Luft schlug ihr entgegen. Der Boden war mit allerlei Gerümpel zugestellt und Spinnweben hingen von der Decke. Die dicken Eichenbalken trugen das Grundgerüst des Hauses, ansonsten war der Keller offen, ohne abgeteilte Räume. Weder Blutflecken noch Folterinstrumente deuteten darauf hin, dass hier junge Frauen zu Tode gekommen waren.

Direkt über Linda knarrte der Dielenboden. Sie war fest davon überzeugt, Schritte zu hören, und bückte sich, um das rostige Brecheisen aufzuheben. So lautlos wie möglich schlich sie wieder nach oben und verharrte bewegungslos im Flur. Sie spürte einen leichten Luftzug und fragte sich, woher dieser stammen könnte. Vorsichtig spähte sie um die Ecke. Die Tür war zu, dafür stand das Fenster in der Küche offen. Es musste also jemand im Haus gewesen sein. Linda eilte nach draußen.

Auf dem Grundstück befanden sich zwei Schuppen, einer direkt neben dem Haus, der andere an der Grundstücksgrenze. Linda hebelte mit dem Brecheisen das nagelneue Vorhängeschloss auf und suchte im Inneren nach Hinweisen wie Haarbüschel, Fetzen von Kleidungsstücken und Blut. Wieder einmal ohne Erfolg.

Der Schuppen im hinteren Bereich des Grundstückes war nicht abgeschlossen. Ein Haufen altes Heu lag in der Ecke und Lindas geschultem Auge entging nicht die kleine Mulde, die aussah, als hätte dort vor Kurzem ein Mensch gelegen. Wer hatte sich hier auf diesem verlassenen Grundstück eingenistet? Ein Obdachloser?

In den Sträuchern neben dem Schuppen raschelte es und sie wandte sich in diese Richtung. Wer trieb hier sein falsches Spielchen mit ihr?

Neben den Sträuchern entdeckte sie einen schmalen Trampelpfad, der in den Wald führte, und folgte diesem. Der schmale Pfad wurde regelmäßig frequentiert, das konnte sie sehr gut an den niedergetrampelten Pflanzen erkennen. Wahrscheinlich hielten Ben und Nils die Mädchen an einem geheimen Ort im Wald versteckt und sie entschied, der Sache auf den Grund zu gehen. Linda erhöhte das Tempo, den Blick fest auf den Boden gerichtet. Zweige verfingen sich in ihren Haaren und hinterließen Striemen auf der Haut. Doch sie achtete nicht darauf, denn ihr Fokus war nur auf Lillemors Rettung gerichtet.

Irgendwann erschwerte dichtes Unterholz ein Vorwärtskommen und der Weg teilte sich. Welche Richtung sollte sie einschlagen? Während sie sich ratlos im Kreis drehte, nahm sie den Geruch von verbranntem Holz wahr. Ein Lagerfeuer vielleicht?

Sie bog nach links und es war gar nicht so leicht, ausschließlich dem Geruchssinn zu vertrauen. Immer wieder verlor sie die Fährte und musste zurück, um sich neu zu orientieren. Doch dann lichtete sich das Dickicht und sie bemerkte die Reste einer abgebrannten Hütte.

Ein eiserner Ring legte sich um ihr Herz. Hatte sie diesen verhängnisvollen Ort gefunden, an dem die Mädchen gefoltert worden waren? Und hatte jemand absichtlich Feuer gelegt, um mögliche Spuren zu beseitigen?

Linda schaute sich suchend um und entdeckte eine Stelle, die nicht zur restlichen Umgebung passte. Obwohl Laub und Zweige den Boden bedeckten, war sie ihr sofort ins Auge gefallen. Ein mögliches Grab vielleicht?

Ihr Atem ging stoßweise, als sie sich niederkniete und mit bloßen Händen im lockeren Erdreich wühlte. Dunkle Erdklumpen flogen in alle Richtungen, bis Linda angewidert ihre Hände zurückzog. Verkohlte Tierknochen beziehungsweise das, was von ihnen noch übrig war.

Sie brach einen kräftigen Zweig ab und stocherte in der Asche herum. Obwohl sie auf den ersten Blick keine menschlichen Knochen unter den Überresten gefunden hatte, war das dennoch ein Fall für die Forensiker.

Sie zog das Handy aus der Hosentasche und wählte die Nummer von Jörgen. Er war ihre letzte Rettung. Doch bevor sie überhaupt dazu kam, auf das grüne Symbol zu tippen, spürte sie einen harten Schlag am Hinterkopf.

Linda schlug benommen die Augen auf und hörte Vogelgezwitscher und das Rauschen der Wipfel. Sie brauchte ein paar Sekunden, um sich zu orientieren, dann kehrte Schlag auf Schlag die Erinnerung zurück – das Haus, der Wald und die Tierkadaver.

Sie wollte aufspringen, doch ein rasender Schmerz zwang sie in die Knie. Vorsichtig tastete sie ihren Hinterkopf ab und betrachtete die rot gefärbten Fingerspitzen. In einem Moment der Unachtsamkeit war sie niedergeschlagen worden.

Hektisch tastete sie ihre Hosentaschen und dann den Waldboden ab. Sowohl das Smartphone als auch der Autoschlüssel fehlten. Na wunderbar. Wenn das einem Neuling frisch von der Uni passiert wäre, hätte sie lauthals gelacht.

Sie musste sich eingestehen, dass ihr Chef zu Recht die Suspendierung ausgesprochen hatte. Sie war in diesem Zustand für das Team nicht mehr tragbar. Die verzweifelte Suche nach Lillemor machte sie blind und angreifbar. Trotzdem würde sie nicht aufgeben, das war sie ihrer Tochter schuldig.

Mühsam richtete sie sich auf. Alles drehte sich und ihr war speiübel. Wahrscheinlich hatte sie eine leichte Gehirnerschütterung davongetragen. Bedächtig setzte sie einen Fuß vor den anderen und fühlte sich wie ein Kleinkind, das gerade erst Laufen lernte.

Sie fluchte im Stillen über diesen unverzeihlichen Fehler. Es würde Stunden dauern, bis sie die Stadt erreicht hätte und Jörgen über ihren Fund informieren konnte. Der Weg zum Haus zog sich endlos in die Länge und zu allem Überfluss stand sie auch noch vor verschlossener Tür. Jetzt musste sie sich einen anderen Weg ins Innere suchen.

Mit schleppenden Schritten umrundete sie das Haus. Sowohl das Küchenfenster als auch das Fenster im Obergeschoss waren geschlossen. Wer zum Teufel hatte das getan?

Eine warnende Stimme in ihr schrie „Lauf!". Aber Linda wusste, dass nur ein einziger Anruf sofortige Hilfe bedeutete. An der Außenwand des Schuppens hing eine alte Holzleiter, die sie vom Haken herunternahm. Ihr Kopf fühlte sich dabei wie eine überreife Melone an, die jeden Moment platzen könnte. Keuchend stellte sie die Holzleiter aufrecht ans Fenster und schlug dann mit einem Ziegel die Scheibe ein. Vorsichtig langte sie hindurch, um die Verriegelung zu lösen und den Fensterflügel zu öffnen.

Es kam einem unüberwindbaren Kraftakt gleich, ins Haus einzusteigen, und sie wäre in ihrem angeschlagenen Zustand beinahe von der Leiter gestürzt. Erschöpft ließ sie sich auf einen Küchenstuhl sinken und wartete ein paar Minuten, bis sich der starke Schwindel gelegt hatte. Dann ging sie zur Spüle, schob das Geschirr beiseite und trank aus dem laufenden Wasserhahn.

Nachdem sie ihren Durst gestillt hatte, machte sie sich auf die Suche nach dem Telefon. Sie entdeckte die Ladestation direkt hinter der zerschlissenen Couch. Hastig tippte sie die Nummer ein, doch es war kein Signalton zu hören. Erst jetzt bemerkte sie das unheilvolle Blinken auf dem Display und das durchtrennte Kabel. Verdammt, sie war geradewegs in eine Falle getappt.

Wie auf Knopfdruck ließ sie das Telefon fallen, stolperte zur Tür und rannte aus dem Haus. Mit schnellen Schritten entfernte sie sich und warf immer wieder einen besorgten Blick über ihre Schulter. Doch niemand schien ihr folgen.

Atemlos erreichte sie ihren Wagen und drückte sich am Seitenfenster die Nase platt. Der Wohnungsschlüssel lag im Handschuhfach, direkt neben dem funktionstüchtigen Diensthandy. Sie stieß einen leisen Fluch aus, weil es ein verdammt langer Rückweg werden würde.

Während sie in Richtung Straße lief, kreisten ihre Gedanken um den Fund im Wald. Handelte es sich bei den Ascheresten auch um einen Fall von Tierquälerei?

Plötzlich schoss ihr ein absonderlicher Gedanke durch den Kopf. Steckte vielleicht Kristin hinter allem? Hatte sie aus der Ferne Lillemors Entführung geplant und war zurückgekehrt, um ihr Werk zu vollenden?

In der Ferne grollten die ersten Donner. Das hatte ihr gerade noch gefehlt. Wahrscheinlich würde sie durchnässt bis auf die Haut an der Straße stehen und vergeblich auf eine Mitfahrgelegenheit hoffen.

Der Waldweg wollte einfach kein Ende nehmen und es dauerte ewig, bis sie die Straße erreicht hatte. Eine heftige Bö trieb eine Staubwolke vor sich her und die ersten schweren Tropfen fielen auf den Asphalt. Seit einigen Minuten stand Linda nun mit nach oben gestrecktem Daumen am Straßenrand, aber kein einziges Fahrzeug hatte bisher angehalten. Was war nur mit den Leuten los? Sahen sie denn nicht, dass sie sich in einer Notsituation befand?

Ein voll beladener Lkw näherte sich ihr und drosselte sein Tempo. Die Hydraulik ächzte, als der Zehntonner neben ihr zum Stehen kam. Surrend fuhr die Seitenscheibe hinunter und das Erste, was sie zu sehen bekam, war ein riesiger Schnäuzer, der das halbe Gesicht bedeckte.

„Na Mäuschen, was machst du denn hier so allein? Hast du keine Angst, dass dich jemand wegfängt?“ Der Fahrer grinste breit und fuhr sich mit der Zungenspitze über die Lippen.

Oh bitte nicht, dachte Linda gequält, Klischee hoch zehn.

„Ich müsste dringend telefonieren“, bat sie höflich.

„Willst du nicht in die Kabine steigen, um mir Gesellschaft zu leisten? Ich kann dich gerne mitnehmen, ich fahre rauf bis nach Östersund.“

„Tut mir leid, aber es geht wirklich nur um einen Anruf. Mein Wagen hat seinen Geist aufgegeben und steht im Wald.“

„Nun komm schon, hüpf rein, dann kannst du auch deinen Schatz anrufen.“

„Hören Sie“, schlug Linda einen schärferen Ton an. „Ich bin von der Kriminalpolizei.“

„Dürfte ich deinen Ausweis sehen, Süße?“

„Den habe ich leider nicht dabei“, gestand sie zähneknirschend.

Er lachte dröhnend. „Mäuschen, ich tu dir nichts, du brauchst dich nicht zu zieren.“

„Sie können sich Ihr Mäuschen sonst wohin stecken. Ich brauche ein Telefon, Himmelherrgott!“, schrie sie ihn an.

„Okay, ich habe verstanden.“

Mit einem mürrischen Gesichtsausdruck trat er aufs

Gaspedal und ließ Linda in einer Staub- und Abgaswolke zurück.

„Arschloch!", brüllte sie ihm hinterher und streckte zornig ihren Mittelfinger aus.

„Brauchen Sie Hilfe?"

Erschrocken drehte sich Linda um. Direkt hinter ihr hatte ein SUV angehalten und der Fahrer, ein älterer Herr mit Hut, lächelte sie milde an.

„Ja, ich müsste dringend telefonieren."

„Kein Problem." Er reichte ihr sein Smartphone aus dem Seitenfenster.

„Das ist sehr nett von Ihnen", bedankte sich Linda und wählte die Nummer von Jörgen. Er meldete sich mit Dienstgrad und Namen.

„Linda?", fragte er erstaunt. „Seit wann hast du eine neue Nummer?"

„Das ist völlig unwichtig. Bitte, du musst mir jetzt zuhören", bat sie und entfernte sich einige Meter vom Wagen, damit der Fahrer das Gespräch nicht mithören konnte. „Ich war im Haus der Hanssons und bin niedergeschlagen worden."

„Linda, bist du von allen guten Geistern verlassen? Du wurdest freigestellt!", rief Jörgen entsetzt.

„Ich habe eine Stelle im Wald gefunden, an der Tiere verbrannt wurden. Du musst unbedingt die Kriminaltechniker dorthin schicken, damit sie die verkohlten Knochen untersuchen. Und noch etwas, Ben und Nils Hansson sind ausgeflogen."

„Auf der einen Seite könnte ich dich verfluchen und auf der anderen küssen", brummte Jörgen. „Wo steckst du überhaupt?"

„Ich stehe am Straßenrand und halte den Daumen nach oben. Mir wurden nämlich auch der Autoschlüssel und das Handy entwendet."

„Bei dir gibt es keine halben Sachen, oder?"

Sie hörte im Hintergrund Papier rascheln.

„Folgendes, Linda. Ich setze mich jetzt sofort in den Wagen und komme zu dir. Bevor wir alle Pferde scheu machen, will ich mir selbst die Sache vor Ort ansehen. Einverstanden?"

„Jörgen, es geht mir wirklich nicht gut. Ich habe starke Schmerzen und mir ist übel."

„Ich werde dir etwas mitbringen, keine Sorge", sagte er. „Aber du musst auch mich verstehen. Ich kann die Kollegen nicht einfach blindlings in den Wald schicken, ohne mich persönlich vom Fund zu überzeugen. Außerdem müssen wir uns absprechen, wie wir weiter vorgehen."

„In Ordnung, ich werde am Abzweig auf dich warten. Und Jörgen …"

„Ja?"

„Ein starker Kaffee wäre gut."

„Geht klar, wir sehen uns."

Linda gab dem Fahrer des SUV sein Smartphone zurück.

„Vielen Dank, Sie haben mich gerettet", sagte sie.

„Soll ich Sie vielleicht mitnehmen? Sie haben da eine Wunde am Hinterkopf." Er deutete auf die Stelle.

„Das ist sehr freundlich von Ihnen, aber ein guter Freund wird mich gleich abholen. Leider kann ich Ihnen für das Gespräch nichts zahlen …"

„Kein Problem", unterbrach er sie. „Hauptsache, ich konnte Ihnen helfen. Passen Sie auf sich auf."

„Danke, das werde ich."

Der Fahrer drückte kurz auf die Hupe und setzte seinen Weg fort.

Linda lief zum Abzweig zurück, wo sie sich kraftlos ins Gras fallen ließ. Sie bezweifelte, dass sie in ihrem Zustand noch in der Lage wäre, Jörgen die Stelle zu zeigen. Das

Gewitter war glücklicherweise weitergezogen, ohne sich zu entladen. Es konnte schließlich nicht alles schieflaufen.

Linda erkannte das Motorengeräusch von Jörgens Wagen sofort und stand auf.

„Da bist du ja endlich", sagte sie erleichtert.

„Himmel, wie siehst du denn aus?" Jörgen musterte sie von oben bis unten. „Vielleicht wäre es besser, wenn ich dich gleich zu einem Arzt fahren würde."

„Das muss warten, fürchte ich", widersprach sie ihm. „Die Zeit läuft uns davon."

„Deine Entscheidung." Jörgen reichte ihr einen Kaffeebecher und eine Packung Tabletten. „Schmerzmittel und Koffein. Ich hoffe, es hilft."

„Danke."

Der Kaffee war nach der Fahrt nur noch lauwarm. Linda setzte den Becher an und leerte ihn in einem Zug. Hoffentlich wirkten die Schmerztabletten rasch.

„Wo müssen wir hin?", fragte Jörgen.

„Hier entlang."

Sie durchquerten das Grundstück der Hanssons und Linda kam vor dem hinteren Schuppen zum Stehen.

„Siehst du die Mulde? Dort scheint jemand genächtigt zu haben."

„Könnte auch ein Tier gewesen sein", antwortete Jörgen.

„Ein Marder oder ein Dachs hinterlässt doch keine so große Fläche", entgegnete sie. „Übrigens, das Tellereisen im anderen Schuppen solltet ihr genau untersuchen lassen. Es könnte sich bei den dunklen Verfärbungen durchaus um Blut handeln."

Jörgen zückte den Stift und notierte sich Lindas Anmerkungen.

„Jetzt zeige ich dir die Stelle mit den verbrannten Tierkadavern."

Linda lief voraus und spürte, wie ihre Kräfte schwanden. Einzig der Gedanke an Lillemor ließ sie durchhalten. Jörgen bemerkte ihre körperliche Schwäche.

„Komm, ich stütze dich. Tut mir leid, dass ich deinen Zustand falsch eingeschätzt habe."

„Nun ist es sowieso zu spät. Was wirst du den Kollegen sagen?", fragte sie.

„Anonymer Hinweis, in der Hoffnung, dass sie nicht die eingegangenen Anrufe kontrollieren. Wenn das Team vor Ort ist, werden sie ja sehen, dass Ben und Nils Hansson ausgeflogen sind."

„Das ist gut. Übrigens, mir ist da so ein Gedanke gekommen. Könnte Kristin Johansson nicht für all das verantwortlich sein? Ich meine, die Fälle von Tierquälerei haben ganz in ihrer Nähe stattgefunden."

„Ist das dein Ernst?" Jörgen sah sie völlig entgeistert an. „Bist du wirklich der Ansicht, dass diese dickliche, unsportliche junge Frau die Morde verübt hat?"

„Jetzt wirst du aber unfair. Es gibt einen Spruch, den solltest du dir zu Herzen nehmen: Unterschätze niemals deinen Gegner."

„Linda, ich kann erahnen, wie verzweifelt du bist. Aber das Mädchen scheidet für mich als Täterin definitiv aus."

Inzwischen hatten sie die niedergebrannte Hütte erreicht.

„Hier ist es." Linda deutete auf den Boden.

„Du hattest recht, das sieht tatsächlich besorgniserregend aus", stimmte Jörgen ihr zu. „Ich werde die Kollegen verständigen und Ben und Nils Hansson zur Fahndung ausschreiben lassen. Ich tippe nach wie vor auf den älteren Bruder, er kannte schließlich jede der drei jungen Frauen."

Jörgen wählte die Nummer der Polizeibehörde und gab

die genauen Koordinaten und erste Anweisungen durch. Dann beendete er das Gespräch.

„So, meine Liebe, kommen wir nun zu dir. Ich werde meine Freundin anrufen, damit sie dich zu einem Arzt bringen kann, während ich hier auf die Kollegen warte. Geht das für dich in Ordnung?"

Linda nickte zum Einverständnis.

30

Die aufgehende Sonne tauchte das Zimmer in ein goldenes Licht. Ben schaute zu Nils, dessen Kopf zwischen den Kissen hervorlugte. Er schnarchte leise und Ben wünschte sich, dass dieser Urlaub niemals enden würde. Sich im süßen Nichtstun treiben lassen, die innere Mitte finden und das Leben in vollen Zügen genießen.

Sie hatten einen wunderbaren Tag am Meer verbracht und sich so unendlich und sorglos frei gefühlt. Aber das Geld ging allmählich zur Neige und bis jetzt hatte sich noch kein einziger Käufer für das Haus interessiert.

Ben schlug die Bettdecke zurück und schlich zur Tür. Obwohl es recht kühl an diesem Morgen war und vereinzelte Nebelschleier über das Wasser tanzten, setzte er sich auf die Steine und ließ seinen Blick in die Ferne schweifen.

Er wusste, dass er nach ihrer Rückkehr die Vormundschaft für Nils verlieren würde und dieser quälende Gedanke zerriss ihm das Herz. Schuldgefühle nagten an ihm, sich nicht besser um seinen Bruder gekümmert zu haben. Seit dieser verhängnisvollen Geschichte mit Yva litt Nils unter immer wiederkehrenden Albträumen. Ja, in seinen Augen hatte sie den Tod verdient, aber sein Bruder hatte einen hohen Preis dafür bezahlen müssen.

Eine sanfte Brise wehte den Geruch von Muscheln und Tang herüber und Wehmut machte sich in ihm breit. Er fühlte sich einmal mehr dem Schicksal hilflos ausgeliefert.

„Was machst du hier?"

Die Stimme von Nils riss ihn aus seinen Gedanken.

„Den wunderschönen Morgen genießen."

Nils setzte sich neben ihn.

„Es ist so schön am Meer. Bitte, bitte, lass uns hierbleiben", flehte Nils bestimmt zum hundertsten Male. „Ich kann immer gut schlafen, die bösen Träume bleiben weg."

„Nichts lieber als das", seufzte Ben. „Aber die Kronen sind aufgebraucht, wir haben gar keine andere Wahl."

„Du wolltest doch das Haus verkaufen", sagte Nils vorwurfsvoll. „Ich will nicht mehr im Wald wohnen."

„Bis jetzt hat sich niemand gefunden, der es haben will. Vielleicht umgibt das Haus eine böse Aura", sagte Ben.

„Böse Aura, ja", murmelte Nils.

Ben legte einen Arm auf die Schulter seines Bruders.

„Du wirst nicht in Vaters Haus zurückkehren müssen", versprach er ihm. „Aber das bedeutet auch, dass wir nach unserer Rückkehr getrennte Wege gehen."

„Du willst weg von mir?", rief Nils entsetzt.

„Brüderchen, wenn es nach mir ginge, würde sich nie etwas ändern. Aber nachdem wir heimlich in den Urlaub gefahren sind, werden sie mir die Vormundschaft aberkennen."

„Warum sind wir dann überhaupt gefahren?" Nils musterte ihn zornig.

„Weil es mir unglaublich wichtig war, dich ein einziges Mal glücklich zu sehen."

Ben fiel es schwer, die Tränen zurückzuhalten, als er seinen Bruder umarmte. Nils hingegen ließ seinen Gefühlen freien Lauf und sein Körper bebte unter den lauten Schluchzern.

„Bitte Ben, dann lass uns in ein anderes Land abhauen", bettelte er.

„Das geht nicht so einfach. Wir haben kein Geld und müssten im Auto schlafen."

„Das ist mir egal, ich brauche nur einen Schlafsack."

„Ach Nils …" Ben klopfte ihm kameradschaftlich auf die Schulter. „Und was machen wir im Winter? Bei Minustemperaturen im zweistelligen Bereich?"

„Es gibt auch Länder, wo es warm ist."

Nils schniefte geräuschvoll und sah ihn erwartungsvoll an. Doch Ben konnte ihm nicht die Antwort geben, die er so gern hören wollte. Es war seine Pflicht, Nils auf ein neues Leben ohne ihn vorzubereiten.

„Wir kommen niemals über die Grenzen, sie haben uns sicher schon zur Fahndung ausgeschrieben."

„Aber wir haben es doch noch nicht einmal versucht." Nils rutschte ein Stück von ihm ab.

„Wir sollten diesen wunderschönen Morgen nicht mit einem Streit verderben", sagte Ben mit leiser Stimme. Auf das, was danach folgte, war er nicht vorbereitet.

„Ich. Will. Nie. Mehr. Zurück!", schrie Nils, sprang auf und stieß ihn zurück.

„Sag mal, bist du noch zu retten?", rief Ben überrascht und ging in Abwehrhaltung. Doch Nils war stark wie ein

Bär. Seine Fäuste flogen und die harten Hiebe trommelten auf ihn nieder. Sekunden später ging ein Ruck durch seinen Körper und er wehrte sich. Keuchend gingen die Brüder zu Boden und wälzten sich auf dem harten Stein. Erst als Ben ein rotes Rinnsal aus der malträtierten Nase floss, besann sich Nils.

„'Tschuldige", stammelte er und versteckte beschämt seine Hände hinter dem Rücken.

„Was sollte das?", schrie Ben und tupfte sich das Blut von der Nase. „Bist du jetzt völlig übergeschnappt?"

„Ich will lieber sterben als nach Hause zurück", antwortete Nils und wischte sich verstohlen mit dem Handrücken über die Augen.

„Ich kann dir nicht helfen, solange du dich mir gegenüber nicht öffnest", erwiderte Ben. „Ich mache dir folgenden Vorschlag: Wir gehen jetzt zurück, machen Frühstück und setzen uns mit Kaffee und Rührei wieder auf die Steine. Und dann erzählst du mir in aller Ruhe, was dich bedrückt. Nur so können wir gemeinsam nach einer Lösung suchen. Einverstanden?"

Nils nickte stumm.

Ben lief voraus und presste ein Taschentuch an seine Nase. Das helle Shirt konnte er getrost im Müll entsorgen, das war vollkommen hinüber. Aber er hoffte, dass die Beziehung zu seinem Bruder nach diesem Gespräch wieder ins Reine kam.

31

Liv erlangte das Bewusstsein wieder. Doch ihr Blick blieb getrübt und sie war kaum noch in der Lage, die Umgebung wahrzunehmen. Warum nur war sie zu diesem Typen in den Wagen gestiegen? Damit hatte das Unheil seinen Lauf genommen.

Sie wollte nicht sterben, aber die Schmerzen waren kaum mehr zu ertragen. Die Verbrennungen auf ihrem Rücken hatten sich entzündet und die Innenseiten ihrer Oberschenkel fühlten sich an wie rohes Fleisch. Sie musste ihre Hinterlassenschaften im Stehen absetzen und hatte damit weitere unzählige Fliegen angelockt. Die schwarzen Biester krabbelten auf ihr herum, bedienten sich an den offenen Wunden und legten dort auch ihre Eier ab.

Sie war eine zum Tode Verurteilte und hatte die Hoffnung auf Rettung endgültig aufgegeben. Das Zeitgefühl war abhandengekommen und dieser entsetzliche Durst bescherte ihr Höllenqualen. Die Zunge klebte am Gaumen und selbst das Atmen fiel ihr schwer. Kälteschauer und Hitzewallungen wechselten sich ab, es würde mit Sicherheit ein qualvoller Tod werden. Sie konnte sogar ihren eitrigen Körpergeruch wahrnehmen, während alle anderen Sinne kaum noch funktionierten.

„Mama, Papa, ich liebe euch von ganzem Herzen und es tut mir so unendlich leid, dass ich euch enttäuscht habe. Falls es einen Himmel gibt, dann sehen wir uns dort wieder ...“, flüsterte sie und ihr Kopf fiel leblos zur Seite.

32

Nach einem Tag der Stille hörten Kristin und Lillemor wieder Schritte und das leise Klimpern eines Schlüsselbundes.

„Er ist zurückgekommen“, wisperte Lillemor. „Was machen wir denn nun?“

„Nimm einen Stein, um dich zu verteidigen“, antwortete Kristin im Flüsterton.

Sie hatten es nicht geschafft, das Loch im Mauerwerk zu erweitern, um sich hindurchzuzwängen. Blutige Fingerkuppen und grenzenlose Erschöpfung hatten sie zum Aufgeben gezwungen. Doch jetzt war ihr Kampfgeist gefragt, sie mussten diese Chance nutzen.

Fest entschlossen griff Kristin nach dem Rohr, um es dem Kerl um die Ohren zu hauen. Sie war zu allem bereit und würde bis zu ihrem letzten Atemzug kämpfen. Und tatsächlich, die Schritte stoppten direkt vor ihrer Tür, die Sekunden später aufschwang.

Kristin konnte nur die Umrisse einer schemenhaften Gestalt erkennen, weil sie vom einfallenden Licht geblendet wurde. Es schien diesmal nicht der bärenhafte Typ zu sein, der sie sonst versorgte.

„Komm mit", sagte die vermummte Gestalt.

Obwohl Kristin weder Gesichtszüge noch Haarfarbe erkennen konnte, wusste sie sofort, wer vor ihr stand. Verstört ließ sie das Rohr zu Boden fallen und wich panikartig zurück.

„Du?", stammelte sie fassungslos und rieb sich die Augen. „Wie hast du mich gefunden?"

„Ich hatte immer ein wachsames Auge auf dich."

Diese Stimme konnte Kristin von tausend anderen unterscheiden und sie begann unkontrolliert zu zittern. Dann kniff sie sich in den Oberarm. Das war definitiv keine Halluzination.

„Jetzt mach schon, Kristin, ich brauche deine Hilfe."

Ihr Gegenüber zerrte sie am Arm nach draußen.

„Hast du mich etwa entführt und in dieses Loch gesperrt?", fragte Kristin.

„Natürlich. Ich konnte doch nicht zulassen, dass man dir wehtut."

„Du lässt mich hungern und behauptest dann, es wäre nur zu meinem Besten?", schrie Kristin aufgebracht und machte einen Schritt nach vorn. „Geh mir sofort aus dem Weg!"

Der Schlag traf sie völlig unvorbereitet und sie schmeckte das Blut ihrer aufgeplatzten Unterlippe.

„Für so einen Affenzirkus haben wir keine Zeit. Kann ich mit deiner Hilfe rechnen?"

Kristin war wie betäubt. Es musste sich um einen Irrtum handeln, irgendetwas stimmte nicht mit ihrem Kopf.

„Was ist?"

Der Stoß vor die Brust brachte Kristin wieder zur Besinnung.

„Ja", antwortete sie, weil ihr nichts Besseres einfiel.

„Dann komm, die Zeit drängt."

„Wohin gehen wir?"

„Raus in die Freiheit."

Kristin spürte, wie sie am Arm gepackt und mitgerissen wurde.

„Warte, wir müssen Lillemor mitnehmen", rief sie gehetzt.

„Daran habe ich schon gedacht, keine Sorge."

Kristin fühlte sich wie in Trance und fing erst im letzten Moment den Schlüssel auf, der ihr zugeworfen wurde. Sie konnte die Situation nicht einordnen, reagierte wie fremdgesteuert. Fahrig öffnete sie die Tür.

„Ich hätte nie gedacht, dass wir doch noch gerettet werden", schluchzte Lillemor und fiel Kristin dankbar in die Arme.

„Ja, ich bin auch total verwirrt", flüsterte Kristin.

Plötzlich änderte sich die Stimmung.

„Auseinander, sofort!", befahl der vermeintliche Retter.

„Was hast du?", fragte Kristin verunsichert.

„Ich stehe nicht auf Kinderspielchen und Gefühlsduseleien. Kristin, du gehst voraus und ich bilde das Schlusslicht. Lillemor wird schön in der Mitte bleiben."

Kristin war durch den strengen Kommandoton eingeschüchtert und gehorchte. Sie stolperte einen schmalen Gang entlang und öffnete die Außentür. Das grelle Sonnenlicht blendete und sie hielt sich schützend die Hand vor Augen.

„Und jetzt?"

„Folge einfach diesem Pfad."

„Hey, was soll der Mist?" Lillemor war stehengeblieben

und genau in diesem Momente spürte sie auch schon den schmerzhaften Tritt in ihrer Kniekehle. Sie strauchelte und stürzte zu Boden.

„Spinnst du?", schrie Kristin und hob die Fäuste, um sich schützend vor Lillemor zu stellen. „Wage es ja nicht ..."

Erst als die Klinge eines Messers blitzte, begriff Kristin den Ernst der Lage.

„Was hast du vor?", keuchte sie verstört.

„Klappe halten und weiter."

Kristin reichte Lillemor ihre Hand, um ihr beim Aufstehen behilflich zu sein.

„Kristin, was passiert hier?", wisperte Lillemor.

„Sei still, wenn du das Messer nicht zwischen den Rippen spüren willst."

Lillemor verstummte und das Trio setzte seinen Weg fort. Der schmale Pfad vor ihnen schlängelte sich durchs Dickicht und trotz der drohenden Gefahr wirkte der Wald friedlich. Hellgrüne Farnwedel streiften ihre Beine und das Laub vom Vorjahr raschelte unter ihren Füßen. Sie hörten einen Specht rhythmisch klopfen und der Wind fuhr leise rauschend durch die dichten Baumkronen.

Plötzlich hing dieser unangenehme Geruch in der Luft, nur ganz leicht, aber Kristin konnte ihn dennoch wahrnehmen.

„Was ist das?", fragte Kristin, die stehen geblieben war. „Es riecht wie verdorbene Wurst, die zu lange in der Sonne gelegen hat."

„Das wirst du gleich sehen", lautete die knappe Antwort. „Jetzt geh einfach weiter."

Kristin ahnte, dass hier etwas ganz gewaltig aus dem Ruder lief. Zögerlich ging sie weiter, und das nicht nur, weil sich der Gestank zunehmend verstärkte. Der schmale Trampelpfad endete unmittelbar vor einer kleinen Senke, auf der zwei Holzkreuze standen.

„Oh Gott, dort ist jemand festgebunden", rief Kristin hysterisch und rannte los.

„Bleib sofort stehen!"

Die schneidende Stimme ließ Kristin zusammenzucken und sie stoppte ihre Schritte. Mit einem Schlag kehrten die Erinnerungen zurück, die sie all die Jahre erfolgreich verdrängt hatte. Erst jetzt formte sich ein Bild in ihrem Kopf.

„Du?", keuchte sie entsetzt.

„Natürlich, wer denn sonst? Los, zum Kreuz."

Genau diesen Augenblick nutzte Lillemor, um auszubrechen. Sie machte einen Satz zur Seite und verschwand im dichten Unterholz.

„Verdammte Scheiße!"

Kristin war zur Salzsäule erstarrt und beobachtete die wilde Verfolgungsjagd. Nur wenige Augenblicke später waren die zwei verschwunden. Kristin verscheuchte die vielen Fliegen, die sie umschwirrten und hob ihren Blick. Sie hatte noch nie eine Leiche gesehen und schmeckte die bittere Galle. Entsetzt presste sie ihre Hand auf den Mund, um einen Schrei zu unterdrücken.

Sie erinnerte sich an das Foto in der Zeitung, die Gesichtszüge stimmten mit denen von Livia Michelsen überein. Ansonsten erinnerte nichts mehr an diese junge und schöne Frau, die mit einem strahlenden Lächeln in die Kamera geschaut hatte. Da war nur noch kalte, bläulich verfärbte Haut, auf der sich Hunderte Fliegen niedergelassen hatten. Livia hatte die Augenlider geschlossen und Kristin blieb der gebrochene Blick erspart.

In der Ferne erscholl ein verzweifelter Schrei. Lillemor!

Da Kristin nichts mehr für Livia tun konnte, rannte sie in die Richtung, aus der der Schrei gekommen war. Sie kämpfte sich durch das Dickicht und hatte nur das eine Ziel – Lillemor zu retten. Ja, sie würde auch nicht davor zurückschrecken, ihr eigenes Leben zu opfern. Die Schuld musste gesühnt werden, so oder so.

Das Knacken von trockenen Zweigen durchbrach die Stille und kurz darauf entdeckte sie Lillemor, die mit gesenktem Kopf in ihre Richtung lief. Blut tropfte aus einer frischen Wunde am Hals und das Feuer in ihren Augen war erloschen. Kristin wusste aus eigener bitterer Erfahrung, was das bedeutete.

„Wenn eine von euch es noch einmal wagt, sich mir in den Weg zu stellen, dann mache ich euch kalt."

Kristin wusste, dass dies keine leere Drohung war, und die Angst schnürte ihr die Kehle zu.

„Lillemor, stell dich an das Kreuz und du, Kristin, wirst sie festbinden."

Kristin fing das Seil auf und hoffte im Stillen um Beistand und Rettung. Immer wieder schaute sie sich hilfesuchend um, doch nichts dergleichen geschah. Mit zitternden Händen fixierte sie Lillemors Arme und Beine.

„Das Seil sitzt zu locker."

Kristin fing den flehenden Blick von Lillemor auf. „Bitte, hilf mir", wisperte sie.

„Noch ein Wort …" Das blutbesudelte Messer berührte Lillemors Kehle.

Los Kristin, jetzt oder nie!, drängte die Stimme in ihrem Hinterkopf. Ihr Arm schnellte nach oben, um dem Kontrahenten das Messer aus der Hand zu schlagen. Und tatsächlich, es landete im hohen Bogen im Heidekraut.

„Das wirst du mir büßen!"

Ein kämpferischer Schrei zerriss die Stille und Kristin spürte das fremde Körpergewicht, das sie zu Boden riss. Der Aufprall war hart und sie hatte kaum die Möglichkeit, den gezielten Schlägen auszuweichen. Ihr linkes Auge war bereits zugeschwollen, kurz darauf knackte die Nase. Gurgelnd schluckte sie das Blut und rang nach Luft. Dann zog sie das Knie kraftvoll nach oben.

Ein Schmerzlaut ertönte und das Gewicht, das Kristin vorher noch auf den Boden gedrückt hatte, verlagerte sich. Plötzlich war sie frei, bemerkte aber zu spät, dass ihr Gegner das Messer wieder an sich genommen hatte.

Keuchend richtete sich Kristin auf. „Scheiß drauf!", brüllte sie und stürzte sich mit wildem Geheul auf die vermummte Gestalt. Lillemor durfte nicht sterben.

Plötzlich spürte sie einen heftigen Schlag und verlor die Bodenhaftung. Ihr Kopf schien vor lauter Schmerzen zu explodieren und als sie sich an die Schläfe fasste, verfärbten sich ihre Fingerspitzen rot. Nur Sekunden später verlor sie das Bewusstsein.

33

Linda war noch einmal an diese verhängnisvolle Stelle im Wald zurückgekehrt. Das Absperrband flatterte verloren im Wind und sie konnte nicht leugnen, dass diesem Ort etwas Unheimliches anhaftete. Die Kollegen hatten die Untersuchungen mittlerweile abgeschlossen und Linda wusste von Jörgen, dass unzählige Tierkadaver mit abgetrennten Köpfen und Gliedmaßen gefunden worden waren.

Obwohl auch Alex Berg ihr den Rat erteilt hatte, nicht auf eigene Faust weiterzuermitteln, kam Stillstand für sie nicht infrage. Sie würde ihre Suche nach Lillemor fortsetzen, solange noch ein Quäntchen Hoffnung bestand.

Sie schulterte ihren Rucksack, in dem sich zwei Wasserflaschen und ein Lunchpaket befanden, und setzte ihren Weg fort. Der weiche Waldboden dämpfte ihre Schritte und manchmal versank sie bis zu den Knöcheln im samtigen Moos. Ein leise plätschernder Bach kreuzte ihren Weg und sie ging in die Hocke, um sich mit eiskaltem klarem Wasser das Gesicht zu kühlen. Die Erfrischung hatte ihr gutgetan und die Sinne waren wieder geschärft. Nicht ein einziges Mal kam ihr der Verdacht, den falschen Abzweig genommen zu haben, und sie schritt forsch voran.

Kurz darauf verjüngte sich der Weg zu einem schmalen Pfad, den wilde Preiselbeeren umsäumten. Linda sog den erdigen Geruch des Waldes tief in ihre Lungen. Das Leben könnte so schön sein, dachte sie voller Schmerz. Immer wieder raschelte es in der näheren Umgebung und einmal glaubte sie sogar, leise Schritte zu hören. Wahrscheinlich war die Anspannung zu hoch und sie nahm Geräusche wahr, die gar nicht vorhanden waren.

Nach einer halben Stunde erreichte Linda ein verlassenes Forsthaus, das ihre Aufmerksamkeit weckte. Das Dach hatte zahlreiche undichte Stellen und einige Fensterscheiben waren eingeschlagen worden. Hier wohnte schon lange niemand mehr. Dennoch betrat sie das baufällige Holzhaus in der Hoffnung, auf verwertbare Spuren zu stoßen.

Konzentriert durchstreifte sie die Räume und entdeckte im Keller ein altes Bett, auf dem eine Matratze lag. Die Decke und das Kissen zeugten davon, dass dieses Nachtlager immer noch benutzt wurde. Da leere Flaschen und andere Habseligkeiten fehlten, schloss Linda einen Obdachlosen aus. Allerdings fand sie in einem roh gezimmerten Schrank saubere Kleidung. Dunkle Jeans und Hoodies deuteten auf einen jungen Mann mittlerer Größe hin. Ein funktionstüchtiger Kamin war ebenfalls vorhanden. Auf dem Weg nach draußen fiel ihr noch eine Kiste ins Auge, die mit Lebensmitteln bestückt war. Wer mochte sich hier einquartiert haben?

Im Garten stand ein gemauerter Brunnen, den sie sich genauer ansah. Ein Seil führte nach unten und als Linda an der Kurbel drehte, konnte sie das Gewicht eines vollen Wassereimers spüren. Hastig kramte sie ihre Wanderkarte aus dem Rucksack und kreiste diesen Bereich ein. Auch wenn nichts darauf hindeutete, dass in dem Forsthaus Menschen gefangen gehalten und gefoltert worden waren, so würde sie Jörgen erneut um Hilfe bitten müssen.

Linda löschte ihren Durst und lief dann weiter. Der feste Wille, Lillemor zu finden, trieb sie voran. Mit der Zeit wurde der Bewuchs dichter und nur noch wenige Sonnenstrahlen erreichten den moosbedeckten Waldboden.

Plötzlich hörte Linda Stimmen und stoppte ihre Schritte. Sie verbarg sich hinter dem knorrigen Stamm einer Kiefer und lauschte angestrengt den kurzen Gesprächsfetzen, die zu ihr herüberwehten. Behutsam ließ sie den Rucksack von ihren Schultern gleiten und bahnte sich behände einen Weg durchs Unterholz. In einer kleinen Senke lichtete sich der Wald. Linda entdeckte zwei Holzkreuze, die in der Mitte positioniert waren, und erkannte die anwesenden Personen auf Anhieb.

Kristin, also doch!, dachte sie entsetzt. Das Mädchen war gerade dabei, ihre Tochter ans Kreuz zu fesseln. Sie musste unbedingt eingreifen, um Schlimmeres zu verhindern.

Lautlos zog sie sich zurück, um nach einem Stein zu suchen. Mit ihrer Dienstwaffe wäre das alles kein Problem gewesen, aber nein, der Boss hatte sie ja unbedingt suspendieren müssen. Es verstrichen kostbare Minuten, bis sie ein passendes Exemplar gefunden hatte. Schließlich wollte sie Kristin nur ausknocken, nicht schwer verletzen.

Ihr Atem ging stoßweise, als sie zurück zur Senke schlich, denn der Wurf musste beim ersten Mal sitzen. Die plötzliche Stille hatte etwas Beängstigendes, selbst der Vogelgesang war verstummt. Kristin war immer noch damit beschäftigt,

Lillemor zu fesseln, und es schien fast so, als würde sie sich absichtlich Zeit lassen.

Plötzlich sprang Kristin unvermittelt auf und machte einen Satz nach rechts. Sie riss die unbeteiligte Person, die neben ihr gestanden hatte, zu Boden und Linda rechnete mit dem Schlimmsten. Wie viele Opfer hatte das Mädchen noch in ihrer Gewalt?

Kristin kämpfte wie eine Löwin und es lief tatsächlich darauf hinaus, dass sie gewinnen würde.

Du hast nur diese eine Chance, hallte das Echo hinter Lindas Stirn. Ihre linke Handfläche berührte die borkige Rinde einer Fichte und mit der rechten holte sie aus. In Gedanken zählte sie bis drei und warf den Stein zielsicher in Kristins Richtung. Mit einem fassungslosen Gesichtsausdruck ging das Mädchen zu Boden.

„Kommen Sie schnell, wir müssen Hilfe holen“, rief Linda dem jungen Mann zu, der immer noch am Boden lag. Er rappelte sich auf und dabei rutschte ihm die Kapuze vom Kopf.

Linda stockte der Atem. Sie hatte eine junge Frau vor sich und die Ähnlichkeit mit Kristin war frappierend. Trotz ihrer ungepflegten Erscheinung und der kurzen dunklen Haare war sie eine Schönheit.

„Ich bin schon unterwegs“, antwortete die junge Frau und eilte in ihre Richtung.

Die Erkenntnis traf Linda wie ein Fausthieb, dem gesamten Team war ein furchtbarer Fehler unterlaufen. „Oh mein Gott, die Tiere ...“, rief sie bestürzt und streckte die Hände abwehrend nach vorn. Dann drehte sie sich um und hetzte in den Wald.

Doch sie kam nicht sehr weit, sie hatte die Wendigkeit ihrer Gegnerin völlig unterschätzt. Ein stechender Schmerz breitete sich zwischen ihren Schulterblättern aus und sie ging mit einem Schrei zu Boden.

„Yva …", stöhnte Linda und schaute zu ihr auf.

„Nett, Sie kennenzulernen. Jetzt können Sie Ihrer Tochter Gesellschaft leisten."

Wieder und wieder trat Yva mit ihrer Fußspitze in Lindas Eingeweide, die sich keuchend unter Schmerzen krümmte. So hatte sie sich das Ende wahrhaftig nicht vorgestellt.

34

Ich fordere sofort Verstärkung an", raunte Alex Berg in das Satellitentelefon und schickte die Koordinaten hinterher. „Es sind etliche Rettungskräfte und ein Helikopter nötig, um die Verletzten zu bergen."

„Ein Helikopter?", fragte Jörgen verdutzt.

„Ihre Kollegin Linda Sventon wurde niedergestochen, es zählt jede Minute. Yva Johansson ist extrem gefährlich."

Sein Instinkt hatte ihm dazu geraten, Linda im Auge zu behalten, und jetzt ging es um reine Schadensbegrenzung.

Er schob das Telefon zurück in seine Jackentasche und beobachtete das düstere Szenario. Kristin lag noch bewusstlos am Boden und Lillemor schrie um ihr Leben, bis ein derber Schlag sie zur Räson brachte.

Yva fesselte Kristin, umfasste ihre Knöchel und schleifte sie wie einen erlegten Rehbock hinter sich her. Kurz darauf waren sie aus seinem Blickfeld verschwunden. Alex nutzte die Gunst der Stunde, um seine Position zu wechseln. Er wollte sich einen genauen Überblick verschaffen.

In geduckter Körperhaltung umrundete er die Senke, damit er das Mädchen am zweiten Holzkreuz identifizieren konnte. Der grausige Anblick verschlug ihm die Sprache und er konnte sogar den fauligen Geruch wahrnehmen, der von diesem geschundenen Körper ausging. Der Kopf des Mädchens hing leblos zur Seite, die Lider waren geschlossen. Auch der blassbläuliche Teint zeugte davon, dass Livia Michelsen nicht mehr zu retten war.

Yva kehrte ausgerechnet in dem Augenblick zurück, als er sich zu weit nach vorn gewagt hatte. Er presste sich auf den Boden und hoffte, dass ihn seine hellgraue Bürokluft nicht verriet. Die Anzughose war sowieso hinüber, mit so einem Körpereinsatz hätte er im Leben nicht gerechnet. Ungeduldig wartete er darauf, dass die Verstärkung endlich auftauchte, denn Linda hatte eine schwere Stichverletzung im Rückenbereich erlitten.

Er hörte gedämpfte Schritte und wagte erst im letzten Moment, seinen Kopf zu heben. Yva hatte ihn schon fast erreicht, seine Deckung war aufgeflogen. Ihre Hände waren blutbesudelt und die Augen blitzten hasserfüllt. Hastig sprang er auf, um sich zu verteidigen. Er wusste, dass sie bis zum Äußersten gehen würde, und bereitete sich auf einen Kampf vor.

„Es war ein großer Fehler, deiner Kollegin zu folgen", zischte sie und machte einen geschickten Ausfallschritt nach vorn. Die scharfe Schneide des Jagdmessers zerfetzte sein Hemd.

Alex ließ Yva keine Sekunde aus den Augen. „Du bist zu spät, ich habe bereits Verstärkung angefordert."

Für eine Millisekunde entgleisten ihre Gesichtszüge, dann hatte sie sich wieder fest im Griff.

„Du kannst viel erzählen, wenn der Tag lang ist."

Noch während des Sprechens setzte sie zu einem raubtierhaften Sprung an und stach zu. Sie traf ihn am Oberarm und die Wunde begann sofort zu bluten. Yva war unberechenbar. Jetzt konnten ihn nur noch seine Judokenntnisse, die er sich in jungen Jahren angeeignet hatte, retten.

Seine Hand schoss nach vorn und umfasste Yvas Handgelenk. Er vollführte eine geschickte Drehung, drückte seine Schulter gegen ihren Rücken und schleuderte sie zu Boden. Der Aufprall war hart und Yva stöhnte. Doch sofort ging sie zu einem Gegenangriff über und stellte ihm ein Bein. Er strauchelte und Yva nutzte diesen Moment der Schwäche. Sie trat noch einmal nach und traf ihn genau in seiner empfindlichen Körpermitte.

Alex rang keuchend nach Luft und krümmte sich. Dieser Schmerz war so intensiv, dass er ihm die Tränen in die Augen trieb und er war kaum noch in der Lage, sich zur Wehr zu setzen. Yva riss ihn zu Boden und hob das Messer.

Der Schuss klingelte in seinen Ohren und er sah, wie Yva nach hinten kippte. Blutüberströmt bäumte sie sich noch einmal auf und stach erneut zu. Alex versuchte, sich seitlich wegzurollen, doch sie erwischte ihn abermals. Erst ein zweiter Schuss setzte Yva schachmatt. Leblos sackte sie auf den Waldboden, der sich von ihrem Blut rot färbte.

Uniformierte Männer verließen ihre Deckung und sicherten die Lichtung. Kurz darauf war das laute Rauschen von Rotorblättern zu hören. Alex rannte sofort zu Linda und beugte sich über sie. Sie hatte viel Blut verloren und atmete nur noch ganz schwach.

„Ich brauche sofort einen Sanitäter!", brüllte er.

Linda wurde auf eine Trage gelegt und gesichert, die mit der Seilwinde aus dem Helikopter heruntergelassen worden war.

Ein überraschter Schrei ließ die Männer innehalten.

„Ich kann einen schwachen Puls fühlen", rief ein junger Sanitäter und begann hektisch die Fesseln von Livia Michelsen zu lösen.

Sofort unterstützten ihn weitere Rettungskräfte. Nach einer kurzen Lagebesprechung wurde Linda umgebettet, damit Livia an Bord geholt werden konnte. Nur wenige Minuten später drehte der Helikopter ab, um die nächste Klinik anzufliegen.

„Was ist mit ihr?", fragte Alex und deutete in Yvas Richtung. „Sie muss ebenfalls dringend versorgt werden."

Der Sanitäter schüttelte bedauernd den Kopf. „Die Kugel hat eine Arterie zerfetzt, wir konnten die Blutung nicht stoppen."

Alex lehnte sich erschöpft an den rauen Stamm einer Birke. Es wurmte ihn, dass er auf seine drängenden Fragen keine Antworten mehr erhalten würde.

Kristin Johansson hatte mittlerweile das Bewusstsein widererlangt und wurde auf einer Trage abtransportiert. Lillemor hockte neben ihrer Mutter auf dem Boden und weinte, während der Arzt ihr einen Venenzugang legte. Der Fall war gelöst, aber zu welchem Preis?

Alex fühlte sich schuldig.

35

Ben war verwundert, dass er und Nils nicht schon längst verhaftet worden waren. Nachdem sich sein Bruder ihm anvertraut hatte, war eine Welt für ihn zusammengebrochen. Sie hatten sich erneut in den Armen gelegen und geweint. Für Ben war es beschlossene Sache, sofort die Rückfahrt anzutreten, um sich der Verantwortung zu stellen. Achtlos hatte er die Kleidungsstücke in den Koffer geworfen und war mit Nils überstürzt abgereist.

Yva.

Wie sehr er diese Person hasste. Er hatte schon immer geahnt, dass mit ihr etwas nicht stimmte, aber das, was Nils ihm erzählt hatte, sprengte den Rahmen seiner Vorstellungen.

Ben trat abrupt auf die Bremse, weil er dem Vordermann beinahe aufs Heck gefahren wäre. Es fiel ihm schwer, sich auf den Verkehr zu konzentrieren, während in seinem Kopf ein Hurrikan durchfegte.

Yva war nicht im See ertrunken. Nein, dieses Biest hatte ihren Tod nur vorgetäuscht. Kein Wunder, dass nie eine Leiche gefunden worden war.

Nils.

Wie hatte er nur so blind sein können, um die Zeichen zu übersehen? Sein Bruder hatte schon immer eine Schwäche für Yva gehabt, die sie geschickt für sich zu nutzen wusste. An dem Tag, an dem sie angeblich ertrunken war, hatte Nils zum ersten Mal mit ihr geschlafen. Er war berauscht und verwirrt zugleich gewesen und Yva hatte ihn seitdem am Haken.

Ben hätte es niemals für möglich gehalten, dass man einen Menschen mit Sex gefügig machen könnte, aber dieser Psychopathin war es tatsächlich gelungen. Sie hatte das Leben so vieler Menschen zerstört und besonders um Tilda, Karoline und Livia tat es ihm leid. Yva war auf Rache aus gewesen, weil er es gewagt hatte, sie abzuweisen. Doch er hatte ihr zu Recht einen Korb gegeben, wie er jetzt feststellen musste.

Anfangs war Nils von Yva fasziniert gewesen, hatte sogar heimlich ein Foto von ihr gemacht und es zwischen seinen Kleidungsstücken versteckt. Doch das änderte sich schnell. Am Ende hatte er unter Yvas Manipulationen gelitten und sie durchschaut. Als er sich von ihr abwenden wollte, hatte sie ihm damit gedroht, Ben die Schuld zuzuschieben. Selbst beim Diebstahl des Kastenwagens hatte Nils dabei sein müssen.

„Ich schäme mich schrecklich", flüsterte Nils.

„Das musst du nicht. Ich hätte besser auf dich achtgeben müssen, ich war so ein Idiot."

Nicht nur bei Nils hatte er versagt. In der Hoffnung, Livia etwas Gutes zu tun, hatte er sie bis vor die Haustür gefahren. Ein fataler Irrtum. Ihm war Yvas Beschattung nie aufgefallen. Selbst dem rothaarigen Mädchen, das von zu Hause ausgerissen war, hatte er helfen wollen. Inzwischen wusste er von Nils, dass es sich um Kristin, Yvas Schwester handelte. Auch sie war ahnungslos gewesen. Yva wollte ihre Schwester als Verbündete mit ins Boot holen, denn die öffentliche Suche nach Kristin stellte ein Risiko dar.

„Wo hat sich Yva die ganze Zeit aufgehalten?", fragte Ben unvermittelt.

„Du kennst doch das alte Forsthaus …"

„Dort hat sie gehaust?" Ben zog die Stirn in Falten. „Das muss im Winter verdammt kalt gewesen sein."

„Es gibt einen Kamin im Keller", antwortete Nils.

„Und wovon hat sie gelebt? Ich meine, wie ist sie an Geld gekommen?"

„Ich habe ihr manchmal etwas zugesteckt, alles andere musste sie sich zusammenklauen", gestand Nils kleinlaut.

„Das ist doch der blanke Wahnsinn." Ben schnaubte frustriert.

„Ich habe die Mädchen nie angerührt. Bitte, das musst du mir glauben", flehte Nils. „Ich wollte sie beschützen und habe Karoline sogar losgebunden. Aber Yva hat mich erwischt und hart bestraft."

„Sie hat was?" Ben hätte beinahe das Lenkrad verrissen.

Nils beugte sich nach vorn, um seine Schuhe und Socken auszuziehen.

„Was machst du da?"

Sein Bruder streckte ihm umständlich die Fußsohlen entgegen. „Siehst du? Sie hat mich immer mit einem brennenden Eisen verbrannt, wenn ich böse war und nicht das gemacht habe, was sie wollte."

„Was für ein widerwärtiges Miststück!", rief Ben außer sich vor Zorn. Wer achtete schon auf Fußsohlen? Er erinnerte sich daran, dass Nils hin und wieder gehumpelt hatte, und jetzt kannte er den Grund dafür.

„Ich werde mir den besten Anwalt nehmen, den ich finden kann, und es ist mir scheißegal, wie lange ich diesen Kredit abzahlen muss", versprach Ben. „Aber ich lasse nicht zu, dass du für Yvas Grausamkeiten büßen wirst."

„Können wir nicht doch das Land verlassen?", bettelte Nils.

„Wir werden uns dem stellen", sagte Ben voller Überzeugung. „Aber du brauchst keine Angst zu haben, ich werde dich beschützen."

Er fuhr auf einen Parkplatz, um eine kurze Pause einzulegen.

„Zeig mir noch einmal deine Füße", bat er seinen Bruder und betrachtete kopfschüttelnd die vernarbte Haut. „Hast du noch Schmerzen?"

„Ja, manchmal", antwortete Nils.

„Um deine Verletzungen wird sich ein Arzt kümmern müssen. Und das geht nur, wenn wir wieder zurückfahren."

„Ich will aber nicht ..."

„Jetzt komm schon, Nils. Wir gönnen uns als Henkersmahlzeit einen Kaffee und ein leckeres Stück Torte und setzen dann unseren Weg fort."

Nils nickte zum Einverständnis und Ben klaubte die letzten Münzen zusammen.

Lautes Stimmengewirr und hektisches Treiben herrschten

auf der Polizeibehörde, als Ben und Nils das Gebäude betraten.

„Ich möchte eine Aussage machen", sagte Ben am Empfang und trug sein Anliegen vor. Doch der Beamte hatte ihm gar nicht richtig zugehört. Erst als Ben den Namen von Yva Johansson wiederholte, reagierte er und griff zum Telefonhörer.

Zwei Beamte näherten sich ihnen daraufhin und nur Sekunden später klickten die Handschellen.

„Ben, bitte, bitte, bitte, lass mich nicht allein zurück", rief Nils entsetzt und bäumte sich auf. Er war stark wie ein Bär und zwei weitere Polizisten waren nötig, um ihn zu bändigen.

„Ich will zu meinem Bruder", heulte er und schrie sich in seiner Verzweiflung die Seele aus dem Leib. „Ben, hilf mir, Ben …"

Ben hatte nicht mit so einem hartherzigen Empfang gerechnet. Er wurde in eine Zelle gestoßen, ohne zu wissen, wo Nils hingebracht worden war.

„Ich will sofort einen Anwalt", brüllte er zornig.

„Alles zu seiner Zeit", antwortete der Beamte gelassen, verriegelte die Tür und überließ ihn seinem Schicksal.

36

Linda drehte sich leise stöhnend auf die andere Seite. Ihre Sinne waren getrübt und sie fühlte sich wie in Watte gepackt.

„Mama, bist du wach?“, flüsterte eine vertraute Stimme neben ihr.

„Lillemor? Ist das ein Traum?“, nuschelte sie benommen.

„Nein Mama, wir teilen uns ein Krankenzimmer.“

„Wie sind wir hierhergekommen?“ Linda konnte sich an nichts erinnern.

„Du bist im Wald niedergestochen worden, weißt du das nicht mehr?“

„Doch …“

Bruchstückhaft kehrte die Erinnerung zurück. Lillemor an einem Holzkreuz, daneben Livias sterbliche Überreste und Kristins Schwester ...

„Wie hat man uns gefunden?", fragte Linda und konnte den Blick von ihrer Tochter kaum abwenden.

„Der überkorrekte Profiler aus Stockholm, den du so blöd findest, hat uns den Arsch gerettet."

„Lillemor!"

„Kaum bist du wach, kommt die Übermutter in dir wieder zum Vorschein", beklagte sich Lillemor.

Linda streckte die Hand aus, um ihre Tochter zu berühren. „Du siehst so blass aus, mein Mädchen", flüsterte sie. „Es ist grenzt an ein Wunder, dass du wieder bei mir bist."

„Frag mich mal. Wir hatten große Angst, dass du es nicht schaffst. Aber die Ärzte haben dich zum Glück wieder zusammengeflickt."

Ein flüchtiges Lächeln umspielte Lindas Lippen. „Ich liebe meinen Job, Lillemor, aber dieser Fall hat mir gezeigt, dass ich euer Leben ernsthaft in Gefahr gebracht habe. Ich werde mich in den Innendienst versetzen lassen oder über andere berufliche Optionen nachdenken."

„Willst du das denn wirklich?" Lillemor zog fragend die Brauen zusammen.

„Ja, mein Schatz. Du und Elina, ihr seid so schnell groß geworden und ich habe zu viel verpasst. Die Zeit mit euch ist zu kostbar."

„Möchtest du meine ehrliche Meinung dazu hören?", fragte Lillemor.

„Immer raus damit", ermutigte Linda ihre Tochter.

„Wahrscheinlich klingt das ziemlich egoistisch, aber es wäre schön, wenn diese ständigen Überstunden endlich wegfallen würden und wir wieder eine ganz normale Familie sein könnten. Du warst mit deinen Gedanken ständig woanders, wenn dich ein Fall beschäftigt hat, und bist häufig an deine Grenzen gegangen. Für unsere Probleme war kaum noch genügend Kraft vorhanden."

„Ich weiß, meine Kleine, ich weiß. Frage mich lieber nicht, wie oft ich euch gegenüber ein schlechtes Gewissen hatte. Es war alles andere als leicht. Inzwischen ist mir klar geworden, dass sich etwas ändern muss."

„Danke Mama." Lillemor wischte sich verstohlen eine Träne aus dem Augenwinkel.

Ein leises Klopfen unterbrach das Gespräch, Jörgen steckte seinen Kopf zur Tür herein.

„Hallo Ladys, dürfen wir reinkommen?"

„Ich bin zwar noch etwas benebelt von der Narkose, aber ich freue mich über den Besuch", antwortete Linda.

„Unser Stockholmer Fallanalytiker musste seine Stichverletzungen versorgen lassen und da wir gerade hier waren, wollten wir kurz vorbeischauen. Alex, überreichst du die Blumen?"

„Ihr seid per du?", fragte Linda erstaunt.

„Aber ja, warum nicht", antwortete Jörgen in seiner gewohnt lockeren Art.

Alex Berg legte einen Strauß bunter Sommerblumen auf den Container neben dem Bett.

„Vielen Dank, dass Sie mir das Leben gerettet haben", sagte Linda.

„Sie wissen davon?"

Linda nickte. „Meine Tochter hat es mir erzählt. Sie haben meinen Worten anscheinend nicht getraut, als ich Ihnen versprochen habe, meine Nachforschungen einzustellen?"

„Genauso ist es." Er lächelte scheu.

„Ich bin sehr froh, dass Sie uns während der Ermittlungen zur Seite gestanden haben."

„Vielen Dank. Ich habe gern in Ihrem Team gearbeitet", erwiderte er.

„Hast du die OP gut überstanden?“, fragte Jörgen besorgt.

„Wie du siehst, ich lebe noch. Es zwackt mächtig im Rücken und ich werde die Schwester nachher um ein stärkeres Schmerzmittel bitten.“

„Wir wollten dich nur kurz über den Stand der Dinge unterrichten“, fuhr Jörgen fort. „Übrigens, Livia Michelsen lebt. Sie liegt auf der Intensivstation und wird rund um die Uhr betreut. Die Prognosen sind zwar nicht unbedingt positiv, aber wir hoffen alle das Beste.“

„Wurde Yva festgenommen?“

„Sie ist angeschossen worden und hat es nicht geschafft.“

Linda schloss erleichtert die Augen. „Das ist wahrscheinlich das Beste so. Die Antworten, wie es dazu kommen konnte, müsst ihr euch nun von den Eltern holen.“

„Stimmt, wir sind auf direktem Weg dorthin.“

„Dann drücke ich euch die Daumen, dass sie diesmal Rede und Antwort stehen“, sagte Linda.

„Danke, das können wir brauchen. Komm schnell wieder auf die Beine.“

„Ich werde mir Mühe geben.“

Die Männer verabschiedeten sich und Linda war mit ihrer Tochter wieder allein.

„Oma will uns nachher mit Elina besuchen kommen, das hat mir die Krankenschwester ausgerichtet“, sagte Lillemor.

„Ich kann mit Worten gar nicht ausdrücken, wie sehr ich mich freue. Ich danke dem Schicksal, dass du noch bei uns bist.“

„Ach Mama …“

„Ich bin schon gespannt, was Elina zu meinen Plänen sagen wird.“

„Das Gleiche wie ich“, entgegnete Lillemor.

„Wir starten zu dritt in ein neues Leben, das verspreche ich euch.“ Linda nickte ihrer Tochter liebevoll zu.

37

Elva Johansson führte Alex und Jörgen in das Wohnzimmer. Per stand vor dem Fenster und drehte sich um, als die Männer den Raum betraten.

„Haben Sie Kristin gefunden?", fragte er.

„Ja, das haben wir", antwortete Jörgen.

„Wo ist sie und wann können wir zu ihr?", wollte Elva wissen.

„Immer schön der Reihe nach", erwiderte Jörgen. „Zuerst möchten wir wissen, warum Sie nicht ehrlich zu uns waren."

„Wir sollen nicht ehrlich gewesen sein? Wie kommen Sie darauf?" Per schob seine Hände in die Hosentaschen, wo er sie zu Fäusten ballte.

„Es geht um die Fälle von Tierquälerei. Sie haben mit keinem Wort erwähnt, dass Ihre Tochter dafür verantwortlich war."

„Was sollen diese bösartigen Anschuldigungen?", fragte Per Johansson mit schneidender Stimme.

„Wir wissen inzwischen, dass Ihre Tochter Yva ein Nachbarkind in den Schuppen gesperrt hat, um es körperlich zu traktieren. Die Eltern des Mädchens wollten Anzeige erstatten, aber Sie haben ein großzügiges Schweigegeld gezahlt, damit nichts davon an die Öffentlichkeit dringt, nicht wahr?"

„Ja, das stimmt", gestand Elva Johansson mit gesenktem Blick. „Wir haben Yva jeden Wunsch von den Augen abgelesen und gedacht, dass unser Verhalten der Auslöser dafür gewesen sein könnte."

„War das auch der Grund, warum Sie Kristin mehr oder weniger sich selbst überlassen haben?"

Elva schluckte. „Wir wollten den Fehler nicht ein weiteres Mal wiederholen."

„Warum haben Sie sich keine psychologische Hilfe gesucht?", hakte Alex nach. „Ihnen muss doch klar gewesen sein, was Sie mit Ihrem Schweigen anrichten?"

„Die Existenz unserer Firma stand auf dem Spiel", mischte sich Per wieder ein. „Wir hatten einen Ruf zu verlieren."

„Ihr Schweigen hat Menschenleben gekostet", erwiderte Alex.

„Jetzt hören Sie endlich damit auf", zischte Per missbilligend. „Yva ist ertrunken, bevor sie überhaupt jemandem schaden konnte."

„Nein, das ist sie nicht", widersprach Jörgen.

„Sie lebt?" Elva sprang auf, schwankte für einen Moment und ließ sich wieder auf das Sofa sinken.

„Ihrer Tochter Yva werden die Morde an Tilda Beck und Karoline Lindt zur Last gelegt."

„Was sagen Sie da? Ich will sofort einen Anwalt sprechen." Per griff hektisch zum Telefon.

„Ihre Tochter hat Kristin, Livia Michelsen und Lillemor Sventon entführt sowie die ermittelnde Kommissarin Linda Sventon schwer verletzt."

„Ich glaube Ihnen kein einziges Wort", erwiderte Elva empört.

„Das liegt ganz in Ihrem Ermessen", antwortete Alex kühl.

„Dann muss jemand Yva dazu angestachelt haben", sagte Elva.

„Das entspricht nicht ganz der Wahrheit, obwohl Ihre Tochter einen Helfer hatte."

„Wusste ich's doch." Per verschränkte demonstrativ die Arme vor seinem Oberkörper.

„Der junge Mann leidet unter einer geistigen Beeinträchtigung und Yva hatte ihn mit Sex gefügig gemacht."

„Jetzt driften Ihre Anschuldigungen wieder ins Lächerliche ab. Ohne einen Anwalt sage ich kein Wort mehr."

Per Johansson tippte die Nummer ein, aber Jörgen ließ sich durch sein aufgesetztes Benehmen nicht beeindrucken.

„Die Geiseln konnten befreit werden, aber nachdem Yva auch Alex Berg, unseren Fallanalytiker, mit einem Messer angegriffen hatte, ist auf sie geschossen worden. Sie erlag leider ihren Verletzungen."

„Nein, das ist nicht wahr!" Elva war entsetzt aufgesprungen.

„Doch, das ist es", ergriff Jörgen wieder das Wort. „Wenn Ihnen das Wohl Ihrer Kinder tatsächlich am Herzen gelegen hätte, wäre es niemals so weit gekommen. Sie haben ja nicht einmal ansatzweise versucht, sich Hilfe zu holen."

„Wie können Sie nur wagen ...", fauchte Elva. „Wo ist Kristin? Ich will sofort zu ihr."

„Kristin wird im Krankenhaus ärztlich versorgt. Sie ist verletzt und steht noch unter Schock."

„Wann dürfen wir zu ihr?", fragte Per mit tonloser Stimme.

„Ihre jüngste Tochter möchte Sie nicht sehen. Am Nachmittag wird eine Mitarbeiterin der Jugendhilfe Kristin besuchen."

„Was soll das? Sie ist unser Kind", begehrte Elva auf.

„Geben Sie Ihrer Tochter die Zeit, die sie braucht, um alles zu verarbeiten. Sie wird nicht die Einzige sein, die nach dieser Tragödie eine Therapie benötigt", sagte Alex.

„Was soll eine Therapie denn bringen?", brummte Per.

„Wie ich vorhin erwähnt habe, hätte Yva bereits als Kind behandelt werden müssen ..."

„Jetzt fangen Sie nicht schon wieder damit an", unterbrach Per ihn gereizt.

„Bitte lassen Sie mich ausreden." Die Härte in Alex' Stimme war nicht zu überhören. „Ihre Tochter litt an psychopathischen Zügen und dieses Ausmaß ist für eine Frau sehr ungewöhnlich."

„Yva war nicht verroht", warf Elva entrüstet ein. „Was erdreisten Sie sich, so über meine Tochter zu reden?"

„Ich kann mich nicht erinnern, diesen Ausdruck benutzt zu haben. Hören Sie mir einfach zu und lassen Sie es mich mit einfachen Worten erklären", forderte Alex. „Der heutige Forschungsstand lehrt uns, dass Patienten mit psychopathischen Störungen von Geburt an eine andere Gehirnstruktur aufweisen als die Gehirne gesunder Menschen. Der Hang zu Gewalt und gefährlichen Aktionen ist deutlich höher als beim Rest der Bevölkerung, weil die Synapsen anders vernetzt sind."

„Dann war Yva also krank?", fragte Elva bestürzt.

„Ja, das war sie. Sie haben Yva eine entsprechende Behandlung verweigert, nur um Ihren Ruf zu schützen", antwortete Alex.

„Schön, dass Sie die Schuld ausschließlich bei uns suchen", sagte Per abfällig.

„Erklären Sie das bitte den Eltern der Opfer", ergriff Jörgen wieder das Wort. „Sie müssen uns jetzt begleiten, um Ihre Tochter zu identifizieren."

„Ich kann nicht." Elvas Gesicht war von einer ungesunden Blässe überzogen.

Per ergriff ihre Hand. „Wir stehen das gemeinsam durch", sagte er und half Elva auf die Beine. „Vielleicht ist es gar nicht Yva." Er weigerte sich immer noch, die Realität anzuerkennen.

„Bist du dir sicher, Alex, dass du ein Bier vertragen kannst?", fragte Jörgen skeptisch. „Ich meine ja nur, wegen der Schmerzmittel und so ..."

„Die Einstellung der Eltern macht mir zu schaffen. Sie haben geschwiegen und dadurch den Tod der jungen Frauen billigend in Kauf genommen. So viel Ignoranz habe ich selten erlebt."

„Sie wollten die Krankheit ihrer Tochter nicht wahrhaben, es fehlten die Akzeptanz, die Empathie und das Verständnis", erwiderte Jörgen und gab die Bestellung auf.

„Es ist ja nicht der erste Fall, der mir nahe geht", fuhr Alex fort. „Aber ich war selten so mittendrin im Geschehen."

„Das glaube ich gern."

Eine attraktive Kellnerin servierte den Männern ihre alkoholischen Getränke.

„Wann fährst du nach Stockholm zurück?", erkundigte sich Jörgen.

„In ein paar Tagen. Es fühlt sich falsch an, mein altes Leben sofort wieder aufzunehmen. Ich brauche ein wenig Zeit für mich, um alles zu verarbeiten."

„Dass wir es mit einer Frau als Täterin zu tun hatten, macht mich immer noch fassungslos.“ Jörgen nippte an seinem Glas.

„Serientäterinnen sind so selten, dass du sie an zehn Fingern abzählen kannst. Deshalb haben wir uns auch bei den Ermittlungen im Kreis gedreht.“

„Lass uns am besten diesen ganzen Mist vergessen. Skål, Alex.“

„Skål, Jörgen.“

Die Männer prosteten einander zu.

38

„Mama, würde es dir etwas ausmachen, wenn ich kurz Kristin besuche?“, fragte Lillemor. „Sie liegt auf unserer Station.“

„Kein Problem, ich wollte sowieso noch ein wenig schlafen. Richte ihr bitte liebe Grüße aus.“

„Das werde ich machen.“

Kristin lag nur zwei Zimmer weiter und Lillemor klopfte an die Tür.

„Hallo Kristin, bist du wach?“, flüsterte sie und trat ein.

Kristin drehte sich zu ihr um. „Ich bin viel zu aufgewühlt, um zu schlafen“, antwortete sie.

„Oh, oh, dein Kopf hat ganz schön was abbekommen", stellte Lillemor fest.

„Deine Mutter trifft verdammt gut, aber die Nase musste eh gerichtet werden." Ein gequältes Lächeln huschte über Kristins Gesicht.

„Es tut ihr wirklich leid und ich soll dir liebe Grüße ausrichten."

„Danke, ist schon okay", erwiderte Kristin. „Die Verletzungen werden heilen, aber ich weiß nicht, wie ich damit umgehen soll, dass meine Schwester eine Mörderin ist. Ich habe Yva früher angehimmelt und dabei völlig ausgeblendet, wie sie wirklich war. Aber meine Eltern hat das wenig interessiert."

„Haben sie dich schon besucht?"

Kristin schüttelte den Kopf. „Ich will sie vorerst nicht sehen, der Schock sitzt zu tief."

„Aber wo wirst du wohnen, wenn du das Krankenhaus verlassen hast?"

„Vorhin war eine Frau von der Jugendhilfe da und sie hat mir angeboten, in eine Wohngemeinschaft zu ziehen. Dort leben insgesamt fünf Mädchen und jede verfügt über ihr eigenes kleines Reich."

„Das hört sich doch gut an", antwortete Lillemor.

„Ich soll auch regelmäßig Nachhilfeunterricht erhalten, damit sich meine Noten verbessern. Der Schulabschluss steht in Zukunft an erster Stelle."

Lillemor ergriff Kristins Hand. „Hey, das sind doch tolle Neuigkeiten und ich freue mich wirklich für dich. Wenn es eine schafft, dann du."

„Danke, es macht mir Mut, diese Worte zu hören", sagte Kristin errötend.

„Ich hoffe, dass wir in Kontakt bleiben. Es hilft mir, mit einem Menschen darüber zu reden, der die gleiche Situation durchlebt hat. Niemand sonst würde verstehen, wie ich mich fühle."

„Geht mir ganz genauso", erwiderte Kristin.

Lillemor holte ein Freundschaftsarmband aus ihrer Hosentasche und knüpfte es um Kristins Handgelenk.

„Die habe ich im Shop in der Cafeteria gekauft", kicherte sie. „Damit wir uns immer daran erinnern, was man zu zweit alles durchstehen kann."

„Danke Lillemor, das bedeutet mir unglaublich viel", sagte Kristin mit Tränen in den Augen.

„Ach was, ich bin so froh, eine echte Freundin gefunden zu haben."

„Und ich erst ...", flüsterte Kristin ergriffen.

39

Linda legte den Hörer auf und lehnte sich zurück. Das war es also, ihr neues Reich. Sie hatte ihren Job als Kommissarin an den Nagel gehängt und sich ins Archiv versetzen lassen, trotz heftiger Proteste von Jörgen. Auf das regelmäßige Gehalt wollte sie keinesfalls verzichten, schon der Mädchen zuliebe, aber Ermittlungsarbeit kam für sie nicht mehr infrage.

Linda warf den Zettel mit der Telefonnummer von Emma Olsson in den Papierkorb. Sie hatte ihr wie versprochen Bescheid gegeben, dass der Täter, der ihre Katzen auf dem Gewissen hatte, gefasst worden war. Auch den Besitzer des Setters hatte sie über den Fahndungserfolg informiert.

Allmählich kehrte wieder Ruhe ein und Linda konnte ihren Fokus auf die Zukunft richten.

Es klopfte an der Tür und Alex Berg trat ein.

„Ich wollte nicht nach Stockholm aufbrechen, ohne mich von Ihnen zu verabschieden", sagte er.

„Immer hereinspaziert", erwiderte Linda und zeigte auf einen Hocker in der Ecke. „Bitte setzen Sie sich doch."

„Sie halten an Ihrer Entscheidung fest?", fragte er.

„Aber sicher. Es kribbelt zwar ab und zu in den Fingern, wenn Jörgen wieder von einem neuen Fall berichtet, aber im Großen und Ganzen bin ich zufrieden. Keine Überstunden mehr und auch meine Töchter sind glücklich damit."

„Wie geht es Livia Michelsen? Gibt es Neuigkeiten?"

„Und ob", strahlte Linda. „Es wurde ein Spendenfond eingerichtet, damit die Brandverletzungen kosmetisch nachbehandelt werden können. Nicht nur ihre seelischen Wunden müssen heilen."

„Das ist ja fantastisch, ich freue mich wirklich für das Mädchen. Es grenzt an ein Wunder, dass sie überlebt hat."

„Stimmt, es war verdammt knapp."

„Ich bin froh, dass Sie sich wie ein Terrier in diesen Fall verbissen haben."

„Und ich bin froh, dass Sie mir gefolgt sind. Jetzt sind wir quitt, nehme ich an."

Sie lächelte scheu. Jetzt wurde es Zeit für den Abschied und sie bedauerte aufrichtig, dass er wieder nach Stockholm zurückkehrte.

„Wir hatten nie wirklich die Zeit und Muße, um über alles miteinander zu reden", sagte er.

„Das ist wohl wahr, aber nun ist es zu spät."

„Was halten Sie davon, wenn ich Sie und Ihre Töchter auf ein verlängertes Wochenende nach Stockholm einlade? Meine Schwester vermietet Ferienwohnungen, ich sitze quasi an der Quelle."

„Ist das ein ernst gemeintes Angebot?“, fragte Linda vorsichtig.

„Selbstverständlich. Sie haben mich zwar einen komischen Kauz genannt, aber ich stehe zu meinem Wort.“ Er streckte ihr die Hand entgegen. „Abgemacht?“

Sie schlug ein. „Abgemacht.“

40

Na, Bruderherz, wie geht es dir?" Ben drückte Nils an seine Brust. „Es ist so schön, dich wiederzusehen", raunte er.

Er war unendlich dankbar, seinen Bruder wieder in die Arme schließen zu können. Nils war zwischenzeitlich in einer psychiatrischen Klinik unterbracht und behandelt worden.

Die Prognose des behandelnden Arztes war optimistisch gewesen, sodass Nils recht bald in eine betreute Wohneinheit umziehen durfte. Hier lebte er mit neun weiteren Personen in einer gemischten Gruppe zusammen.

„Mir geht es richtig gut und ich habe sogar schon einen

Freund", sprudelte die Worte aus Nils heraus und er winkte einem gleichaltrigen jungen Mann mit Hornbrille zu. „Siehst du, das ist Arne, mein bester Kumpel."

„Super. Hast du auch ein eigenes Zimmer?"

„Ja. Willst du es sehen?"

„Klar."

Nils ergriff Bens Hand und zerrte ihn aus dem Aufenthaltsraum. Am Ende des Flures öffnete er eine Tür.

„Tadaaa ..."

„Nicht schlecht, mein Lieber, und sogar ein eigenes Bad. Ein richtiges Luxusapartment im Gegensatz zum Haus im Wald."

„Es gefällt mir tausendmal besser und ich kann richtig gut schlafen." Mit ausgebreiteten Armen ließ Nils sich auf das Bett fallen und strahlte. „Siehst du."

Ben beneidete seinen Bruder um seine Gabe, ausschließlich im Hier und Jetzt zu leben.

„Was ist aus dem Haus geworden? Konntest du es verkaufen?", fragte Nils.

„Es hat tatsächlich neue Besitzer gefunden", erwiderte Ben. „Ich habe ein Konto für dich eingerichtet und dir den Hauptteil überwiesen. Falls du Wünsche hast, kannst du deinen Betreuer fragen, ob er sie dir erfüllt."

„Ehrlich?" Nils klatschte begeistert in die Hände.

„Ja, Kleiner."

„Wer wohnt denn jetzt im Wald?", wollte Nils wissen.

„Ein gemeinnütziger Verein hat es erworben und nach der erfolgten Renovierung soll eine Aufzuchtstation für Wildtiere daraus werden."

„Das ist cool", antwortete Nils staunend.

„Stimmt, das ist eine gute Sache und ich wünsche mir, dass damit die bösen Schatten aus diesem Haus vertrieben werden."

„Mhm." Nils war aufgesprungen. „Wir haben auch einen

großen Garten und ein Gewächshaus, wo wir Gemüse anbauen. Willst du eine Tomate probieren? Willst du?"

„Sehr gern. Dann zeig mir mal den schönen Garten."

Ben folgte Nils nach draußen. Sein Bruder war voll und ganz in seinem Element.

„Sieh mal, die Möhren habe ich gesät", sagte Nils voller Stolz und Ben klopfte ihm anerkennend auf die Schulter.

„Ich finde es großartig, dass du dich so gut eingelebt hast."

„Und morgen gehen wir sogar ins Kino."

„Du musst mir unbedingt erzählen, welchen Film ihr gesehen habt. Versprochen?"

„Mhm."

„Und jetzt führst du mich noch ein bisschen herum."

„Ja klar, komm mit."

Ben warf den Rucksack auf den Beifahrersitz und startete den Motor. Er fuhr raus aus der Stadt, direkt hinein ins Grüne. Auf einem schmalen Feldweg kam der Wagen zum Stehen.

Ben war wie üblich zu zeitig dran und öffnete die Autotür. Eine warme Brise wehte ins Fahrzeuginnere und trug den Geruch von Heu und Sommer mit sich. Eine Feldlerche stieg in die Lüfte und schmetterte ihr fröhliches Lied. Das Gefühl, endlich angekommen zu sein, war noch neu und ungewohnt für ihn.

Nach dem Hausverkauf hatte er sich ein kleines Zweizimmerapartment gemietet. Obwohl es noch sehr spartanisch eingerichtet war, hatte er sich auf Anhieb heimisch gefühlt. An die einsamen Abende musste er sich noch gewöhnen, Nils fehlte ihm doch sehr. In zwei Wochen würde er allerdings mit einem Fernstudium beginnen, genau so, wie es ihm sein Therapeut empfohlen hatte.

Eine sportliche junge Frau näherte sich auf einem Fahrrad und die roten Haare wehten im Wind. Kristin war nicht mehr wiederzuerkennen. Selbstbewusst stieg sie vom Fahrrad und lehnte es an einen Baum.

„Tut mir leid, dass ich schon wieder zu spät bin“, murmelte sie entschuldigend. „Aber es ist ein echter Kampf mit Mathe und der Nachhilfelehrer hängt ständig zehn Minuten dran.“

„Kein Problem, ich warte gern.“

„Gehen wir wieder spazieren?“, fragte sie.

„Ich muss dir erst noch etwas zurückgeben, das dir gehört“, beichtete Ben.

„Was soll das sein?“

Ben holte den Rucksack aus dem Wagen. „Sorry“, sagte er schulterzuckend.

„Wo hast du den denn her?“ Sie blickte irritiert zu ihm auf.

„Ich war derjenige auf dem verfallenen Bauernhof. Tut mir leid, dass ich dir so einen Schrecken eingejagt habe. Aber ich wollte dir wirklich nur helfen.“

„Und deshalb hast du meinen Rucksack geklaut?“

„Du bist von zu Hause abgehauen und ich wollte dich zur Rückkehr bewegen.“

„Das ist eine sehr seltsame Art, jemandem seine Hilfe anzubieten“, antwortete sie.

„Du weißt doch, ich bin ein sperriger Typ.“

„Hey, so war das doch nicht gemeint“, lenkte sie ein. „Jetzt weiß ich auch, warum ich die Stimme von Nils für deine gehalten habe, schließlich seid ihr Brüder.“

„Klingen wir tatsächlich so ähnlich?“

„Ja, irgendwie schon“, entgegnete sie.

„Ich weiß, es ist ein heikles Thema, aber hast du dich schon mit deinen Eltern getroffen?“, fragte er nach.

„Ja, seit Yvas Beerdigung haben wir wieder Kontakt

miteinander. Aber unser Verhältnis ist nach wie vor sehr kompliziert und ich werde in der WG bleiben. Nur dort habe ich eine echte Chance, mich weiterzuentwickeln."

„Man merkt dir an, welche Fortschritte du machst. Ich bin richtig stolz auf dich." Ben stellte den Rucksack zurück auf den Beifahrersitz. „Laufen wir noch ein Stück?"

„Aber immer doch", lächelte Kristin.

Ben hätte gern ihre Hand gehalten, traute sich aber nicht. Zwei gebrannte Kinder, die das Feuer scheuten. Sie waren ein ungleiches Paar – er, der Charismatische und Kristin, die eher Unscheinbare.

Dennoch waren sie mehr als das, waren auf eine gewisse Weise Seelenverwandte. Es half ihm, mit ihr über alles reden zu können, und er würde diese innige Vertrautheit zwischen ihnen niemals ausnutzen.

Er mochte Kristin, gar keine Frage, und vielleicht sogar ein bisschen mehr, als er angenommen hatte. Aber er konnte warten, denn er wusste, dass das Glück von nun an auf seiner Seite war.

NACHWORT

Liebe Leserinnen und Leser,

eines vorweg – der gesamte Erlös dieses Buches kommt auch diesmal wieder dem Tierschutz zugute.

Das Hintergrundwissen zu dem sensiblen Thema der Tiertötung habe ich dem Buch von Volker Mariak „Die Spirale der Gewaltkriminalität“ entnommen.

Sollte Ihnen das Buch gefallen haben, so würde ich mich sehr freuen, wenn Sie es weiterempfehlen oder eine Rezension hinterlassen. Anregungen und Kritik sind ebenfalls willkommen, Sie dürfen gern eine Mail an folgende Adresse senden: autorinanadee@aol.com

Das Feedback meiner Leser ist mir sehr wichtig.

Herzliche Grüße
Ihre Ana Dee

WEITERE BÜCHER DER AUTORIN

- Sommer voller Angst Teil I
- Sommer voller Angst Teil II
- Das Böse in mir
- Kaltes Herz
- Soulless Places
- Vermächtnis der Schuld
- Verborgene Sünden
- Winterschatten
- Zwillingsschmerz
- Zwillingszorn
- Verschollen in den Bergen
- Tödliche Amnesie
- So still ruht der See

Erfahren Sie mehr über Ana Dee unter: www.anade-e.jimdo.com

IMPRESSUM

Autor: Elin Svensson
Autor: Ana Dee
Titel: Sündenkinder

Korrektorat/Lektorat: Korrekturservice Heinen
Elin Svensson/Ana Dee
Postfach 11 26,
33026 Brakel
elin.svensson.autorin@gmail.com
autorinanadee@aol.com

ISBN 978-3-7485-5613-8
www.epubli.com

Printed in Poland
by Amazon Fulfillment
Poland Sp. z o.o., Wrocław

44179533R00172